民国报刊赋研究

陈伦敦 著

四川大学出版社

图书在版编目（CIP）数据

民国报刊赋研究 / 陈伦敦著. -- 成都：四川大学出版社，2024.10. -- ISBN 978-7-5690-7334-8

Ⅰ．I207.224

中国国家版本馆 CIP 数据核字第 2024VT2910 号

书　　名：民国报刊赋研究
　　　　　Minguo Baokan Fu Yanjiu
著　　者：陈伦敦

选题策划：高庆梅
责任编辑：曾小芳
责任校对：刘慧敏
装帧设计：墨创文化
责任印制：李金兰

出版发行：四川大学出版社有限责任公司
　　　　　地址：成都市一环路南一段 24 号（610065）
　　　　　电话：（028）85408311（发行部）、85400276（总编室）
　　　　　电子邮箱：scupress@vip.163.com
　　　　　网址：https://press.scu.edu.cn
印前制作：四川胜翔数码印务设计有限公司
印刷装订：四川五洲彩印有限责任公司

成品尺寸：148mm×210mm
印　　张：9
字　　数：218 千字

版　　次：2024 年 10 月 第 1 版
印　　次：2024 年 10 月 第 1 次印刷
定　　价：48.00 元

本社图书如有印装质量问题，请联系发行部调换

版权所有 ◆ 侵权必究

扫码获取数字资源

四川大学出版社
微信公众号

前　言

突破旧有领域，不断拓展和延伸中国古代文学研究新领域，是近年来学界不断呼吁和实践的课题，"民国旧体文学"研究便是其中之一。民国赋流变史属于民国旧体文学研究的范畴，民国赋流变研究对民国旧体文学研究体系的构建有促进作用。如此学术背景下，赋体文学在民国的流变研究，无疑是值得特别关注的领域。然而参照民国旧体诗、词等同类研究，赋体文学在民国流变的研究仍几乎处于空白状态。

从赋体文学通史角度来看，以往研究成果未将民国赋史纳入其观照视野。1987年马积高出版了《赋史》，这是中国赋学界最早出现的在通代视野下探讨赋体文学发展流变的专著，是书从先秦辞赋一直论述到清代道咸以后的赋，此后出版的赋史研究成果均未超出这个研究框架。郭维森、许结的《中国辞赋发展史》（1996年）对自战国迄晚清历时二千余年的中国辞赋艺术发展史做了全面的铺展和系统的探讨，其《余论》部分只略微提及徐震、黄侃、鲁迅、闻一多，并未展开论述。高复光《赋史述略》（1987年）、朱碧莲《中国辞赋史话》（1997年）对赋体文学发展史的论述皆止于清末。许结的论文《中国辞赋流变全程考察》（1994年）考察了中国赋体文学流变，却未论及民国辞赋。

从赋体文学断代史研究角度来看，民国赋史是构成中国辞赋发展史的重要一环，然却至今未有专书。从断代角度研究赋体文学发展流变的有程章灿《魏晋南北朝赋史》（1992年）、刘培《两宋辞赋史》（2012年）、牛海蓉《金元赋史》（2015年），这三部专著分别考察了魏晋南北朝、宋代、金元时期赋的发展，其余各代的专门赋史亦渐为学人关注，但民国赋的流变研究暂付阙如。

国家社科基金项目中与赋史研究相关的有"中国辞赋理论通史""汉赋学史研究""建安赋研究""隋唐五代赋系年考证""唐代试赋与应试文学的审美观照""中国文学叙事传统视阈中的唐代辞赋研究""唐代律赋研究""宋代辞赋的嬗变""宋代辞赋的社会文化学研究""宋赋研究""宋代科举与律赋""金元赋史"等，都不及民国赋流变。

此外，近年来关于民国旧体文学的研究受到学界的广泛关注。获准国家社科基金立项的课题有"民国时期的旧体诗歌研究""民国词学传统文献与学术史研究""晚清民国词集刊刻与传播研究""民国词集专题研究""民国词史""民国旧体诗词编年史稿（1912—1949）""晚清民国文章学转型研究""民国传奇杂剧史论""民国戏曲发展史""民国文言小说史"等，其研究范围覆盖了民国旧体诗歌、词、文言小说、戏曲、传奇杂剧、文章学等。近二十项的民国旧体文学国家社科基金项目中，竟然无一项涉及民国辞赋研究，极具中国特色的赋体文学在民国时期的发展几乎成为学术盲区。

由此可见，目前尚无一个高级别项目对民国辞赋进行研究，也尚未出现专门的系统研究著作。涉及民国辞赋的研究，散见于零星学术论文，如崔雪萍的硕士学位论文《〈申报〉刊载赋作研究》（2017年）对《申报》所载赋作进行了研究，主要着眼于《申报》刊载"游戏赋"和"拟旧"之风论述；常威的论文《民国游戏赋研究》（2018年）对民国游戏赋进行了专门研究；袁晓聪的论文《民国期刊赋作考录（上）》（2019年）对民国期刊上发表的263篇赋作进行了初步整理。

整体而言，目前民国赋体文学已渐渐引起学者关注，但其研究尚未形成体系性，研究的视野和角度较为逼仄，很难构成对民国赋体文学及其流变的全面观照和印象，更缺乏在这一特殊的历史时期赋体文学对新旧文学转型所起的作用和意义的深入研究与探讨。已有成果不管是通代赋史，还是断代赋史，皆不涉及赋体文学在民国的流变，以及对民国赋的时代特征及新旧文学因革关系的探讨。"文变染乎世情"，民国时期是中国社会整体从漫长而封闭的封建状态向现代社会转变的过渡阶段。民国赋体文学不论在内容题材上，还是在艺术手法上都有着不同于其他时代的特点与新变。

这本小书的研究对象为中国封建帝制结束到中华人民共和国成立这段新旧文化冲突、中西文化碰撞带来社会急剧变革的民国时期报刊登载的赋作。具体研究有：民国报刊登载赋作考论，对几种有特色的民国报刊登载的赋作加以集中探讨（有《四川公报·娱闲录》《小说新报》《余兴》《女子世界》《虞社》《青鹤》等），对民国报刊登载的仿体辞赋进行了较为深入的分析与探讨，并附录《余兴》《虞社》《青鹤》登载的赋作，以期对民国报刊赋有一定认识并能推动民国赋的研究。

目 录

第一章 《四川公报·娱闲录》登载赋作考论 ……………… 1
一、《娱闲录》所载赋作概况 ……………………………… 3
二、《娱闲录》所载赋作的特点及意义 …………………… 6
三、《娱闲录》所载赋作者小考 …………………………… 15

第二章 《小说新报》登载赋作考论 ………………………… 23
一、《小说新报》所载赋作概况 …………………………… 25
二、《小说新报》所载赋作的内容及特点 ………………… 30
三、《小说新报》所载赋作的创作意图 …………………… 37
四、《小说新报》所载赋作与市民文化关系 ……………… 38
五、《小说新报》所载赋作者小考 ………………………… 40

第三章 《余兴》杂志登载赋作考论 ………………………… 45
一、《余兴》杂志所载赋作概况 …………………………… 48
二、《余兴》杂志所载赋作的特点 ………………………… 51
三、《余兴》杂志所载赋作的意义 ………………………… 60
四、《余兴》杂志所载赋作者小考 ………………………… 66

第四章 《女子世界》登载赋作考论 ………………………… 69
一、《女子世界》所载赋作内容 …………………………… 71
二、《女子世界》所载赋作特点 …………………………… 77
三、《女子世界》所载赋作者小考 ………………………… 81

I

第五章　《虞社》《青鹤》登载赋作考论……………91
　　一、《虞社》《青鹤》简介……………………93
　　二、《虞社》《青鹤》所载赋作概况…………94
　　三、《虞社》《青鹤》所载赋作的意义………101
　　四、《虞社》《青鹤》所载赋作者小考………102
第六章　仿《归去来辞》赋作……………………107
　　一、仿《归去来辞》作品概况…………………109
　　二、仿《归去来辞》作品内容…………………113
　　三、仿《归去来辞》作品的阐释学意义………117
第七章　仿《阿房宫赋》赋作……………………123
　　一、仿《阿房宫赋》作品概况…………………125
　　二、仿《阿房宫赋》作品内容…………………128
　　三、登载仿《阿房宫赋》作品报刊简介………140
第八章　仿《秋声赋》赋作………………………157
　　一、仿《秋声赋》作品概况……………………159
　　二、仿《秋声赋》作品内容……………………160
　　三、登载仿《秋声赋》作品报刊简介…………166
第九章　仿《后赤壁赋》《荡妇秋思赋》《玉钩斜赋》
　　　　等赋作………………………………………173
　　一、仿《后赤壁赋》《荡妇秋思赋》《玉钩斜赋》
　　　　等作品概况…………………………………175
　　二、仿《后赤壁赋》《荡妇秋思赋》《玉钩斜赋》
　　　　等作品内容…………………………………177
　　三、登载仿《后赤壁赋》《荡妇秋思赋》《玉钩斜赋》
　　　　等作品报刊简介……………………………182

第十章　明王葵心《和陶靖节归去来辞》在民国的传播
　　　　与接受 ································· 187
　　一、遗文发现与王葵心其人 ················· 189
　　二、遗文传播 ····························· 192
　　三、注释接受 ····························· 196
附录一　《余兴》登载赋作 ························· 203
附录二　《虞社》登载赋作 ························· 249
附录三　《青鹤》登载赋作 ························· 265

第一章 《四川公报·娱闲录》登载赋作考论

"文变染乎世情"①,民国这一特殊历史时期对赋体文学的创作产生了重要影响。本章以民国《四川公报·娱闲录》登载的赋体文学为例进行探讨,分别对其基本情况、内容特点及意义、作者等方面作简要介绍。

一、《娱闲录》所载赋作概况

《四川公报》的增刊《娱闲录》出版地是在成都。《娱闲录》在1914—1915年共发行了2卷27册。《娱闲录》的栏目并不固定,主要有"小说""游戏文""笔记""杂俎""文苑""剧本"等。既有文献对其基本概况作了介绍:

> 1914年7月16日创刊,是《四川公报》的特别增刊。每月两册,农历二日、十六日出版。该报是四川较早的文艺刊物,由樊孔周主办,在当时颇有影响。第一期就发行二千份,著名的文人墨客如吴虞、李劼人(老懒),以及曾安素(名延年,号孝谷,中国话剧运动创始人之一)、方舰斋、刘觉奴(戊戌六君子之一刘光第的长子)、曾兰(香祖,女诗人)、胡壁经堂(安澜)、李哲生、何六朝金石造像堪侍者(何振羲,字雨神,号与宸)等,都曾为该刊撰稿,或担任编辑。
> ……
> 1915年10月6日,《四川公报》改名为《四川群报》,《娱闲录》便作为《四川群报》的副刊,不再单独

---

① 刘勰著,范文澜注:《文心雕龙注》,人民文学出版社1958年版,第675页。

出版……由于《娱闲录》注重写实内容，娱而不闲，敢触时弊，成为名噪一时的刊物和副刊。直到 1918 年 4 月末，《四川群报》被查封时才停刊。①

《娱闲录》在当时是很有影响力的：

> 樊君并于民国三年将公报增刊一种文艺杂志，名《娱闲录》，每月发行两册。当时的小说和游戏文章，果然哄动一世。《四川公报》的势力，也受它的益处不少。这《娱闲录》发行时代，又算得是文人得志时代。只要知道当时成都事情的人，那个不晓得吴爱智、方舻斋、刘觉奴（刘长述，刘光第长子——编者）、李老懒（李劼人——编者）、曾安素（名延年，号孝谷，成都人，中国话剧运动创始人之一——编者）、李哲生、胡壁经堂（胡安澜——编者）、何六朝金石造象堪侍者（何振羲，字雨神，号与宸，庆符人——编者）这几位记者先生，因为这《娱闲录》是他们办的俱乐部样。②

由此可见《娱闲录》在当时广受追捧。《四川近代新闻史》载："《娱闲录》印刷精美，内容丰富，形式新颖，思想进步，一出版便受欢迎。"③《四川报刊五十年集成（1897—

---

① 王绿萍：《四川报刊五十年集成（1897—1949）》，四川大学出版社 2011 年版，第 56—57 页。

② 孙少荆：《一九一九年以前的成都报刊》，中国人民政治协商会议四川省委员会、四川省省志编辑委员会编：《四川文史资料选辑》第 8 辑，四川省新华书店 1963 年版，第 148—149 页。

③ 王绿萍：《四川近代新闻史》，四川大学出版社 2007 年版，第 390 页。

1949)》载：

> 总发行所设在成都总府街四川公报社，省内在重庆、沪县、嘉定、万县、绵阳、内江、雅安、顺庆、西昌、康定等45处设有代派处，国内在北京、天津、奉天、上海、苏州、杭州、广东、福建、汉口、长沙、开封、陕西、云南、贵阳等20余处都有代派处，发行面如此之广，在当时并不多见。[①]

《娱闲录》选文偏向趣味性与娱乐性，关注市民的日常生活，共刊载15篇赋作，其具体篇名、作者情况如表1-1所示。

表1-1 《娱闲录》刊载赋作一览表

序号	篇名	作者	期号	页码
1	商业场赋 （仿阿房宫赋体）	丘民	1914年第2册	37—38页
2	军票赋（拟梁元帝荡妇秋思赋步原韵）	平模	1914年第8册	49页
3	瘾客妙思赋 （拟梁元帝荡妇秋思赋）	步	1914年第9册	47页
4	吃匪赋 （以则必餍酒肉而后反为韵）	蘅	1914年第11册	49—50页
5	成都春赋（依庾体原韵）	蘅斋	1915年第12册	7—8页
6	升官图赋 （以直把官场作戏场为韵）	壮悔	1915年第12册	8—9页
7	续恨赋	瓠斋	1915年第13册	33—34页

---

① 王绿萍：《四川报刊五十年集成（1897—1949）》，四川大学出版社2011年版，第56页。

续表

序号	篇名	作者	期号	页码
8	升官图赋 (以直把官场作戏场为韵)	璧经堂	1915年第13册	34—35页
9	辫子春思赋(仿体并原韵)	蘅斋	1915年第13册	35—36页
10	麻雀牌赋 (仿荡妇秋思赋)	华如	1915年第16册	39—40页
11	登成都江楼赋 (拟王仲宣登楼赋体)	苫	1915年第16册	63页
12	屁声赋	骨	1915年第17册	44—50页
13	假哥赋 (以久假不归乌知非有为韵)	失名	1915年第21册	55—57页
14	炮声赋 (仿六一居士秋声赋)	放	1915年第22册	37—38页
15	鼾神误入女厕赋 (以寻得桃源好避秦为韵)	瓠斋	1915年第24册	46—47页

这些赋按赋体初步分类，属俳赋的有《军票赋》《成都春赋》《麻雀牌赋》《续恨赋》《辫子春思赋》《登成都江楼赋》《瘾客妙思赋》，这些俳赋皆是仿体，模拟名家名赋，步其韵而创作；属律赋的有《升官图赋》《升官图赋》《吃匪赋》《假哥赋》《鼾神误入女厕赋》；属于文赋的有《商业场赋》《炮声赋》和《屁声赋》，这三篇赋也都是仿体。

二、《娱闲录》所载赋作的特点及意义

《娱闲录》的发刊词《束阁生来简》云：

> 某某先生执事，顷奉手札，知尊社诸公将以日刊之暇，更录杂撰，命曰"娱闲"，嗟乎！今之时，何时乎？

天灾人祸相逼而来，愁叹之声比户相应。以诸公悲悯之怀，不知所谓娱者安在？而所谓闲者何为乎？仆曩者日周旋于诸公之间，每一语及家国之忧、身世之感，则诸公未尝不扼腕而太息，愀然而深悲……盖有以知诸公之所谓娱者，其必有至不娱者在；所谓闲者，而其心乃天下之至不闲者矣……庄雅者难为功，诙谐恒易入，而言禁之密如今日，尤非滑稽如曼倩，寓言如庄生，常不足以自免于世而图存。由是论之，则诸公之为是录，度其中必有至不获已之苦，有万非正言庄论所能曲达者。盖不但游戏于斯文，而苟以自悦已也。①

可见，《娱闲录》的出版目的并不在于娱闲，在言禁之网日密的情况下，有其不得已的苦衷，其旨在于借诙谐之文来表达忧国忧民情怀。《娱闲录》登载的赋作体现了发刊词的主旨，并具有以下几个特点及意义。

（一）赋作内容与时代紧密相关，关注国计民生，描绘当时社会民俗、风俗

其一，抒发了清末民初的易代之感。如《辫子春思赋》：

辫子之别三年，脑壳之光可怜。太阳一照，几乎日暖生烟。危险如此，可惜头发几千。剪与发兮相逼，月与头兮共色……况乃尖头尖脑，对此伤情……鳞鳞顶骨现，隐隐红筋漫。已焉哉，春风起兮辫子飞，辫子飞兮

---

① 《束阁生来简》，《娱闲录》1914年第1册，第1页。

春日晖,春日迟迟犹可耐,辫子行行终不归。①

这首赋仿梁元帝《荡妇秋思赋》,把民国初期时人按律剪掉辫子后的种种不适心理展现了出来,通过对辫子的怀念,隐约表达出对清王朝的眷念,饱含遗民之思。

又如,《续恨赋》:

> 试望山河,风景不殊,为时无几,遂判菀枯。沧海桑田,何限踟躇……有如阿哥溥俊,系出天潢……一朝被废,青宫就荒。琼枝凋色,玉契无光……又如午桥制府……更有昌衡,奇气不可羁束,因利乘便,自领都督……惊飞书之入告,竟免冠而对狱。眼泪洗面,长歌当哭。别有太炎章子,一代文豪……蜷伏京邸,僚侘无聊,焚香枯坐,愁诵《离骚》。若乃李家子弟,世袭通侯……妒蘋花之自由,坠心危涕。无处埋忧。至若治馨王氏,才思警敏……已矣哉!高岸为谷兮,深谷为陵……识盛衰之倚伏,曾何悲愤之填膺。②

此赋通过阿哥溥俊、午桥制府、尹昌衡、章太炎、李家子弟、王治馨等大人物的人生遭遇表达了易代盛衰之感。

其二,表达民初抵制洋货、提倡国货的呼声。如《商业场赋》:

---

① 蘅斋:《辫子春思赋》,《娱闲录》1915年第13册,第35—36页。
② 瓠斋:《续恨赋》,《娱闲录》1915年第13册,第33—34页。

使舶来什物,多于鹿蒿之成品;缝纫机器,多于松竹之工女;宝丹清快,多于广和之参茸;匹头洋纱,多于因利之布缕;啤酒波兰,多于建馨之罐头;英美广告,多于市人之言语。使本国之货欲推行而无路,外人销场日益巩固……呜呼!仇国货者,国人也,非商也;病商者,商也,非政府也。嗟乎!使国人维持国货,则足以救国。①

此篇赋借对成都商业场的描绘,展示了当时洋货充斥市场、国货推行无路的情况,大力呼吁民众支持国货,抵制洋货,并以此来救国。据四川文史资料记载,此赋所言商业场原名劝业场,创办于清末,乃樊孔周所办。

为提倡实业,樊孔周倡议集股修建"劝工场",劝工场于光绪三十四年(1908)七月开始修建,不久后更名为"劝业场",宣统元年(1909)三月初三正式开场;次年五月,因洋货销售量更大,不得已改名"商业场"。②

成都商业场、《娱闲录》的主办者都是樊孔周。成都商业场兴办目的是鼓励发展工商业。《娱闲录》登载《商业场赋》的时间是1914年,距"劝业场"改名"商业场"已过去四年多。由此可见,樊孔周仍不忘兴办"劝业场"的初衷,还在大力提倡国货,呼吁发展民族工商业。《娱闲录》确实不"闲"。

---

① 丘民:《商业场赋》,《娱闲录》1914年第2册,第38页。
② 参见陈祖湘、姜梦弼:《成都商业场的变迁》,四川省政协文史资料委员会编:《四川文史资料集粹》第3卷《经济工商编》,四川人民出版社1996年版,第305页。

其三,关注国计民生。如《军票赋》:

军票之兴三年,市面之糟可怜……债何年而始清,眼何日而始明。况乃贫家小户,对此伤情……上愁消纳之策,下读钱票之歌。相悲相泣,日后如何。①

民国初期,四川地区兴起军票制度,以军票代替银子。据张善熙考证,1912年四川地区开始发行军票,先后持续了四五年②,给民众生活带来了沉重苦难。《军票赋》一文形象地反映了当时的情况,有助于深入了解民国初期的这段历史。

其四,描绘当时的社会民俗、风俗。如《成都春赋》:

白鲂初熟,绿蚁新酷。楼名濯锦,池号流杯。酱调紫笋,蜜饯青梅。宜春品茶去,聚丰醉酒来。京调初开,高腔乍抚。《荷花》《牡丹》之曲,梅史竹女之舞。悦来笙簧,群仙筝柱。才演草桥,又排花鼓。司香都尉,傅粉仙郎。鹰睃紫甸,马系绿杨。红裙雾集,翠盖云张。佳人入餐馆,公子进浴堂。③

此赋写春来成都,各色人等纷纷外出游春、品茶饮酒、听戏赏舞的一派热闹繁华气象。此赋中"悦来"即樊孔周开

---

① 平模:《军票赋》,《娱闲录》1914年第8册,第49页。
② 张善熙:《民初四川四大金融风潮》,《文史杂志》1993年第6期,第24页。
③ 蓟斋:《成都春赋》,《娱闲录》1915年第12册,第8页。

办的悦来茶园。悦来茶园于 1908 年建竣，先后接纳京戏、川戏和改良川戏等各戏班轮流上演，成为成都川戏的发祥地之一。

（二）赋作多采用讽刺手法，语言风格亦庄亦谐，讽世的目的是劝世

如《麻雀牌赋》对打麻将这种赌博行为进行了规劝：

> 雀牌之盛有年，社会之坏可怜。无人不爱，瘾发甚于吸烟，倾家荡产，不知几万几千……况乃赌神不佑，上手无情。于时大牌难和，债已堆砌。四圈未完，损失匪细……输干净而长叹，解衣入质店，愧汗常漫漫。①

又如《瘾客妙思赋》：

> 洋药之禁有年，瘾客之居可怜……灰与丸兮俱备，人与鬼兮共色。灰则渐渐无余，人则奄奄不测……病发如何，神昏耗而意乱，横短榻而愁叹，呵欠口难敛，涕泪常漫漫。②

此赋把吸食鸦片烟者在禁烟后烟瘾发作时的丑态描摹了出来，以此来劝诫世人早日戒掉鸦片烟。

又如壮悔的《升官图赋》就官场不良现象进行了抨击，

---

① 华如：《麻雀牌赋》，《娱闲录》1915 年第 16 册，第 39—40 页。
② 步：《瘾客妙思赋》，《娱闲录》1914 年第 9 册，第 47 页。

升官图游戏中暗含了官场规则,以此告诫世人远离险恶仕途:

> 时而紫绶登朝,时而青骢走马。负者则黑革囊空,胜者则青蚨手把。或则簪缨晋秩,袍笏加官,九卿右擢。一旦左迁,以功名为儿戏,任颠倒如转丸,问仕途之目的,无非在乎金钱……折腰之吏已渺,磕头之虫可伤……负既委之命途,胜亦何须才智……何期政治规模,在此盈尺之地。不信升官发财,乃类小儿之游戏……宦途非乐地,不如早还乡。鄙金钱如粪土,祛利欲于膏肓。①

再如,《假哥赋》描摹世态,讽刺世俗"官样人",此种人混迹官场、商场,赋作对其假模假样、装腔作势的行为进行了嘲讽。《吃匪赋》则描绘了好吃者贪得无厌的丑态。

讽世的目的是劝世,都鄙回顾了《娱闲录》办刊一年所取得的成就:

> 然此一年之谐文、小说、时论、杂俎为篇数百,同人谫陋,何敢云经世之作,惟所撰述,出于庄雅者半,出于戏谑者亦半,则以正言不如谐语之入人深也。试于今日,追维一年以来之所历,裨益于人世者安在?影响及社会者几何?知我罪我,固在读者。而"娱闲录"三字则已深入人心,久久不忘,岂若无痕春梦,随云烟以

---

① 壮悔:《升官图赋》,《娱闲录》1915年第12册,第8—9页。

俱散哉?①

时当社会动荡,时局艰难,办报之人有感于肩负的社会责任,意欲有所作为,但由于当局钳制言论,为了避免因言获罪,也为了增强文章感染力,激发读者兴趣,达到良好的舆论效果,故采取登载亦庄亦谐的游戏之文。这种方式也取得了很大的成功。

(三)四川方言俗语入赋

《娱闲录》作为四川地方刊物,具有鲜明的川地风格,使用方言俗语便是其重要特征之一。例如,《吃匪赋》,基本用白话文写成,间杂俚俗用语:

> 闹得人锅飞碗走,吃铁吐火,毫不留情……简直精伶,叫甚么水晶猴子,醉的时候闹多少花脚乌龟。②

其中"吃铁吐火""水晶猴子""花脚乌龟"皆是四川方言。"吃铁吐火"意在形容人凶猛。"花脚乌龟"是指人做事情颠三倒四。且志宇《四川方言与文化》:"'水晶猴子'应分开来看:'水晶'言其世事洞明,'猴子'言其人情练达。四川人常把行事精明通透的人叫做'水晶'或'水晶灯笼'。"③

又如,《觯神误入女厕赋》:

---

① 都鄙:《回顾去年》,《娱闲录》1915年第24册,第43页。
② 蘜:《吃匪赋》,《娱闲录》1914年第11册,第50页。
③ 且志宇:《四川方言与文化》,中国国际广播出版社2015年版,第178页。

> 则有觍神者，生性粗顽，举止绰阔，专务奢华，自矜标格，目中不识一丁，胸次毫无点墨。①

"觍神"是四川方言，意思是"二流子，无正当职业的游民或穷汉"②。

再如，《麻雀牌赋》：

> 重以振功甚多，三面网罗。丁拐桥兮稳坐，扶瞎子而下河。上家眉眼手势，下家咳嗽笑歌。左岩右坎，看你如何。③

其中"振功""扶瞎子而下河""左岩右坎"是四川方言俗语。"振功"是害人的功夫；"扶瞎子而下河"就是整人、害人的意思；"左岩右坎"即左边是岩石，右边是坎，意思是左右为难，进退维谷。此外，《辫子春思赋》中也有"脑壳""尖脑壳"等四川方言。

《娱闲录》登载的赋作中保存了很多四川方言俗语，有的尚未被《四川方言词语汇释》《四川方言词典》《成都话方言词典》《成都方言词典》等方言词典收录，有的俗语在民国时候通用，后来就不再使用了。这些方言对研究四川语言文化及其发展史具有重要意义。

---

① 觚斋：《觍神误入女厕赋》，《娱闲录》1915年第24册，第46页。
② 缪树晟：《四川方言词语汇释》，重庆出版社1989年版，第208页。
③ 华如：《麻雀牌赋》，《娱闲录》1915年第16册，第39页。

（四）部分赋有自注

有的赋文隐晦难懂，非赋注难以彰明。为便于读者理解赋文含义，作者在赋文中加了自注。《商业场赋》《瘾客妙思赋》《军票赋》《成都春赋》《屁声赋》皆有自注。如《军票赋》"眼何日而始明"，注云："因谚有银子是白的，眼睛是黑的，一见了银子，眼睛就亮了之说。"又"男女杂而行乱"，注云："某报载，福建馆换钱时常有某在此吊膀子。"①

有些赋涉及当时的"新典故"，亦需注明。如《成都春赋》"开六门而竞入"，注云："成都四门，新辟二门。"②《瘾客妙思赋》"出钱五钏，不得一两净烟"，注云："闻近日实价如此。"③ 这条文献可当作民国经济史料来看待。

三、《娱闲录》所载赋作者小考

《娱闲录》所载赋作署名有丘民、平模、步、蘅斋、壮悔、蘅、壁经堂、华如、芭、骨、放、觚斋、失名。其中可考者有壮悔、壁经堂、觚斋、蘅、芭等。

《娱闲录》中署名"壮悔"的是李思纯（1893—1960），他在《娱闲录》中的署名还有"李思纯壮悔"以及本名"李思纯"。《李思纯文集·论文小说日记卷》收录了《升官图赋》一文。《四川省志·人物志》载：

> 李思纯（1893—1960），字哲生，成都人。史学家。

---

① 平模：《军票赋》，《娱闲录》1914年第8册，第49页。
② 蘅斋：《成都春赋》，《娱闲录》1915年第12册，第8页。
③ 步：《瘾客妙思赋》，《娱闲录》1914年第9册，第47页。

早年入四川法政专门学校学习,后任《川报》记者。五四运动期间,加入"少年中国学会"。1919年赴法国留学,就读巴黎大学文科。回国后,历任南京东南大学、成都高等师范学校、辅仁大学、四川大学、华西协合大学、浙江大学等校教授。建国后,任四川省文史研究馆研究员。一生专治史学,尤精元史,兼工诗词。著述甚丰,已出版的主要著作有《元史学》《江村十论》等,译著有《史学原理》《仙鹤集》等。①

关于李思纯的详细介绍,可另参看陈廷湘、李德琬主编《李思纯文集·诗词卷·附录》中的《李思纯哲生小传》②一文。

"壁经堂"即胡鸿勋(1857—1929),据《新津县文化志·胡鸿勋生平简介》载:

胡鸿勋号安澜,别号淦,寓名壁经堂,新津县金华乡宝峰大队人。生于清咸丰六年(1856年)。幼时在本乡青杠坎徐怀古老师门下读书,很受老师器重。一次,老师在他所作的文中批道:"床上架床,屋上架屋,多看诗书"。鼓励他努力学习。清光绪二十五年(1890年)赴成都参加省会考,获全川第一名。同年代替别人考上举人,获酬银一千两。王道台闻其名,聘请胡安澜

---

① 四川省地方志编纂委员会编:《四川省志·人物志》,四川人民出版社2001年版,第854页。
② 李德琬:《李思纯哲生小传》,陈廷湘、李德琬主编:《李思纯文集·诗词卷·附录》,巴蜀书社2009年版,第1603—1610页。

为家庭教师。胡安澜毕业于清末省办的尊经书院，与四川名人饶焱之、冯春翘、帅玉佐、吴虞、朱青长交往较密。民国元年至四年，先后在省立中学、师范学校任教。民国五年（1916年）刘成厚掌四川军政府时，聘胡安澜为四川文献征存处处长、《四川丛书》编辑处处长。他对地方历史人物及一些史故进行考证补失作出了贡献。民国七年（1918年）曾任成都戏曲改良进化社社长，从事戏曲改良工作。改良后的戏曲曾刊登在当时的《国民公报》上，后集为一册问世。民国十年，在成都浙江会馆办有《壁经堂文学》专门学校，同时任四川省通志局襄理。民国十二年（1923年）被成都国学院院长廖季平聘为教师。于民国十八年（1929年）病逝，享年七十二岁。①

"觚斋"即方于彬，原名象矩，字颉云，号觚斋。廪贡生，年十七，入尊经书院，又毕业于四川通省师范学堂。光绪中，曾任贵阳巡警学堂提调、贵州直隶州知州。辛亥后，一度入田颂尧幕府。民国时期归蜀，历任第一届四川省议会议员、国军二十一师秘书长、通江县征收局长、北川盐运副使。民国十七年（1928）卒。著有《觚斋诗存》等。②据《民国简阳县续志》载，方于彬"生于清光绪庚辰年"，即光绪六年（1880）。其著述还有《觚斋文集》一卷、《缘净居诗存》二卷、《觚斋书牍》二卷、《缘净居随笔》二卷、《觚斋

---

① 《新津县文化志》编纂组编：《新津县文化志》，1984年版，第312页。
② 参见李晓宇：《尊经·疑古·趋新：四川省城尊经书院及其学术嬗变研究》附录二《尊经院生征略》，四川大学博士学位论文，2009年，第222页。

俎》一卷、《觚斋联语》二卷、《觚斋集联》一卷。①

方于彬的生平在民国十六年（1927）铅印本《简阳县志》卷七、卷一一，民国二十年（1931）铅印本《简阳县续志》卷二、卷三有载，特别是民国二十年铅印本《简阳县续志》卷二附颜振麟撰写的《清授朝议大夫简阳方君颉云墓志铭》、卷三《方于彬传》有详细记载。

《娱闲录》中署名"蘅"的作者是四川新都人闵昌铨，字问聃，著有《问聃杂俎》。民国三十年（1941）刊《问聃杂俎》载有《吃匪赋》，其赋题后注："为《娱闲录》作，屡经各报转载。"②

署名"苣"的作者是四川大邑县人傅守中，字启唐，亦作苣棠。光绪戊子年（1888）科举孝廉，历任官阆中教谕、宁远知县。民国时曾官县知事，重修《大邑县志》，为总采访。《民国大邑县志》有载：

> 傅守中，字苣堂，邑南人。以名诸生调尊经，受学于王湘绮先生。光绪戊子科举人，授阆中县教谕，川督锡良委办阆中、苍溪、南部三县学务，成绩昭著。学使吴郁生奏保加国子监学正衔，苏抚恩寿奏保经济持（特）科，以办学未赴试，改官湖南，任宁远县知县。③

---

① 中国地方志集成编委会编：《中国地方志集成·四川府县志辑（新编）》第31册《民国简阳县续志》，巴蜀书社2017年版，第509页。

② 转引自马积高主编：《历代辞赋总汇》第21册，湖南文艺出版社2014年版，第21509页。民国三十年刊《问聃杂俎》，现藏于四川大学图书馆。

③ （民国）王铭新、解汝襄等修，钟毓灵、龚维锜等纂：《民国大邑县志》，中国地方志集成编委会编：《中国地方志集成·四川府县志辑（新编）》（第13册），巴蜀书社2017年版，第171—172页。

《娱闲录》1914年第8册有以小说笔墨写成的傅守中传，虽是诙谐之文但也可从中窥见傅守中的为人处世，今附录如下：

晋原傅公守中，字启唐，性廉，有豪爽气，词章家也。前清为诸生时，崭然露头角，每试场听点，即为同辈嗟异，榜出，恒独冠首。南皮张文襄按考邛属，奇其文，以玉堂人物推许，调入尊经肄业，居上舍。暇与同学较絜古今，评骘术艺高下，正论恢嘲间作，霭然若霁月照人，人自各得其意以去。

院内沈、萧两庵丁，善随人意，以乐歌擅长，尤为院生鲁灵光所嘉许。不幸时疫流行，沈、萧均病卒。罗森阶、岳凤梧两君，一为城口都司，一为广西苍梧典史，皆尊经资格也。某谓公曰："君风雅人，可将此种事实，作诙谐联否？"公信口云："灵光鲁殿尚巍然，最难忘沈约四声、萧何六律；同学少年多不贱，况更有苍梧典史、城口都司。"一时传为佳话云。

光绪戊子领乡荐，适恩寿守成都郡，首聘作记室，射覆联吟，不与凡客相款接。恩暇时，即录题纸上，细揉为团，拈阄以定，洵乐事也。一夕同恩饮，以甲、乙、丙、丁、戊、己、庚、辛、壬、癸等字为题之次第。（甲）（韩琦）（红纸呈词）喜气溢庭吟芍药，冤情和泪写桃花。（乙）（陛见）（秋海棠）丹顶晓趋青锁闼，红心愁上碧阑干。（丙）（红线）（桃花扇）悬胸气壮龙文剑，溅血悲余燕子笺。（丁）（天台仙子）（三小子）

夫婿争夸刘与阮，品流又见仆臣台。(戊)(三更)(二点)二分春色花千点，三径霜华月五更。(己)(东方朔)(纺线娘)春色仙桃尝汉帝，秋心断絮问徐家。(庚)(南霁云)(笨伯)示汝淋漓一指血，笑他肥大十围腰。(辛)(不倒翁)(牵牛花)此老健从抟土日，有人簪去渡河天。(壬)(笑西施)(粜布)想见吴宫花下舞，曾为齐市酒家佣。(癸)(皮老虎)(西施)未堪晋国资蒙马，却恨苏台竟走麋。公生平得意之作，楮不胜书。而妙想天开，措词渊雅，已略见一斑。

其在署也，凡有冤者，公知之，必曲为救，不求报。即报之，亦不受。盖以名誉为第二生命也。自是声名籍甚。大吏蜚书争聘，公必慎别其可，不苟就。

后恩抚苏，盼公切，电调诣署，相与商榷(榷)时政，十事而意合者八九。是时，李傅相鸿章殁，恩乞为挽联，须臾遂成。联云："听寺里钟声，是元老旧时疆里(李公前为苏抚，故云)；怅天边箕影，最伤心此日河山。"有识者见之，皆喜其笔墨高绝，啧啧称道弗衰。

恩署内有写生家某，名噪一时，而题画不能免俗，殊属缺陷。一日，绘笺系双蟹图，思欲留题，苦无惬意句。恩云："启翁非善题画者乎？特祈燕许大笔，以成两美。"公辞不获，命题曰："一个螃蟹是我，一个螃蟹是你。用一皮细笺条儿，将两个轻轻拴起。不怕你满身甲，不怕你八只腿。从今后要横行一步，也由不得我，也由不得你。"恩阅之，钦佩无暨。迨公选授阆中县教谕，始肯放归。

鲑菜一畦，甚非公志。特试礼闱不捷，藉是隐于吏耳。逾年，恩保为经济特科。公以特科不肯赴考，而寒毡又不屑终淹。惟此亲民之官，可以洞督幽隐，毗补缺漏，下为时艰一篑之助，而上以分九重孜孜图治之忧。遂改官知县，指分湖南试用。到湘二月，即委榷务。又二月，即权宁远县事。大府欲联公任，公迭电辞。去之日，湘民攀辕不忍释，甚有泣下者。后复委榷局牙捐文案，公辞不就，乞假修墓回籍。既归之二年，湘中饥民酿巨祸。仓卒不及备御，自抚台以下，各谪降有差。而公独蚤自免。倘所谓清廉之美报欤？

反正后，公取销大夫第额，在政府命令前。卓识何如，倾心民国又何如！浅陋之徒，见其如此，遂以为脱身政界非复上流人物。公付诸一笑，不与校也。忽某当道函请出山，公存厌世思想，将谢绝。某某劝曰：今之人，鼠目寸光，不知国民之尊，只知公仆之荣，公何不出而仕宦，一塞人口乎？公然之。

不久奉政府命，署理隆昌知事。到任方三月，知人民无共和程度，甚难治，屡辞。某当道不允，公无如何，请执规避条例处分。某当道曰："鄙人委任阁下，重阁下才也。今若此，鄙人不相强，但祈阁下撞八股钟，以作留别之物。不然，弗允辞职。"公曰："撞诗钟固其惯习，而八股钟则不能。况当今之世，犹谈八股，恐贻笑新学家。"某当道曰："士各有志，人言不足恤也。试撞之，留作八股纪念。"公不便违命，因请题。某当道曰："即以'月中红麻雀牌'六字为题，限作后二比。如吐属风雅，具有赋心，即许尔咏《归去来》，享田园幸福。"公作文云：

登高而望燕蓟之墟，昔日霓裳，渺不复睹矣。问舞衣于十三日，老去徐娘；追遗韵于响九霄，坟埋苏小。后此若怡云，若灵芝，均足擅场方响。而京华回首，慨也何如。兹何幸丝管锦城，犹有月中红以继其后也。幻嫦娥之小影，误谪人间；晕神女之朝霞，如逢天上。纵今日七盏灯、万盏灯，亦有共相评论者。而辨色审音，究何若雏莺乳燕之为愈乎？几家票号，掷叫局之金钱；一般学员，流相思之涎沫。斯固所目见耳闻者。茶悦来以弥甘，灯可园而竞灿。魂销何处，窃自附英雄之顾曲焉耳。入世而观事势之变，赌乡风味，亦略可领矣。闱姓则遍及于粤东，助饷数百万；彩票则盛行夫各省，抽款二三成。下此，若叶戏，若牌九，均堪浪掷光阴。幸禁令频颁，太甚去矣。独无解浩荡神州，更有麻雀牌以开其异也。又八圈而过瘾，容我偷闲；冀一色之做成，恐人觑破。纵或谓有餐馆，有戏园，不乏藉资消遣者。而呼朋引类，究何如红中白板之为庆乎。不了了时，更弄机心于么九；作非非想，暗期太保之十三。斯固有心恋意迷者，嗟凤凰之何少，比枭雉而出奇。鹰逐犹难，以是叹气运之所关已耳。

文成，某当道鼓掌曰："杰作也！"放旋乡里，为自由国民。公归后，前之藐视者，皆起敬起畏，目为政界中人。公仍笑置之。惟以廉洁持身，诗酒娱情而已。①

---

① 《傅守中》，《娱闲录》1914年第8册，第15—18页。

第二章 《小说新报》登载赋作考论

《小说新报》是鸳鸯蝴蝶派刊物，郑逸梅《民国旧派文艺期刊丛话》载："杂志方面，鸳鸯蝴蝶派的大本营《小说丛报》《小说新报》，礼拜六派的《礼拜六》周刊，都作较详细的说明。"①《小说新报》上登载了25篇赋作，其所属栏目有谐薮、文苑、艺府、杂俎、谐著。下面就这些赋作简要介绍。

一、《小说新报》所载赋作概况

《小说新报》1915年3月创刊于上海，是由《小说丛报》演化而来的。该刊历任主编有李定夷、包醒独、贡少芹、天台山农等。郑逸梅《郑逸梅选集》（第6卷）对此有论述：

> 国华书局发行，由李定夷任编辑主任。直出至第五年第八期起，由武进许指严继任编辑，第六年第一期起，指严又脱离，包醒独校订且兼编辑。第七年第一期起，由贡少芹编辑。第八年第一期起，天台山农为主任编辑，朱大可为理事编辑，陈逸民为编辑兼校订。至第九期才停刊。在贡少芹编辑时期，曾有闰五增刊号。统计共九十四期。②

---

① 郑逸梅：《郑逸梅选集》（第6卷），黑龙江人民出版社2001年版，第397页；又见郑逸梅：《民国旧派文艺期刊丛话》，魏绍昌编：《鸳鸯蝴蝶派研究资料》（上卷），上海文艺出版社1984年版，第364页。

② 郑逸梅：《郑逸梅选集》（第6卷），黑龙江人民出版社2001年版，第428页；又见郑逸梅《民国旧派文艺期刊丛话》，魏绍昌编：《鸳鸯蝴蝶派研究资料》（上卷），上海文艺出版社1984年版，第396页。

该杂志主要撰稿人有李定夷、倚虹、指严、轶池、苕狂、蝶衣、竞存、花奴、浊物、寄尘、林纾、舍我、崖父、双热、瘦鹃、卓呆、涵秋等。

杂志分设说林、短篇小说、长篇小说、谈屑、谈荟、说汇等专栏。每篇作品均标明类别,有苦情小说、醒世小说、义烈小说、哀情小说、家庭小说及艳史、惨史、轶闻、秘录、掌故等,种类丰富;五四运动后又增加了爱国小说、教育小说、时事小说、讽时小说等。

《小说新报》登载的赋作,其具体篇名、作者情况如表2—1所示。

表2—1 《小说新报》刊载赋作一览表

序号	篇名	作者	期号	页码
1	盆汤赋(仿阿房宫赋)	诗隐	1915年第2期	4页
2	花旦赋(以色可羞花声堪戛玉为韵)	澹素	1915年第2期	4—5页
3	新秋赋(以已凉天气未寒时为韵)	东园	1915年第8期	1—2页
4	彩砾赋(仿张茂先鹪鹩赋体并用其韵有序)	东园	1916年第2期	1—2页
5	拟梁元帝荡妇秋思赋(用原韵有序)	东园	1916年第2期	2页
6	春寒花较迟赋(以二分春色到花朝为韵)	东园	1916年第3期	3—4页
7	王右军书兰亭序赋(以天朗气清惠风和畅为韵)	东园	1916年第3期	4—5页

续表

序号	篇名	作者	期号	页码
8	拟庚子山春赋（原韵）	潘蛰庵	1916年第7期	1页
9	投稿赋（自嘲仿阿房宫赋体）	诗隐	1916年第7期	4—5页
10	双十节赋（以十月十日共和纪念为韵有序）	东园	1916年第9期	1—2页
11	吃醋赋（并序）	诗隐	1916年第10期	6—8页
12	今年禁烟节之烟鬼赋（以题为韵并序）	诗隐	1917年第3期	3—5页
13	观夜剧赋（仿阿房宫赋体）	诗隐	1917年第6期	3—4页
14	才女赋（以绛珠琴仙为第一为韵）	西园	1917年第6期	6—7页
15	兰盆会赋（仿阿房宫赋体）	诗隐	1917年第8期	4页
16	糖炒栗子赋	诗隐	1917年第10期	4—5页
17	游戏场赋	诗隐	1917年第11期	5—6页
18	月饼赋	诗隐	1918年第7期	3—4页
19	知事赋（以下民易虐上天难欺为韵）	俭父	1919年第10期	1—3页
20	哀时赋（集俗语不限韵）	少芹	1920年第8期	4—5页

续表

序号	篇名	作者	期号	页码
21	张赋（以弓长为韵）	少芹	1920年第9期	4页
22	集俗语赋（不限韵）	少芹	1920年第9期	4—5页
23	斗鸡赋（并小引）	诗隐	1921年第3期	1—2页
24	绣鞋赋（以知事在如夫人足下为韵）	贼菌	1921年第4期	2—3页
25	闰午赋	姚民哀	1921年闰五月增刊	3—4页

《小说新报》登载赋作所属栏目有谐薮、文苑、艺府、杂俎、谐著等。

关于谐薮的设立，姚民哀《小说新报谐薮序》云：

窃夫鹿角谈经，戏朱游为栗犊；龙摅作赞，嘲孙绰以真猪。惠施好辩，偶为连理之词；匡鼎说诗，间作诽谐之谑。况乎庄生放诞，雅善寓言；淳于滑稽，喜为诙语。水浊濯足，宛闻孺子之作歌；顽石点头，当解生公之说法。方今军阀嚣张，内忧未已，强邻威迫，外患正殷，蒿目时艰，涕陨无已。苟不寻书破涕，试思何计排愁？此所以《小说新报》特辟谐薮一栏焉。在惜"五噫"之作，梁鸿欲以悟君；"三良"之篇，陶潜岂真遗世。言者无罪，闻者足戒矣。仆也才谢士安，懒于叔夜，愧乏生花之笔，惭无倚马之才。只以秋士工愁,借兹抒伊郁之思;羁旅善感,联为《惜誓》之文。强作欢人,张鲈口分胡卢;未甘藏拙,依骥尾而沽弋。宁免狗尾之讥,自哂班门之弄,编辑者其能恕乎?是为序。①

可知,出于内忧外患、时局艰难、民不聊生,《小说新报》特设谐薮栏目,以解忧愁,反映出其对国计民生的关注。

1919年第6期刊载的俞静岚女士的《小说新报评论》,对《小说新报》的主要栏目进行了详细叙述:

> 谐薮:古人嬉笑怒骂,皆成文章,文章三昧,亦往往从游戏得来;今日之作者,无弗灿其三寸莲花之舌,而撰游戏之文,故无论何种杂志,皆列有此格,酒后茶余,实足增阅者之兴趣不少也。若《新报》所刊各稿,应时而作,应有尽有,不徒以俏皮话见长也。至滑稽新语,予以附属品视之,不足轻重也。②

> 报余:本栏即杂俎也,其中有飞觞醉月,有钟声吟什,有灯市谜坛。要言之,亦即报之余兴栏也。自五年五期起,更增爱国新潮等,专纪近日国民关于外交内政之意见及种种救国举动。是又开小说杂志界之新纪元矣。虽然,国事至重,不得以余兴视之,但《新报》为定名所限,不能置之首列,予又当谅之。③

---

① 姚民哀:《小说新报谐薮序》,《小说新报》1921年第7期,第12页。
② 俞静岚:《小说新报评论》,《小说新报》1919年第6期,第4页。
③ 俞静岚:《小说新报评论》,《小说新报》1919年第6期,第5页。

俞静岚女士认为《小说新报》谐薮栏目之旨在于酒后茶余，增加阅报者兴趣，杂俎栏目虽是写各种杂事，却暗含救国之情。

二、《小说新报》所载赋作的内容及特点

《小说新报》登载的这些赋作内容主要有以下几个方面。

（一）对不良社会风气的嘲讽

赋作对于当时不良的社会风气如奢靡作风、吸食鸦片、淫荡风气、借事敛财等皆有所揭露。如诗隐的《盆汤赋》：

> 嗟乎！洋式之盆，新花样之称也。人爱纷奢，不惜费金钱，于是尔也沾洋气，他也学时髦……称洋盆者，官盆也，其实也，官盆者，名也，即客盆也，今家家各改其名，实足以市利，人亦爱特别之称，每自客盆改用官盆，西盆而日上，有谁而嫌贵也。一人不知撙节，而他人行之，他人效之而心甘之，遂由他人而效于无穷也。①

通过对人们不顾价格昂贵纷纷结伴去西式澡堂消费状况的描述，批判了当时社会盲目崇尚"洋式"事物，追求享乐的奢靡之风。

又如《今年禁烟节之烟鬼赋》：

---

① 诗隐：《盆汤赋》，《小说新报》1915年第2期，第4页。

原夫烟之为物也，本含毒质，见恶先贤，疗病则医难对敌，养神则人可安眠。然而林则徐之忠言直谏，丁义华之劝告连篇。诚以半榻迷魂，误邻光阴不少，一朝上瘾，害将身体难全。既昼夜之不分，阴阳倒置，复金钱之易耗，产业全捐，奈何对此孤灯……自然泪并千丝，满眼昏花，叹倒运而计将安出，浑身冷汗，类游魂而怅欲何之……自此毒根尽划，还我中华完善之邦，好教摛藻为文，续将大笔淋漓之赋。①

此赋亦为诗隐所作，对于吸食鸦片所造成的危害及无鸦片可吸食时的种种丑态都有所揭露，希图以此唤醒民众不再吸食鸦片，并将铲除鸦片之毒的希望寄予未来。

诗隐的赋作还批判了当时社会的淫邪之风。如《观夜剧赋》：

小姐姨太、浪子瘟孙、狐群狗党，都聚于斯，名为看戏，来觅情人……嗟乎！看夜戏者，非看戏也，调戏也；荡妇看戏者，淫也，非懂戏也。使妇女各爱其身，则足以拒淫，若复爱浮薄之人，可自一个而至百个而俱来，安得而不败也？②

又如《游戏场赋》：

---

① 诗隐：《今年禁烟节之烟鬼赋》，《小说新报》1917年第3期，第4—5页。
② 诗隐：《观夜剧赋》，《小说新报》1917年第6期，第3—4页。

嗟乎！千万之费，一二角之积也。游戏之场，踵起以增华，居然视之如实业，自命为专家。使吊膀游魂，多于轮埠之挑夫；勾魂荡妇，比于风骚之妓女……彼游荡之流，每争趋而若鹜，淫靡成风，日益无度……嗟乎！游戏场者，聚游民也，非胜境也；来此者，淫也，非游也。①

此两赋对于当时借看夜戏之机私会情人以及流连于游戏场所，以淫代业的淫靡之风痛加揭露与批判。

（二）对不良政治生态的批判

《小说新报》登载的赋作对于民国时期的官场丑态也有所批判。如《知事赋》：

既会吹牛，又工拍马，百计夤缘，一官苟且。阿堵物能显神灵，纨绔儿亦膺民社……试看官长威严，较前清更有甚者，生杀权操之在我，自然格外行凶。金银矿取之于民，只恐囊中或寡。无论刑事民事，此心不解贪残……披上虎皮，即成鬼像，狞牙宏张，狗窦大敞，行实等诸流氓，名何取乎厅长？②

此赋讽刺了民国初年官员的贪残，批判了官员的作威作

---

① 诗隐：《游戏场赋》，《小说新报》1917年第11期，第6页。
② 俭父：《知事赋》，《小说新报》1919年第10期，第1—2页。

福行径；痛斥民国初年官员的贪残更甚于清朝官员，所谓厅长等实等于地痞流氓。

又如《绣鞋赋》：

> 民国官场，本同儿戏，尽是污官，谁非墨吏。同狗尾之乞怜，效王孙之献媚……而某县知事者，性成贪墨，缺盼膏腴，患得患失，献媚献谀，盼垂青于此老，先取悦乎彼姝。①

此赋创作的缘由是当时有个县知事为了取悦督军上司，做了双绣鞋赠予督军之妾，并在绣鞋上绣上某某县知事某某字样，想以此引起上司注意，此种溜须拍马的行为，可谓"民国官场现形记"。赋作者对此行径痛加嘲讽。

（三）对美好事物的赞颂

除了对社会现实的观照，《小说新报》所载赋作也描摹季节之景，抒发个人情感；以小见大，阐发生活态度。如《新秋赋》描绘初秋淡雅而饱含新趣之景：

> 屋小如船，庭凉如水。亭柳筛青，池菱绽紫，掩秋景之萧疏，淡秋光之旖旎。起雁群于荻浦，风信何如；乱虫语于豆棚，夜鸣不已。时也水蘋新白，岭桂新黄，云明似锦，山媚如妆。薄薄罗衫，雨后之落红成阵；团

---

① 贼菌：《绣鞋赋》，《小说新报》1921年第4期，第2—3页。

团纨扇,风前之众绿犹香。①

又如潘蛰庵的《拟庾子山春赋》：

羌乃寒销永巷,昼静离宫,鬟歌香雾,衫怯尖风,梨消瘦兮晕白,棠惨淡兮褪红……若夫绮陌听莺,雕弧射雉,斗草香街,湔裙曲水,人输金谷之豪,地赛兰亭之美,榆栈论值,竹叶泻醅,鸩鹏捧杓,鹦鹉衔杯,晚蔬碧韭,早果青梅,玉桧登盘,进银筝,催酒来,佳会无多,良辰共抚……春风荡山郭,春水漫河梁,过章台而走马,比茂陵之求凰。烟花兮古津,凌波兮洛神,约寻芳兮此地,问解佩兮何人。远山妒翠黛,飞鸟衔红巾,鞭丝帽影剧横斜,拾翠踏青千万家,桃李年年花似旧,玉颜那有长如花。②

此赋对江南春色的描绘甚是动人,赋的尾句表达了对春光无限美好,但时光易逝的叹息。全赋文辞华美,感情细腻,婉转动人。

东园的《彩砾赋》借摹写彩砾小石来表达不骄不躁、随遇而安、不拘泥于世俗的生活态度：

何造化之为工兮,炉天地而锤万类。惟彩砾之眇小兮,镜清光而郁奇气。杂朱绿以显分,错玄黄而自

---

① 东园：《新秋赋》,《小说新报》1915年第8期,第1页。
② 潘蛰庵：《拟庾子山春赋》,《小说新报》1916年第7期,第1页。

贵……介贞则吉，坚固则安。光韬无玷，采匿无患。伊顽质之无知，何处身之似智。不怀宝以速愆，不矜奇以拈累。席自珍而乐群，位素行而居易。任自然以葆真，毋矫揉以作伪……有入权豪之藻鉴，储贵显之药笼。抚平年之碌碌，受缚束之重重。混碱硖以媚俗，随砮丹以升庸。①

（四）其他杂项

《小说新报》登载的赋作也有表现其他杂事的。如《投稿赋》：

早茶毕，报纸出，附张刻，谐文集。每篇数百余字，五光十色。我亦见猎而心悦，腹内空空。搜尽枯肠，忙把书翻。又将笔搁，几费踌躇。更番摸索，好者双圈，改者尖角。长长焉，短短焉，几句几行，正不知其有无错落。某段用意，活泼如龙。某篇别体，变幻如虹。引经据典，声西击东。韩潮苏海……一篇之内，一句之间，而文必对题。各省报张，多年小说，鸡零狗碎，搜集于斯。撷精聚华，以示同人……文章天成，无非偶尔得之也。某篇某段，凑足字数，安心着意，而邮寄焉。有不得售者，三十六篇。抽屉之收藏，草稿之经营，秘本之精英，累月累年，投稿之文，堆积如山，他人不能有，胥储其间。文章策论，诗词歌赋，生平心

---

① 东园：《彩砾赋》，《小说新报》1916年第2期，第1—2页。

血，从头视之，实在可惜。嗟乎！一篇之稿，若干篇之稿也。集腋成裘，无不节其长。自应贮之以锦囊，爱之如拱璧。①

此赋是自嘲文，先写自己心喜报纸上登载的游戏文章，故而也写些游戏文投给报刊，有被录用时的兴奋，有不被录用时的失落，亦有创作的辛苦。

又如《吃醋赋》：

尔其不甜不苦，非辣非盐也，从酒酿，岂是油黏。零买而取携甚便，偶闻而气味堪嫌。叹失手于庖人，入口则眉梢紧皱……彼夫幽居绣阁，寂守深帷，偶以事端之拂逆，致乖夫妇之唱随。遽疑御婢多情，倏生恶感，辄叹遇人不淑，暗启猜疑……于是非恼非嗔，似谗似诮，短叹长吁，真啼假笑。②

此赋基本上是铺陈了吃醋情状，由食醋说起，进而铺陈夫妻间的吃醋情形，敷衍成文。

《小说新报》登载的这些赋作在创作形式方面主要有三个突出特点：

首先是模仿名作。如仿《阿房宫赋》的有《盆汤赋》《投稿赋》《观夜剧赋》《兰盆会赋》《游戏场赋》；仿《鹡鸰赋》的有《彩砾赋》；仿《荡妇秋思赋》的有《拟梁元帝荡

---

① 诗隐：《投稿赋》，《小说新报》1916年第7期，第4—5页。
② 诗隐：《吃醋赋》，《小说新报》1916年第10期，第7页。

妇秋思赋》;仿《春赋》的有《拟庾子山春赋》。这些仿作都是步原作之韵的。

其次是多为律体小赋。如《花旦赋》《新秋赋》《春寒花较迟赋》《王右军书兰亭序赋》《双十节赋》《今年禁烟节之烟鬼赋》《才女赋》《知事赋》等,基本上都是律体之赋,并且都是小赋。

最后是部分作品吸收方言入赋。如《盆汤赋》:"凡好阔之人,皆趋之而若鹜,爱着西装,混充洋务,说改良,入西座,做得寿头,不肯叫苦。"① 其中"寿头"一词即方言,《上海西南方言词典》:"寿头,傻子、憨大,也可在戏谑时称呼。"②

三、《小说新报》所载赋作的创作意图

在《小说新报》上登载赋作有的是为了稿酬。如《投稿赋》:

> 想投稿者,想酬也,非名也;得酬者,名也,兼得利也。使每日必登我稿,则足以聚钱。我即恃游戏之文,则自千字积至万字,而总算安得而不乐也。他人不知此诀,而我独得之,我独得之而优为之,是以投稿而无须自己起稿也。③

有的则是单纯地舞弄文墨。如《张赋》铺陈与张姓的相

---

① 诗隐:《盆汤赋》,《小说新报》1915年第2期,第4页。
② 褚半农:《上海西南方言词典》,上海人民出版社2006年版,第97页。
③ 诗隐:《投稿赋》,《小说新报》1916年第7期,第5页。

关材料。但更多的是希望借游戏之文起到移风易俗、改造社会的作用。如《观夜剧赋》嘲讽了通过看戏来私会情人的不良行为，并在结尾明言："若辈恬不知耻，余作此以讽之，倘或见之而痛改之，亦是谐文而有益社会也。"① 又如《游戏场赋》："使人人各节省其资，则足以营业，由营业而生利，由生利而富国，谁得而非之也。斯人不知出此，而专作无益，以无益而害有益，吾恐日久而必至日穷也。"②

四、《小说新报》所载赋作与市民文化关系

《小说新报》登载的赋作与市民文化有密切关系。

首先，赋作所关注的事物盆汤（西式澡堂）、花旦、投稿、吃醋、烟鬼、观夜剧、兰盆会、糖炒栗子、游戏场、月饼等皆是民国时期上海地区市民生活中经常接触到的。

其次，《小说新报》登载的赋作基本上是从市民视角来看待当时的社会、民生的。如《斗鸡赋》序："方今军阀横行，民生凋敝，而党员政客，每不惜凭三寸之舌，肆弄簧鼓，掀风作浪，顷刻能成，忽而厉行争斗，忽而互相摧残。"③ 此赋从市民角度对当时军阀横行的情形进行了批判，并把军阀混战比拟成斗鸡，企盼天下太平早日到来。

再次，《小说新报》登载赋作有尚金、尚俗、消闲方面的倾向，这些也与市民文化密不可分。尚俗方面，如《糖炒栗子赋》："尔其半弯之地，三角之场，砂锅一只、门板两方，架滩头而买卖，沿弄口以装潢。摆出成堆，佳

---

① 诗隐：《观夜剧赋》，《小说新报》1917年第6期，第4页。
② 诗隐：《游戏场赋》，《小说新报》1917年第11期，第6页。
③ 诗隐：《斗鸡赋》，《小说新报》1921年第3期，第1页。

味久称上品；论他出产，嘉名总是良乡。"① 这篇赋写的是上海弄口摆摊炒栗子的事。田中阳《百年文学与市民文化》指出：

> 对于市民文学的创作主体来说，消解崇高，以俗为本，亦成为他们的一种基本的价值取向和叙事立场。
>
> 首先，世俗化成为市民文学创作主体的基本的价值取向……他们不再从事"宏大叙事"的史诗的创作，而着力于对市民生活表象化、琐屑化图景的再现，以俗为本。②

诗隐的《糖炒栗子赋》即再现了"琐屑化"的糖炒栗子，反映出尚俗的倾向。

消闲方面，如少芹《哀时赋》：

> 窝里捣灶，门内争锋，手段太很，气势真雄。待小百姓如奴隶，把外国人当祖宗。没有良心，惯叫野鬼欺家鬼；张开巨嘴，专门大虫吃小虫。满天云雨，平地风波，真正不了，无可奈何。嘴说为国为民，何异狸猫哭老鼠；心想争权争利，好像蛤蟆食天鹅……苦坏了百姓，便宜了强徒。叹衮衮诸公，只顾保全饭碗，办桩桩事体，总是依样葫芦。有意欺人，自谓十分周到；存心捣乱，闹得一塌糊涂。似这等情形，真够可怕可怕；看

---

① 诗隐：《糖炒栗子赋》，《小说新报》1917年第10期，第5页。
② 田中阳：《百年文学与市民文化》，湖南教育出版社2002年版，第189页。

将来结局，不知何如何如。①

集俗语以成赋，本身就是一种消闲、娱玩的文学。田中阳在《百年文学与市民文化》中指出："消闲，是市民审美的一个最基本的价值取向，也是市民文学，尤其是市民通俗文学审美的一个最基本的价值取向。"②《哀时赋》就是通过集俗语来迎合中下层市民的审美，以俗语敷衍成一篇小赋。

五、《小说新报》所载赋作者小考

《小说新报》所刊之赋，作者有诗隐、澹素、东园、潘蛰庵、西园、俭父、少芹、贼菌、姚民哀等。目前可考证的作者有东园、少芹、姚民哀、贼菌，其他作者待考。

东园，即吴承烜，安徽人士，能诗善词，颇有才名。据左鹏军《吴承烜生平事迹与戏曲创作考辨》：

> 吴承烜（1855—1940），字伍佑，号东园。安徽歙县人。夙有词名，能诗，亦工骈文，亦能写作小说戏曲，才思敏捷。主要创作活动当是在上海等地进行的，是清末民初一位相当活跃的戏曲家、文学家。著有戏曲四种，即《绿绮琴传奇》、《星剑侠传奇》、《花茵侠传奇》和《慧镜智珠录传奇》。另有散套《竹洲泪点图》等。从1911年起，在《申报·自由谈》发表多种诗词、散曲和文章，也是王钝根编辑的《游戏杂志》和陈栩编

---

① 少芹：《哀时赋》，《小说新报》1920年第8期，第5页。
② 田中阳：《百年文学与市民文化》，湖南教育出版社2002年版，第380页。

辑的《女子世界》的主要作者，有大量诗歌、词曲、文章发表于这两种杂志，还是李定夷等编辑的《小说新报》的主要作者，其戏曲多发表于该刊。亦尝在民国初年上海的其他报刊上发表戏曲、小说、诗词、文章等作品。杨香池《偷闲庐诗话》云："吴东园为近时诗人中之翘楚，尤擅近体，对仗工稳。"由此可见吴承烜在当时文坛地位影响之一斑。①

少芹，即贡少芹。据左鹏军《晚清民国传奇杂剧史稿》：

贡少芹（1879—1939），名璧，字少芹，以字行，别号天忏生，亦署天忏，晚号天忏老人。江苏江都人。南社社员，鸳鸯蝴蝶派作家。与张丹斧、李涵秋有"扬州三杰"之称。清末曾主编《中西日报》，撰有《苏台柳传奇》、《刀环梦传奇》在该报连载。辛亥革命后居湖北，与何海鸣（字一雁）合办《新汉民报》。后到上海，1922年任《小说新报》主编，因与倡办人意见不合，次年辞去。又办《风人报》，与儿子芹孙合作，有"贡家父子兵"之称，后以经费紧张而辍。又曾任进步书局、国华书局编辑。与李涵秋为异姓兄弟，1923年涵秋卒，少芹辑《李涵秋传略》一书，专记李涵秋家世经历及遗闻佚事，甚为详赡。此后舍弃文字生涯入仕途，出宰某邑，不料该地为匪所陷，少芹亦被掳，身陷匪窟

---

① 左鹏军：《近代戏曲与文学论衡》，上海古籍出版社2017年版，第704页。

多时。脱险之后再赴上海,重理笔墨,壮志消沉,困顿而死。①

贡少芹的事迹还见于《扬州文史资料》第 11 辑凌君钰撰写的《贡少芹文学活动略述》。②

姚民哀,据李炎锠《姚民哀小传》:

> 姚民哀(1894—1938),祖籍常熟赵市乡先生桥,清光绪二十年(1894年)出生于常熟城厢,居步道巷。出身书香门第,数代为官。其父朱寄庵(原名姚琴生、秦生、琴孙)幼年好学有文才,后家道中落,迫于生计,习艺说书。他说的《西厢记》,说、噱、弹、唱四者皆美,尤其是自编词曲,高雅别致,响遍江南。曾有一首盛赞"朱西厢"的诗云:"独创西厢朱寄庵,声名响遍大江南,玉壶春里缙绅集,门口停留轿十三。"
>
> 姚民哀从虞西高等小学毕业后,因家境窘迫而辍,与其弟民愚从父学艺,拼成双挡,取名朱兰庵(其弟取名为菊庵),随父在江浙一带献艺……
>
> 姚民哀于清宣统二年(1910年)到上海演出。这时,南社成员冯平(心侠,太仓人)在沪从事革命活动。姚常向冯请教诗文,并拜冯为师,颇受其影响,就

---

① 左鹏军:《晚清民国传奇杂剧史稿》,广东人民出版社2009年版,第365—366页。
② 凌君钰:《贡少芹文学活动略述》,中国人民政治协商会议江苏省扬州市委员会文史资料委员会编:《扬州文史资料》第11辑,扬州市政协文史资料委员会1992年版,第177页—179页。

逐渐与革命党人交往，不久即参加了光复会。从此，他在江湖上借献艺之际，鼓吹民主革命。辛亥革命后，他就去走访独立后的上海光复军司令李燮和，交谈之后，深得李的信任，被任为淞沪光复军秘书。他弃艺从政，又参加了中华革命党……后来，南北议和达成，他看到袁世凯窃国当权，民党受压，遂退出政界，仍以朱兰庵之名，在江浙一带说唱《西厢记》。

不过，此时之姚民哀已不单纯是位评弹艺人了，他已跻身于文坛，成为当时名噪一时的"鸳鸯蝴蝶派"的一位中坚分子。

姚民哀从小就喜爱文学，后又屡受父亲及诸文友的熏陶，民初又参加了当时闻名的南社（会员号数为583号），并于1917年及1919年两度参加在上海徐园的南社集会，广泛结识了文坛名人，使自己文学上的造诣越来越深厚。

……

由于他在二三十年代长期从事文艺创作，并且有成就、有影响，因此，他与文坛著名人士如范烟桥、周瘦鹃、郑逸梅、徐枕亚、赵苕狂、赵眠云、李涵秋、袁寒云、邵飘飘等都成文友或有过来往。他除了给报刊投稿外，还编过《春声日报》、《戏杂志》、《小说之霸王》、《新世界报》和《世界小报》等。

抗日战争开始，常熟成立抗敌后援会。姚民哀曾参加该会，还带领过宣传队下乡奔走，呼吁抗日。但在常熟沦陷不久，他竟降敌变节，充任伪江浙绥靖第四区秘书，并为司令徐凤藻所倚重。1938年9月间，他携带自己所拟定的"剿匪计划",搭乘"大直"汽车赴沪,向伪绥靖部请示。车过古里附近的鲇鱼口,被国民党的游击队熊剑东部队所截获。在姚的皮包内查抄出"剿匪计划",当即扣捕。同时被捕还有一日本人。游击队将二人转移到董浜,日本人当日即被处决,姚民哀于三四天后亦由熊部处决。①

贼菌是缪蛰庵,江苏泰州人。郑逸梅《著作家之斋名》:"缪贼菌,蛰庵。"②《泰州著述总目》载:"缪文彬,字质君,号贼菌。泰州人。国文教员。后任《江泰日报》主编。《蛰庵随笔》一卷,见《泰县著述考》卷七。"③再查《泰县著述考》:"缪文彬,字质君,号贼菌。国文教员。尝投稿报端。任《江泰日报》主编。《蛰庵随笔》一卷存。版本:稿本。记本邑掌故,二十年投载《江东日报》。"④

---

① 《吴中耆旧集——苏州文化人物传》,《江苏文史资料》第53辑,江苏文史资料编辑部1991年版,第250—253页。
② 郑逸梅:《著作家之斋名》,《红杂志》1922年第18期,第31页。
③ 《泰州文献》编纂委员会编:《泰州文献》第四辑《泰州著述总目·泰州市区》,凤凰出版社2015年版,第99页。
④ 《泰州文献》编纂委员会编:《泰州文献》第二辑《泰县著述考》,凤凰出版社2014年版,第609页。

第三章 《余兴》杂志登载赋作考论

《余兴》杂志，由时报馆编辑，上海有正书局发行，月刊，1914年8月创刊，1917年7月停刊，共出版30期。主要撰稿人有秋圃、蕉心、勉之、鲁僧、须庐、阿呆、悲观等。

《余兴》杂志是由《时报》副刊《余兴》发展来的。左鹏军《〈时报·余兴〉副刊和〈余兴〉杂志所刊传奇考述》云："该刊是将尝发表于《时报·余兴》副刊的部分作品重新编辑出版，即是说，《余兴》杂志刊载的作品基本上都曾在《时报·余兴》副刊上发表过，而一部分《时报·余兴》发表的作品则未编入《余兴》杂志。"[1]

《余兴》杂志是当时持续时间较长的通俗文艺刊物，也是民国成立到"五四"之前非常重要的通俗文艺刊物。员怒华《五四时期"四大副刊"研究》指出：

> 《时报》及其副刊的成功，无疑给报界带来了冲击。老牌大报《申报》《新闻报》纷纷效仿《时报》，采用现代版式，开辟时评，加大重视副刊的力度……从辛亥革命时期至"五四"前期，《时报》的《余兴》（后改名为《小时报》）与《申报》的《自由谈》、《新闻报》的《快活林》成为这一时期最有影响力的副刊。[2]

对《余兴》杂志的研究目前仅见左鹏军《〈时报·余兴〉

---

[1] 左鹏军：《〈时报·余兴〉副刊和〈余兴〉杂志所刊传奇考述》，《北方论丛》2004年第4期，第28页。
[2] 员怒华：《五四时期"四大副刊"研究》，华中师范大学出版社2018年版，第15页。

副刊和〈余兴〉杂志所刊传奇考述》[1]、《〈余兴〉杂志所刊传奇考述》[2] 两篇论文,而对《余兴》杂志所刊载赋作的研究尚未展开。

一、《余兴》杂志所载赋作概况

游戏文章是《余兴》杂志的主要内容,如《为考县知事落第者作归去来辞(仿渊明旧作)》《余兴部记》《祭新舞台文》《袁项城归亲大梁》《捕狼者说》等。《余兴》杂志中的赋作也属游戏文章范畴。

《余兴》杂志共载了34篇赋,具体篇名、作者、期号如表3-1所示。

表3-1 《余兴》刊载赋作一览表

序号	篇名	作者	期号	页码
1	宁波婚礼赋	古堇死公	1914年第1期	22—23页
2	鸦片烟赋	蕉心	1914年第2期	19—20页
3	洋烟赋（仿阿房宫）	天籁	1914年第3期	44—45页
4	余兴赋（仿欧阳永叔秋声赋体）	莘忱	1914年第4期	22页
5	余兴部赋（仿阿房宫赋）	小梵	1914年第4期	23—24页
6	贼声赋（仿秋声赋）	天籁	1914年第4期	31页

---

[1] 左鹏军:《〈时报·余兴〉副刊和〈余兴〉杂志所刊传奇考述》,《北方论丛》2004年第4期,第28—33页。
[2] 左鹏军:《〈余兴〉杂志所刊传奇考述》,《复旦学报》2003年第2期,第126—131页。

续表

序号	篇名	作者	期号	页码
7	夜花园赋 （仿后赤壁赋）	藏鸠	1914年第4期	31—32页
8	夜花园赋 （仿阿房宫赋体）	诗隐	1914年第4期	32—33页
9	登坑赋 （仿阿房宫赋）	新树	1914年第4期	34—35页
10	做官赋 （仿阿房宫赋体）	诗隐	1915年第5期	20—21页
11	投稿赋 （仿阿房宫赋）	诗隐	1915年第6期	16—17页
12	劝会匪赋 （以狐群狗党 真不像人为韵）	侠魂	1915年第8期	12—14页
13	双十节赋	再芸	1915年第8期	14—15页
14	劫后英雄赋	叔雍	1915年第8期	15—17页
15	余兴部赋 （仿阿房宫赋）	秋圃	1915年第10期	18—19页
16	龟嫖龟赋 （以要罚三担灯草灰为韵）	梅癯	1916年第13期	29—30页
17	学堂赋 （仿阿房宫）	渔阳乐 农子	1916年第14期	15—16页
18	国耻纪念赋 （以万世勿忘国耻为韵）	梁炽炎	1916年第16期	28—29页
19	国耻纪念赋 （以我同胞永勿忘 五月九日为韵）	刘侠魂	1916年第16期	36—38页
20	海上端阳风俗赋 （不拘韵）	知味	1916年第16期	38—39页

续表

序号	篇名	作者	期号	页码
21	国民爱国赋 （仿梁元帝荡妇秋思赋用原韵）	醒厂	1916年第16期	39页
22	新世界赋 （仿曹子建铜爵台赋体）	双木	1916年第18期	20页
23	狼裘赋		1916年第20期	22页
24	红顶花翎倒运赋	橙塘杜寿潜	1917年第24期	22页
25	闭门羹赋 （以闭门推出窗前月为韵）	朔公	1917年第24期	16—17页
26	筹安赋 （仿阿房宫赋）	遁翁	1917年第26期	12—13页
27	新华宫赋 （仿杜牧阿房宫赋）	铁民	1917年第28期	19—20页
28	荷花大少出风头赋 （以题为韵）	悲观	1917年第29期	22—23页
29	人天清感楼赋（并序）	飘然	1917年第29期	23—24页
30	三老爷赋 （以熏天势力括地神通为韵）	戆大	1917年第29期	24—25页
31	张园慈善游览会赋	宣阁	1917年第29期	25—26页
32	新华宫赋 （仿尤西堂玉钩斜赋体）	楚北古贰拙叟	1917年第29期	26—27页
33	印花税赋 （仿阿房宫赋）	赵仲熊	1917年第30期	15—16页
34	瓮中捉鳖赋 （以顾鳖在天津逮捕为韵）	章鉴	1917年第30期	20—21页

二、《余兴》杂志所载赋作的特点

《余兴》杂志赋作数量较多,虽出自多人之手,但也有着共同的特点——可归纳为三大特征:与时政关系密切、多讽刺劝诫之作,以及鲜明的娱乐性。这些特点使《余兴》杂志所刊赋作有着鲜明的个性,从而区别于同时期其他报刊中的赋作。

(一)与时政关系密切

民国时期发生的时政大事在《余兴》登载的赋作中有"积极有效"的反应:有梁炽炎《国耻纪念赋》、刘侠魂《国耻纪念赋》、朔公《闭门羹赋》、遁翁《筹安赋》、铁民《新华宫赋》、楚北古貳拙叟《新华宫赋》、赵仲熊《印花税赋》。

1915年5月9日,袁世凯政府答应与日本签订"二十一条",国内迅即掀起轩然大波。在5月10日出版的《甲寅》上,章士钊署名秋桐发表了《时局痛言》一文,在文章结尾痛呼:"五月九日即国耻纪念日。"① 梁炽炎《国耻纪念赋》、刘侠魂《国耻纪念赋》两文即针对此事而作,在1916年5月及时地登载出来。梁炽炎《国耻纪念赋》:

> 五月七日牒书,致使吾民愁眉怒眼。终竟丧失重重,何止断送万万。讵料当局诸公,易为彼所劫持。惟是我国众民,难甘受其吓制。乍聆变事,临头不禁,痛哭流涕。乃有指头噬破,血沥同胞,甚或身命愤捐,躯

---

① 秋桐:《时局痛言》,《甲寅杂志》1915年第5号,第8页。

沉海澨……人心不死，奇辱难忍。临时国脉尚存，大耻不忘没世。①

此赋把国民听闻袁世凯签订"二十一条"时群情激愤的情景呈现了出来，疾呼勿忘国耻，忍辱负重，报效国家。

1915年8月14日，杨度联络孙毓筠、李燮和、胡瑛、刘师培及严复，联名发起成立"筹安会"。他们宣称其目的为"筹一国之治安"，实则宣扬君主立宪，为袁世凯称帝制造舆论。遁翁《筹安赋》：

六君歌舞，春光融融；万民洒泪，风雨凄凄。一国之内，一朝之间，而苦乐不齐。杨梁朱李，严胡顾孙，不思强汉，甘愿帝秦，冒大不韪，计十九人。明星耀殿，缀冕旒也；黄云覆座，展龙袍也；随和献璧，雕玉玺也；公输度墨，造宝座也；天孙下凡，织罗袜也。松坡远遁，杳不知其所之也。伪造民意，尽态极妍，择期登极，而望幸焉。享寿八十有三日者，可怜洪宪元年。亿兆之思潮，伟人之经营，政党之精英，辛亥之年，蛟斗鲸吞，倒海排山，伤心惨目。江汉之间，流血原野，暴骨沙砾，焚烧迤逦，至今思之，犹为痛惜。嗟乎！灿烂之民国，四万万人之民国也。公众之中华，私之于一家。奈何不谋之如磐石之固，反令崩解而如散沙……使念二行省之人，不敢言而敢怒。筹安诸人，日益骄固。滇黔叫，桂粤举，退还劝进，付之一炬，面如焦土。呜

---

① 梁炽炎：《国耻纪念赋》，《余兴》1916年第16期，第28页。

呼！亡满清者，满清也，非汉人也；贼汉人者，汉人也，非外人也。嗟夫！使满清能爱其民，则不至如二世之亡秦，汉人能爱同胞之人，则共和可至万世，而何庸拥立此虚君，谁能而破坏也。满人不能统治，而汉人排之；汉人排之而又效之，亦使汉人复排汉人也。①

此赋以游戏文章形式讽刺袁世凯的洪宪帝制，讽刺筹安会。

袁世凯称帝后，把故宫的太和殿更名为承运殿，把中南海的总统府改成了新华宫，准备于1916年元旦正式登基。袁世凯的倒行逆施激起了全国人民的公愤。一时间反帝制运动席卷全国。袁世凯称帝的丑行使得北洋统治集团分崩离析，西方列强也表达了反对的立场。袁世凯众叛亲离，内外交困，被迫在一片反对声中，于1916年3月22日宣布取消帝制，共做了83天没有正式登基的皇帝梦。铁民《新华宫赋》、楚北古贰拙叟《新华宫赋》就是借写新华宫讽刺了袁世凯称帝的行为。如铁民《新华宫赋》：

满清之收藏，历代之珍传，人民之精英，几世几年，取掠其人，倚叠如山，一旦不能有，输来其间。宝座玉玺，金碗珠舄，筹备富丽，国人视之，惟有太息。嗟夫！一人之心，千万人之心也。彼爱纷奢，人亦念其家。奈河（何）取之尽锱铢，用之如泥沙……使天下之人，不敢言而敢怒。独夫之心，日益骄固。全国叫，邻

---

① 遁翁：《筹安赋》，《余兴》1917年第26期，第12—13页。

邦劾,滇兵一起,面色如土。呜呼!立民国者,民国也,非袁也;讨袁者,袁也,非人民也。嗟夫!使人民不受威迫,则不致举袁,袁苟能开诚布公,则递五年可冀连任为总统,谁得而共讨之?袁氏惟先自弃,而后人弃之;后人弃之而不鉴之,亦后人而复弃后人也。①

此赋讽刺了袁世凯的称帝闹剧。

(二) 多讽刺劝诫之作

《余兴》杂志所刊载赋的讽刺对象多集中在官场,有《登坑赋》《做官赋》《双十节赋》《红顶花翎倒运赋》《三老爷赋》《瓮中捉鳖赋》等。

民国初年官场的贪腐风气之盛是有目共睹的。有研究指出:"监察失位无疑代表着官场贪腐的最后一道障碍亦不复存在,这便造成民国官场贪腐的滥觞。革命团体、军阀、新兴资产阶级、专制体制下的旧官僚以及诸多政治投机分子齐聚政坛,为自身利益与党派权力而相互倾轧,完全失去制度的约束。"②诗隐《做官赋》:"官在前清,民已受其殃。奈何去之未几时,今日又重来……引类呼朋,团体日固。括地皮,在此举。独饱私囊,百姓叫苦。嗟乎!称大人者,自尊也,皆官也;做官者,势也,非为民也。使做官而不黑其心,何足以发财。"③此赋揭露了民国初年贪官的种种贪腐

---

① 铁民:《新华宫赋》,《余兴》1917年第26期,第19—20页。
② 陈晓枫、严倩:《传统监察权正当性的法文化析论及其现代转化》,《江苏行政学院学报》2018年第6期,第114页。
③ 诗隐:《做官赋》,《余兴》1915年第5期,第21页。

行为，正是民国初年官场贪腐的生动写照。

《双十节赋》则讽刺了民国高官只知苟且度日，毫无政治远略：

> 彼枪炮之坚固兮，奚敌我之烟斗……或军马而临城兮，备雀牌以筑堵。但喷烟而吐气兮，使彼军如迷雾。纵一旦而败北兮，送小妾以媾和。我具有此绝技兮，尚何惧乎战祸。且吸完此膏脂兮，老温柔之安窝。①

劝诫之作有《鸦片烟赋》《洋烟赋》《贼声赋》《夜花园赋》《劝会匪赋》。《鸦片烟赋》《洋烟赋》皆是劝人不要吸食鸦片，如《洋烟赋》：

> 吃洋烟者，无人格，非人也；不吃者，人也，而具人格也。嗟夫！使人人者各勉其为人，则虽三倍以至万倍而为利，谁得而种之也。②

又如，《鸦片烟赋》：

> 今兹民国基隆，春台日茂，布大德于生成，敷太和于宇宙。拟寒食禁烟之例，律本森严；切小人怀土（土）之情，品何卑陋。况呼吸日深，薰陶过厚，始则误于因循，继则戕其年寿。一搦腰轻，两弯眉绉。才悔荒唐春

---

① 再芸：《双十节赋》，《余兴》1915年第8期，第14—15页。
② 天籁：《洋烟赋》，《余兴》1914年第3期，第44页。

梦，学同碧落之空。剧怜憔悴秋风，人比黄花之瘦。①

《贼声赋》先写贼之形状，接着写为贼乃为贫所逼，最后劝人勤勉：

> 天之生人，男耕女织。故其在世也，男子任家国之重，女子任中馈之职。男，力也，勤事业而始兴；女，守也，谨门户而方效。嗟夫！夙夜忧勤，尚虑飘零。人为世用，宜用其心。百业荒其精，万事失其勤。怠惰自甘，必落下乘，而况溺于赌之所不觉，沉于嫖之所难醒。宜其赫然富者为寒乞，平时贫者成贼形。奈何非不坏之质，欲与刑法而争衡。实自为之如此，亦何怪乎贼声？②

（三）鲜明的娱乐性

《余兴》刊物旨在丰富民众文娱生活，内容有小说、歌谣、灯谜、诗话、弹词、戏曲、寓言、酒令、诗令、谈话会、滑稽问答、游戏新闻等，栏目设有游戏诗、游戏文、游戏词、游戏新闻、滑稽通信、小说、歌谣、戏曲、诗话、灯谜、谈话会等。《余兴》所登载的赋基本属于游戏文栏目，其中的讽刺劝诫赋作多具有娱乐性质，寓讽于娱，寓诫于娱。如《海上端阳风俗赋》：

---

① 蕉心：《鸦片烟赋》，《余兴》1914年第2期，第20页。
② 天籁：《贼声赋》，《余兴》1914年第4期，第31页。

则有迷信之家、冥顽之辈，粽子浆洒遍门隅，钟馗画张诸堂内。户牖则艾叶高悬，儿童则蒲根是佩。雄黄泛酒，能教毒物身潜；粘彩为符，可笑妇人首戴。

若夫豪富巨商，盛筵开张，山珍错杂，电灯辉煌。宾寮满座，歌妓盈堂。珠喉檀板，玉液蒲觞。后庭曲唱，拇战声狂。置国家于不问，图快乐兮未央。痛饮于救国声中，心同灰死；大宴于储金期内，血似冰凉。

最苦贫儿，家无余赀，室人交谪，稚子啼饥，求将伯而无应，对债主而奚辞。穷形毕露，竭态堪悲。泣对牛衣，遑计良辰之庆赏；贫无鼠食，难随景物而迁移。此固无心于梅子熟，候枇杷黄时者也。

他如蹩脚大少、滑头青年，平时油口，此日寒蝉。先数天而匿迹，苦一朝之无钱。高卧床头，窃效宰予之昼寝；深居闺闼，哀求妻子之周旋。此则见枇杷而心为之惕，食黄鱼而口不知鲜。

急煞先生、困难堂子，和酒嫖帐，等付长流，房屋租金，苦无相抵。荡口姐脚底跑穿，老鸨母心焦欲死。纵是东寻西访，阔大少影迹无纵。徒然切齿磨牙，杀千刀骂声不止，叹命运之不佳，拟迁移而更始。①

此赋以娱乐的口吻写了迷信之家、冥顽之辈、豪富巨商、贫儿之家、蹩脚大少、滑头青年、学堂先生、学堂学生各色人等在端午节时的不同面貌，形成一幅端午风俗画。

---

① 知味：《海上端阳风俗赋》，《余兴》1916年第16期，第38—39页。

又如悲观《荷花大少出风头赋》：

尔乃险逾虺蛇，形同狼狈。心机用尽，狐媚施于个中；膀学专工，牛皮吹得海外。不管他蠢骚妍丑，好得手到擒来。须知我嫖赌吃穿，尽在心领神会。戏法人人会变，只要希奇；枪花个个可掉，莫嫌太大。

至于男本拆白，女亦胡调。一见有缘，两心相照。眉痕逗俏，蓝桥之玉杵频投；眼角传情，磻溪之丝纶下钓。征逐于花园旅馆，暮暮朝朝；放浪于舞榭歌场，嘻嘻笑笑。此皆桑间之荡妇，无非濮上之恶少。

然而必遂所谋，是操何术。大都瘪罗纱长衫一件，已可彰身；托力克眼镜双悬，永不离鼻。软胎草帽，临风而舞势翩翩；硬壳皮鞋，着地而声音踔踔。喜攀花而折柳，去又重来；恨戴月而披星，入还复出。①

此赋也以娱乐口吻嘲讽了"荷花大少"。"荷花大少"，"清末民初妓院（台基）称财力不足而又喜欢嫖荡的浪荡子"②。"拆白"则与当时社会上一些男子蓄意骗取妇女钱财的不轨行径有关，据李伟民所编《法学辞源》，"旧中国上海人称流氓利用诱骗手段诈取钱物为'拆白'"③。有所谓拆白党，其宗旨"并不是贪妇女之色，而是要攫取妇女的财产。只有与她相通，建立了暧昧关系，才能乘机施展

---

① 悲观：《荷花大少出风头赋》，《余兴》1917年第29期，第22页。
② 曲彦斌、徐素娥编著：《中国秘语行话词典》，书目文献出版社1994年版，第314页。
③ 李伟民：《法学辞源》，黑龙江人民出版社2002年版，第1900页。

其巧取豪夺的手段。作拆白党的条件也很苛刻：一须面目端秀，二须服式时新，三须口舌伶俐，四须转动灵活，五须进退能见机行事"①。"胡调"，指"男女间不正常的交往"②。

关于《余兴》赋作娱乐性形成的原因，杜新艳《论民初报刊谐趣化现象》指出："娱乐性谐趣，服务于经营，在报刊编辑过程中利用一些短小精悍、诙谐有趣的小品在补充版面的同时引发读者兴趣、满足娱乐消闲的阅读需求。"③ 对照《余兴》杂志办刊宗旨以及其登载的赋作情况，可发现确有这方面原因。

娱乐性的评价问题，冯并《中国文艺副刊史》道："我们把新、申、时各报副刊的名称《自由谈》、《余兴》、《快活林》拿来对照，就更清楚礼拜六派们的编辑宗旨和编辑，就是兼收并蓄，以滑稽和幽默为主，至于作品有没有思想意义，是不是无聊，考虑得并不多，是典型的消闲副刊。"④ 但我们从《余兴》登载的赋作中看到的更多是娱乐中蕴有讽刺与劝诫，并非"纯娱乐"。1917年《申报·自由谈》上刊载了一篇《游戏文章论》：

> 自来滑稽讽世之文，其感人深于正论，正论一而已，滑稽之文，固多端也。盖其吐词也，隽而谐；其寓

---

① 岑大利等改编：《上海滩黑幕》（第1册），国际文化出版公司1992年版，第23页。
② 褚半农：《上海西南方言词典》，上海人民出版社2006年版，第144页。
③ 杜新艳：《论民初报刊谐趣化现象》，《南京师范大学文学院学报》2009年第2期，第85页。
④ 冯并：《中国文艺副刊史》，华文出版社2001年版，第155页。

意也,隐而讽,能以谕言中人之弊,妙语解人之颐,使世人皆闻而戒之。……故民风吏治日益坏则游戏文章日益多,而报纸之价值日益高,价高则阅者之心日益切而流行者日益广。官吏恣其笑骂,讥刺寓乎箴规,则世之所谓俳谐者乃所以警世也。文士读而善之,欲假文字之力挽颓靡之世局,上之则暗刺夫朝廷,下之则使社会以为鉴。虽有酷吏力无所施,言者既属无罪,禁之势有不能,则其心自潜移而默化。故其大则救国,次足移风,而使奸人得借以为资而耻,至悟其罪过痛改以成良善之民而后已。[①]

此文实际上指出了《游戏文章》专栏的宗旨。应该说过去我们强调更多的是游戏文章的消闲趣味,往往忽略了娱乐背后的讽刺与劝诫意涵。

三、《余兴》杂志所载赋作的意义

《余兴》杂志登载的赋极具特色,研究这些赋有助于推动民国赋研究,也有助于推动民国报刊传播、民国社会史的研究,因此具有多方面的意义。

首先,对《余兴》杂志中赋的研究有助于探讨民国赋的新变。

随着科举制度结束,诗赋取士、馆阁试赋已成为"遗迹",赋体文学的发展似乎已进入尾声,人们不再关注赋,

---

① 转引自员恕华:《五四时期"四大副刊"研究》,华中师范大学出版社2018年版,第16页。

也似乎不再创作赋。但翻阅民国的报刊可以发现事实并非如此,民国报刊上仍存在着数量庞大的赋作,这是一个令人深思的问题。

《余兴》杂志中的赋是民国报刊赋的缩影,综观《余兴》杂志中的赋作,可将其分为两类:一类是仿作骈赋或文赋,所仿的《秋声赋》《阿房宫赋》《后赤壁赋》《荡妇秋思赋》《铜雀台赋》皆是短篇骈赋与文赋。仿《阿房宫赋》的有《洋烟赋》、小梵《余兴部赋》、《夜花园赋》、《登坑赋》、《做官赋》、《投稿赋》、秋圃《余兴部赋》、《学堂赋》、《筹安赋》、《新华宫赋》、《印花税赋》。这些赋作通过戏仿民众耳熟能详的古代名赋,结合时代特征及时政事件,或讽刺,或劝诫,都能起到一定的效果。另一类是自制短篇律赋,有《劝会匪赋》、《龟嫖龟赋》、梁炽炎《国耻纪念赋》、刘侠魂《国耻纪念赋》、《闭门羹赋》、《荷花大少出风头赋》、《三老爷赋》、《瓮中捉鳖赋》。《双十节赋》则采用骚体赋形式,而没有骚体的伤感。这些赋作皆是短篇之作,赋体文学发展中所产生的汉大赋体不再得到关注与创作。这种现象也说明了民国报刊赋创作的新趋势。

其次,对《余兴》杂志中赋的研究有助于推动民国报刊传播的研究。关于民国报刊传播有两点值得深入探讨:一是赋作内容讲究时效性。此类赋作有梁炽炎的《国耻纪念赋》、刘侠魂的《国耻纪念赋》、朔公的《闭门羹赋》、遁翁的《筹安赋》、铁民的《新华宫赋》、憨大的《三老爷赋》、楚北古贰拙叟的《新华宫赋》、赵仲熊的《印花税赋》,它们皆是以赋的形式关注当时影响全国的大事件。二是赋作用语追求去典雅化。《余兴》中赋作的词汇不再艰深难懂,反而皆是通俗易懂的浅显语。传统赋作家认为"赋兼才学",其赋中经常引经据典,这种传统的赋体创作观在《余兴》登载的赋作中不再得到提倡。换言之,《余兴》中的赋更多的是借用赋的形式,"旧瓶装新酒",用民国的时事、政治、经济、文化、民俗内容来填充赋的"格式",与之相对应的是用语也不再追求传统赋体的典雅,而使用日常生活话语,包括方言俗语。其目的就在于使阅读杂志的一般民众能产生共鸣,从而很好地找到作者与读者之间的联结点。

更有甚者,如《劝会匪赋》,采用一些行话。此赋最明显的特征就是大量使用会匪语,如:"老三哥福大量大,赛过董双枪;好么弟仁多义多,胜如巴老九。"① 赋末自言:"篇中所用名词,皆川黔会匪中通用语,特在下江地方不无异同耳。"②

这种现象产生的原因在于民国报刊的商业性。民国报刊的传播讲究时效性,能吸引读者、能与读者产生共鸣,才能扩大其发行量。民国报刊的发行量制约着其办刊路径。

最后,对《余兴》杂志中赋进行研究有助于加深对民国时期政治、经济、文化和民俗的了解。

关于清末民初的禁烟情况,有研究指出:

> 第二次鸦片战争后随着鸦片贸易的合法化,更多的鸦片输入中国,导致国人身体素质不断下降……辛亥革命后,各阶级都忙于政治斗争,前清尚未解决的禁烟问

---

① 侠魂:《劝会匪赋》,《余兴》1915年第8期,第13页。
② 侠魂:《劝会匪赋》,《余兴》1915年第8期,第14页。

题一度被淡化……之后,随着政治形势的明朗化,禁烟拒毒逐渐重新引起各派政治力量的重视……与此同时,民众的禁烟呼声也日益高涨。在1913年召开的全国禁烟会议上,各省均派代表参加,嗣后成立了全国禁烟联合会,以协调和推动全国的禁烟活动……除此之外,当时各地还成立了许多民间戒烟会社,勤力从事禁烟事业。①

禁烟成为民国初年社会的共识,蕉心《鸦片烟赋》、天籁《洋烟赋》正是以赋的形式通过描摹吸食鸦片的种种危害与丑态来呼吁民众不要再吸食鸦片。

清末民初上海地区有所谓夜花园的消闲娱乐场所,盛行几十年,屡禁不止。《稀见上海史志资料丛书2》载：

> 上海之有夜花园,以光宣之交为最盛,人民苦暑夜烦热,群思驾言出游,然租界禁令甚严,无论何等娱乐场所,概以夜半十二时为限,过此皆须惩罚,故张园、愚园等,皆奉令维谨,不敢或违。投机者乃异想天开,在僻静处,租赁西人空屋一所,稍少布置花木,并于室中陈设茗座,召滩簧戏法等戏艺一二场。或另辟酒牌间,任客沽饮,流连其间,非至晨光熹微,客皆恋恋不忍言去。故此种游券资甚昂,每张须售大洋一元,而一至十二时后,每将大门扃闭,由旁门或后门出入,以避探捕人等侦查。然而鼓钟于宫,声闻于外,一经开设,

---

① 周峰：《民初江苏禁烟问题初探》,《淮海工学院学报》2016年第3期,第77—78页。

人鲜有不知之者，于是报章攻诘，物议沸腾，咸指为此种夜游，实属有伤风化。积日既久，官厅不能哀（裒）如充耳，始经严颁禁令，勒令闭歇。①

藏鸠的《夜花园赋》与诗隐的《夜花园赋》就是对此现象的反映，从中可窥见民国初年上海地区夜花园的"盛况"。诗隐《夜花园赋》不仅劝人不要留恋所谓夜花园，更是诘问当局，认为正是当局管理不到位致使夜花园规模扩大、数量激增：

夜花园者，陷阱也，非乐也；好游者，淫也，非乘凉也。使人人各知其害，则可以不游。乃设此鬼门之关，而偏有张三李四、王五赵六以俱来，乌得而不禁也。当道不知严究，而置若罔闻，几使人人而乐开夜花园也。②

民国初年的民俗在古董死公《宁波婚礼赋》中也有所体现：

当香饼吃完之日，正高汤装好之时。先是而大宰猪羊，趋吉则高悬龙虎，挂灯结彩……俄而童子喧哗，送娘先到，华盖斜张，高灯前导。铺陈簇簇，鼓吹洋洋，纷纭仪从，逼进门墙……红粉姑娘捧镜函而出轿，白头老妇持秤竿而掀巾……有客唱贺郎老调，祝贵子之早

---

① 熊月之主编：《稀见上海史志资料丛书2》，上海书店出版社2012年版，第188—189页。
② 诗隐：《夜花园赋》，《余兴》1914年第4期，第33页。

生。阿娘露爱子私情,催新人之安睡。爰使童子送进新房,稍坐须臾,即行回避。①

此赋对于民国初年宁波地区的婚礼习俗有较完整的反映。而知味《海上端阳风俗赋》则反映了民国初年上海地区的端午习俗。

民国时期上海地区盛行慈善与游艺活动相结合。游艺会的游艺活动丰富多样,魔术、皮影戏、烟火表演、金石书画展等深受广大民众喜爱,尤其是在"救灾也不忘娱乐的"大上海更是如此。由于游艺会的门票及游艺项目收入会作为善款捐赠灾区,所以,游艺会的组织者或是广邀明星、名媛、名角参与,或是丰富各色游艺项目,或是举办"影选""花选""舞选"等评选活动,以吸引大众广泛关注与参与。张园曾多次举办各类慈善游艺。《张园慈善游览会赋》即是写参观游览的过程与感受:

嗟酣歌恒舞之不可久兮,何举国人皆若狂也。登飞塔以四望兮,厥高疑乎井干……或飞觞于瑶席,或坐花于琼筵。所谓入五都之市,而烟云相连也。②

从上述几个小例子可以看出,《余兴》杂志作为民国初期具有重要影响力的通俗性文艺刊物,所登载的赋作取材于生活,其内容对当时社会的重大事件、民众生活、文化习俗

---

① 古堇死公:《宁波婚礼赋》,《余兴》1914年第1期,第22—23页。
② 宜阁:《张园慈善游览会赋》,《余兴》1917年第29期,第26页。

均有所反映。因此，对此进行研究，也有益于加深对民国时期社会政治、经济、文化习俗等方面的了解。

四、《余兴》杂志所载赋作者小考

《余兴》杂志所载赋的作者署名有古堇死公、蕉心、天籁、荤忱、小梵、藏鸠、诗隐、新树、侠魂、再芸、叔雍、秋圃、梅瘟、渔阳乐农子、梁炽炎、刘侠魂、知味、醒厂、双木、橙塘杜寿潜、朔公、遁翁、铁民、悲观、飘然、戆大、宣阁、楚北古贰拙叟、赵仲熊、章鉴。

显然，这些署名很多是笔名或号，只有部分作者可考证。兹将相关作者考述如下。

诗隐，即朱诗隐，浙江杭州人。朱诗隐编有《尺牍辞典》（上海：国华书局，1922年初版）、《情书三百首》（上海：益明书局，1923年再版）。

赵仲熊，据李峰、汤钰林编著的《苏州历代人物大辞典》：

> 赵仲熊（？—约1950），近现代吴县（今江苏苏州）人。名廷梁，以字行。家居苏州山塘八字桥。清光绪三十一年（1905年）诸生。后毕业于江苏省立第一师范学校讲习科，曾任塾师。博闻强记，喜制谜，工诗文词赋，擅作小说。1919年著长篇滑稽小说《乡愚游沪趣史》。1922年出版言情小说《多情美人》。1924年在《红杂志》发表滑稽侦探小说《原来是他》及《夺标小说赋》《千家诗酒令》等文。1926年《吴语》报副刊专辟《吴语新文虎》，首期刊其创作十则苏州俗语谜，

颇合民众情趣。1928年著《情侠全书》，次年出版滑稽小说《希奇古怪》等，1931年又出版《滑稽趣史》。曾创作弹词新开篇《集团结婚》《黛玉焚稿》等。1935年改编张恨水同名小说为新编弹词《啼笑因缘》，唱片精细，说白老到，情节奇妙，别树一帜。卒年八十以上。①

梅瘿，即王梅瘿，曾作小说《冯铁匠》。

蕉心，即汪蕉心，生卒年不详，时报馆余兴部成员。范烟桥《余兴点将录》："大刀关胜汪蕉心（曾一见于《小说月报》）。赞曰：马不受羁，稍纵即驰，单刀赴会，卓卓英奇。"②

章鉴，范烟桥《余兴点将录》："智多星吴用章鉴（别号中路，寄尘京华时以五都风物告）。赞曰：游戏金马门，鸡皮少年多精神。"③

新树，范烟桥《余兴点将录》："入云龙公孙胜新树（著《新山歌》）。赞曰：振衣长啸声入云，嫦娥嫣然有余情。"④

悲观，范烟桥《余兴点将录》："神机军师朱武严悲观（各体皆擅，书檄函牍尤能出人头地）。赞曰：檄愈头痛，言堪腹捧，神乎神乎。"⑤

秋圃，范烟桥《余兴点将录》："扑天雕李应秋圃（著

---

① 李峰、汤钰林编著：《苏州历代人物大辞典》，上海辞书出版社2016年版，第633页。
② 范烟桥：《余兴点将录》，《余兴》1917年第28期，第93页。
③ 范烟桥：《余兴点将录》，《余兴》1917年第28期，第93页。
④ 范烟桥：《余兴点将录》，《余兴》1917年第28期，第93页。
⑤ 范烟桥：《余兴点将录》，《余兴》1917年第28期，第93页。

《王灵官上奏玉皇文》)。赞曰：穿天入云，公乃一扑而上蹲。"①

再芸，范烟桥《余兴点将录》："没遮拦穆宏再芸（著《膀子讲义》)。赞曰：及时行乐，享尽平生艳福。"②

叔雍，范烟桥《余兴点将录》："百胜将叔雍（著《劫后英雄赋》)。"③

天籁，范烟桥《余兴点将录》："矮脚虎天籁（作《打油诗》)。"④

其他作者尚待进一步考索。

---

① 范烟桥：《余兴点将录》，《余兴》1917年第28期，第93页。
② 范烟桥：《余兴点将录》，《余兴》1917年第28期，第94页。
③ 范烟桥：《余兴点将录》，《余兴》1917年第28期，第95页。
④ 范烟桥：《余兴点将录》，《余兴》1917年第28期，第96页。

第四章 《女子世界》登载赋作考论

《女子世界》1914年创刊于上海，属于妇女类刊物，月刊。该刊由天虚我生（陈蝶仙）编辑，自第五期起由天虚我生与醉蝶（陈蝶仙的夫人朱恕）同编①，中华图书馆发行印刷，主要刊载有关妇女题材的各类文章。在创刊号的《女子世界弁言》一文中，叙述了该刊创办的缘由："圣功宁独重男，离火扬明，卦义尤详中女，此《女子世界》之所由辑也。"②该文举了中国历史上有影响力的妇女事迹，来说明女性在社会中所发挥的重要作用，鼓励、推动当时妇女解放运动的开展。该刊栏目设置非常丰富，有图画、文选、译著、谈丛、笔记、诗话、诗词曲选、说部、音乐、工艺、家庭、美术、杂俎等，其中文选一栏所刊内容相对传统，多为诗赋、墓志铭、序言等作品。

一、《女子世界》所载赋作内容

　　《女子世界》作为一份科普性质的妇女刊物，每期内容均较丰富，每期规模均达到两百五十余页，作为月刊，此等体量已然非常大。其中刊载的各类妇女题材作品，对民国女性史的研究具有一定的史料参考价值。

　　《女子世界》登载赋作的情况参见表4-1。

---

① 郭延礼、郭浩帆总主编，济南大学中国近代文学与文化研究中心编选：《中国近代女性文学大系·史料索引卷》，齐鲁书社2021年版，第7758—7759页。

② 东园：《女子世界弁言》，《女子世界》1914年第1期，第1页。

表4-1 《女子世界》登载赋作一览表

序号	篇名	作者	期号	页码
1	拟鲍明远芜城赋	吴芑	1914年第1期	1—2页
2	眉匠赋	曹贞秀	1914年第1期	2页
3	河东君妆镜赋	胡以庄	1914年第1期	3—4页
4	白秋海棠赋	阚寿坤	1914年第4期	2—3页
5	荷花赋	曹贞秀	1915年第2期	4—5页
6	红豆赋	刘鉴	1915年第2期	5页
7	拟庾子山春赋	吴承烜	1915年第3期	3—4页
8	二十五声秋点长赋	王翔	1915年第3期	6—7页
9	秋兰赋	阚寿坤	1915年第3期	7—8页
10	秦楼惜别赋	黄逸尘	1915年第4期	5页
11	水仙花赋	胡敬	1915年第4期	5—6页
12	夜雨赋	刘鉴	1915年第4期	7页
13	拟庾子山小园赋	吴绛珠	1915年第6期	1—2页
14	西湖记游赋	裘凌仙	1915年第6期	7页

这十四篇赋作按内容可粗略分为以下三类。

(一) 描写四季景象

《红豆赋》《拟庾子山春赋》《水仙花赋》《夜雨赋》《眉匠赋》描写春天景物，《荷花赋》描写夏天景物，《二十五声秋点长赋》《秋兰赋》描写秋天景物。如吴承烜《拟庾子山春赋》：

宜春苑中春已归，春风吹雨湿帘衣。双栖海燕曾相识,百啭宫莺不住飞。金谷繁华三月春,春花旖旎满园树。六曲栏杆白玉楼,一湾流水青溪路……踏青柳外,拾翠花中,天初霁而啼鴂,陇有阴而覆雉。良辰修禊之亭,上巳煎裙之水。试白袷而衣轻,指青帘而酒美。鹅黄旧酿,蚁绿新醅。梨花玉碗,竹叶金杯。宴开红药,床弄青梅……村店簸钱女,天涯卖赋人。红蜡游春屐,乌纱漉酒巾。紫陌荣纡夕照斜,倦随飞鸟且还家。年年寒食江南路,看遍东风百种花。①

以江南春天景象来映衬游子思家之情。

刘鉴《夜雨赋》:

点点声声,若委露而阴连岸柳;凄凄渐渐,似跳珠而响送江楼。又或青射书镫,白生斗室。润欲生香,泉堪涤笔……或待修桐而寻箸笠,或亲翦韭而佐罍樽。蓬巷深深,文杏共天桃一色;疏篱曲曲,麦苗与菜甲俱春。以润以油,如丝如缕。降本知时,块无破土。或因喜以名亭,或乘膏而治圃。曰甘曰澍,流来总是恩波;宜麦宜禾,散去都为霖雨。②

写出了江南春夜之雨的万般美好。

曹贞秀《荷花赋》:

---

① 吴承烜:《拟庚子山春赋》,《女子世界》1915年第3期,第3—4页。
② 刘鉴:《夜雨赋》,《女子世界》1915年第4期,第7页。

> 林间过雨，池面回风。菡萏初开，看凌波之醃醹；芙蕖齐秀，爱透水之玲珑。异种栽来，根托华山岭上；芳莲植处，花开太液池中。尔其荡漾浮萍，溯洄浅濑。嫩叶初圆，奇葩独最。仙姿绰约，鱼戏波中。香气芬芳，风吹柳外。挂一林之斜日，色耀朱华。覆两岸之青松，影依翠盖。尔乃乘波挺秀，隔水明妆。朵朵低悬，仿佛贴金之殿；丛丛吐艳，依稀濯锦之塘。极浦烟迷，望去依依暮色；长亭风送，飘来冉冉幽香。①

夏天清爽之风貌跃然纸上。

王翔《二十五声秋点长赋》着力写秋景与秋情，时而豪情冲天，时而秋愁满怀：

> 五音六律，写不尽气象万千；单枕一宵，梦不到乡关百二……堂居虚白之中，阁比浮青之集。三十六故宫何处，徒切怀思；二十四风信连番，无此紧急。宵柝声里，居然陶径开三；清磬声中，却忆山僧合十……而此点也，若断若连，助灯前之击剑；忽轻忽重，杂帐下之唱筹。得无刁斗声寒，三更五更不寐；听到鼓鼙声歇，千般万般皆秋。②

以上这些赋作皆以细腻的描写展现了四季变迁，在景物变迁中寄托个人的哀愁与欢乐。

---

① 曹贞秀：《荷花赋》，《女子世界》1915年第2期，第4页。
② 王翔：《二十五声秋点长赋》，《女子世界》1915年第3期，第6—7页。

（二）抒写离别之情

有黄逸尘《秦楼惜别赋》：

雄鸡喔喔天向晨，欲行不行愁煞人。君今出门何处去，平原莽莽多风尘。夫以才喜相知，忽焉别离，此非天下之至悲者乎。况以不得不行之势，又当不忍遽别之时。于是欲语不声，将行复坐。恨天心之不右，何人事之相左。恐来日之芳华，非今朝之婀娜。一别如云，两心如火。梦里有君镜中非，我问欲遣此离怀，将如何而后可。日暮衣单，花明露寒。倚栏独啸，慨以自叹。不有当日之君恩兮，安知今朝之别难。不有今朝之难别兮，安知晤君之足欢。①

此赋是就旧传方白莲《秦楼惜别图》而作，"才喜相知，忽焉别离"，面对别离，抒发无尽的伤感，最后又以"今朝之难别兮，安知晤君之足欢"，自我宽慰。

（三）其他类赋作

有《拟鲍明远芜城赋》《西湖记游赋》《河东君妆镜赋》《拟庾子山小园赋》。

如吴苾《拟鲍明远芜城赋》：

尔其街衢飞铬，闾阎腾烟，走马连蹄，游士驾肩。

---

① 黄逸尘：《秦楼惜别赋》，《女子世界》1915年第4期，第5页。

千门屯聚，九市喧阗。晓腾鼓角，夕沸管弦。士风既侈，物力亦蕃。铸钱煮海，莫可穷言，故侈汰足侔皇都，体制宜陋洛邑……昆冈火炎，虞渊日晚。昔之带河砺山，崇台曲苑，莫不悲一炬于楚人，碎九折之陇阪，则见山崩断岸，水咽荒堤。零瓦雨堕，古堞烟迷。天空云漫，日落风悲。猿狖夕啸，麇麕晨号。山夔木魅，邀路当蹊。白杨已风摧，丛莽又霜凄。尘埃匝地起，沙砾当空飞。悲铜驼兮草没，敛拱木兮魂依。①

这篇抒情小赋，通过对广陵城昔日繁盛、今日荒芜的渲染和铺叙对比，抒发了作者对历史变迁的感慨，也反映了当时的社会现实。

又如吴绛珠《拟庾子山小园赋》：

孰若逃名者移家僻壤，习静者买宅荒村。继东山之丝竹，续北海之琴樽。苍苔短巷，细草闲门。一声犬吠，数点鸦喧。黄叶江干之路，绿杨城外之墩。陶家粟里，渔父桃源。比万松兮宅第，渺一粟兮乾坤……即此栖身之所，究其托足之原。不觉数更寒暑，浑忘几阅晨昏。幻壶中之世界，成画里之田园。②

此赋表达了对隐居小园不问世事的期望。

---

① 吴苾：《拟鲍明远芜城赋》，《女子世界》1914年第1期，第1页。
② 吴绛珠：《拟庾子山小园赋》，《女子世界》1915年第6期，第2页。

二、《女子世界》所载赋作特点

《女子世界》登载赋作的特点，可初步归纳为以下几点。

（一）情感细腻而敏感

如吴芑《拟鲍明远芜城赋》，黄逸尘《秦楼惜别赋》，刘鉴《红豆赋》《夜雨赋》，吴承烜《拟庾子山春赋》，胡敬《水仙花赋》，曹贞秀《荷花赋》《眉匠赋》，王翔《二十五声秋点长赋》，阚寿坤《秋兰赋》，等等，均有意寄情于自然景致之间，并以细腻的笔法将之描绘出来。

（二）以女性视角看待周围事物

比较典型的有曹贞秀《眉匠赋》、刘鉴《红豆赋》、胡以庄《河东君妆镜赋》。

如曹贞秀《眉匠赋》：

> 奁响房东，春山镜中。润花阴之新露，写柳叶于当风……导真眉以就路，界半额之斜阳。审疾徐之有候，与拂掠而相将。沉吟钿盒，颠倒脂箱。春烟无处，湘帘梦长。①

赋中所谓眉匠指的是画眉小刷。此赋借写画眉小刷，实则表达青年女子的闺中之思，以青年女子的视角来写。这种女性视角实际上从《女子世界弁言》便可见端倪：

---

① 曹贞秀：《眉匠赋》，《女子世界》1914年第1期，第2页。

今之所谓侠烈，古之所谓义人。是以笔秉敬君，不惜代荆娘写照；传编刘向，允宜为列女阐幽。绿珠因夫婿坠楼，红线报主人盗盒。女子之以侠义见者有如此……女子之以才藻见者有如此……女子之以武略见者有如此……女子之以艳丽见者有如此……宜为在今女子，发挥其世界之光。故予乐其成焉。亟泚笔而为之序。①

说明《女子世界》主要就是站在女性视角看待周围事物，登载与女子相关的作品。《眉匠赋》直观地反映出了《女子世界》的办刊宗旨。

（三）关注时代热点

黄媛介《流虹桥遗事图》、马湘兰《天寒翠袖诗意》、董小宛《孤山感逝图》及方白莲《秦楼惜别图》被称为《南湖四美》。有学者指出，《南湖四美》是伪作：

《流虹桥遗事图》署名黄媛介作，在清末由廉泉、吴芝瑛夫妇收藏。他们在清季民初携图广征题咏，且将原卷题辞及新征得的题跋诗词刊登于《申报》；又用珂罗版影印此图入《南湖四美》画册中。因而，此图一度广为人知。例如，《鲁迅日记》1913年9月23日即提及："复至文明书局买《南湖四美》一册，价九角，皆

---

① 东园：《女子世界弁言》，《女子世界》1914年第1期，第1—2页。

吴芝瑛所藏,画止四帧。"

……

既然《流虹桥遗事图》已被证伪,与之同属宫本昂、廉泉递藏,且同被列入《南湖四美》的马湘兰《天寒翠袖诗意》、董小宛《孤山感逝图》、方白莲《秦楼惜别图》又如何呢?

……

最后看方白莲《秦楼惜别图》。此图方白莲自题:"五换严更三唱鸡,小楼天澹月平西。风帘不着阑干角,瞥见伤春背面啼。"跋曰:"丁巳冬月,两峰主人与梧舟农部,夜谭往年秦邮女子梅佩青影事,感而赋此。雪窗剪烛,为补《秦楼惜别图》,并录原诗。追忆前因,情事如昨,不知梧舟见之,其凄惋更何如也?"末署"戊午人日白莲居士方婉仪",并钤小印二,一为"两峰之妻",一为"方氏白莲"。方白莲名婉仪,方愿瑛孙女、罗聘(号两峰)妻。丁巳为乾隆三年(1738)、戊午为乾隆四年,其时方白莲年方七八岁,则此图之伪可不言自明。

……

因缘际会,这些图卷又借由廉泉夫妇之手,广征当世名公如陈栩、樊增祥、易顺鼎、沈曾植、陈三立、赵熙、潘飞声、陶北溟、溥侗、夏绍笙、孙道毅等人的诗词题跋。诸名公的诗词题跋不仅完成了对这些画卷真实性的"背书",也增益了其价值,还参与了清末民初社会上对明清之际史实人事的共同追忆和想象,可谓影响深远。①

方白莲《秦楼惜别图》虽被证实是伪作，但在清末民初仍产生了较广泛的影响。黄逸尘的《秦楼惜别赋》作于1915年，其序曰："南湖所藏方白莲《秦楼惜别图》，必有所谓。惜无题志，年远不可考矣。今姑衍其意，以补文通《别赋》之未及云。"② 这也是对当时文化事件的及时反映与参与。

（四）喜仿六朝骈体赋

《拟鲍明远芜城赋》《眉匠赋》《河东君妆镜赋》《荷花赋》《红豆赋》《拟庾子山春赋》《秋兰赋》《秦楼惜别赋》《水仙花赋》《夜雨赋》《拟庾子山小园赋》《西湖记游赋》皆是仿六朝骈体赋而作。六朝骈赋讲究骈偶声律，字句工巧，辞藻华美，如鲍照《芜城赋》及江淹《别赋》等。顾名思义，《拟鲍明远芜城赋》即仿《芜城赋》所作。以刘鉴《红豆赋》为例，节选其赋文如下：

> 飞花阁中花正飞，宜春院里试春衣。枝头柳绵吹又少，陌上王孙去不归……拟朱樱而竞美，讶丹砂而却步。年华冉冉，芳讯迟迟。圆欹圉杏，秀夺江蓠……潇湘帝子，洛浦仙姝。长凝泪竹，空采蘼芜。苍梧不返，良会终殊。灵旗荫神渚，文履寂山隅。物乃东风之华

---

① 顾圣琴：《〈流虹桥遗事图〉辨伪及其他》，《中国社会科学报》2022年6月29日，第9版。
② 黄逸尘：《秦楼惜别赋》，《女子世界》1915年第4期，第5页。

实，人亦南国之丽都。璇玑凄远道，河汉耿天衢。相思树老愁痕新，离会何分仙与人。①

此赋为四六骈赋，对仗较为工整、韵律流畅，而其所模仿的庾信《春赋》即六朝骈体赋，仿作不仅得其形，而且得其神。

这种以仿六朝骈体赋居多的情况是《女子世界》的有意为之。《女子世界》的《征文启》写道：

> 近时闺秀工诗词者尚不乏人，独于古近体文绝鲜作者，而骈俪尤如《广陵散》矣。本社同人深以绝响为忧。爰辟散花集一栏，征求闺秀文稿，无论今昔名媛，庄谐杂作。②

《女子世界》主编觉得擅长诗词的作者创作骈体文作品较少，为了延续文脉，故征求古今名媛的骈体文稿，还为此特辟散花集栏目，这些赋作基本上都归于散花集栏目，因此出现仿六朝骈体赋居多的情况。

三、《女子世界》所载赋作者小考

在《女子世界》上登载赋作的作者有吴苾、曹贞秀、阚寿坤、刘鉴、吴承烜、王翔、黄逸尘、胡敬、吴绛珠、裴凌仙。

---

① 刘鉴：《红豆赋》，《女子世界》1915年第2期，第5页。
② 《征文启》，《女子世界》1914年第1期。

曹贞秀是清代王岂孙继室，吴芹芳、谢泉《中国古代的藏书印》载：

> 曹贞秀（1762—1822），字墨琴，自署写韵轩，安徽休宁人，侨居吴门（今江苏苏州），为曹锐女，无金粉之好，工诗善画。叶廷琯在《鸥破渔话》中云："墨琴夫人书，气静神闲，娟秀在骨，应推本朝闺阁第一。"清完颜恽珠在《国朝闺秀正始集》小传云："墨琴以书法名，尤工小楷。所临十三行石刻，士林推重。"清王昶辑《湖海诗传》卷四十称其"以翰墨闻"，"殆管仲姬文端容流亚也"。著有《写韵轩小稿》二卷，附于《渊雅堂集》后。①

关于胡敬的生平如下：

> 胡敬（1769—1845），字以庄，号书农，浙江仁和（今杭州）人。受知于阮元，嘉庆十年（1805）进士，散馆为编修，后任詹事府赞善，累官侍讲学士。充武英殿、《文颖》馆纂修官，参预敕撰《秘殿珠林》二十四卷、《石渠宝笈》四十四卷。撰有《崇雅堂文集》二十卷。另辑有《大元海运记》《淳祐临安志辑逸》。生平事迹见《清史列传》卷七三、胡理《胡书农年谱》。②

---

① 吴芹芳、谢泉：《中国古代的藏书印》，武汉大学出版社2015年版，第184—185页。

② 王国平主编：《杭州文献集成》第12册《武林掌故丛编》，杭州出版社2014年版，第276页。

关于吴苣的生平，李嘉秋《清末著名女诗人吴苣》一文载：

> 吴苣（1837～1874），字佩缥，又字纫之，室名佩秋阁。吴县光福（今属吴中区）人，家住邓尉山南。吴尧封之女。
>
> 吴苣天生颖慧，深得父母宠爱。或许是天妒其才，她一生时运不济，命运多舛。幼年时父亲便去世，"早岁失怙，终鲜兄弟"，成为家里的独生女。母亲陈氏与她相依为命，加倍爱护，珍若掌上明珠，"甫胜衣，母课以针黹"，她"夷然不屑为，然为之亦未尝不工"（汪鹤衢语）。母亲于是"循《葛覃》之训，兼肄《木瓜》之章，乃研朱晨披，即羞调粉，弄墨冥写，辄思散珠"（许鹤巢语）。母亲特地为她延请同里许鹤巢到家里课读。许鹤巢是彼时苏州著名文人，弟子众多，苏州末代状元陆润庠就是其弟子之一。吴苣聪明伶俐，学习刻苦，悟性极高，"得其学业最深"，成为许鹤巢的得意女弟子。
>
> 20岁那年，吴苣嫁给长洲儒生汪桐于（字凤九）。婚后，夫妻恩爱，琴瑟和鸣，志同道合，经常诗词酬答。她侍奉公婆如同父母一般，因此也深得喜欢。小叔子汪鹤衢曾云："事舅姑如父母，而吾父母亦以己女视之。温恭淑顺，上下交称，吾兄方喜得贤内助。"然而，孰知婚后七个月，丈夫汪桐于突然患病而逝。面对突如其来的灾难，她"百计求死，欲追随于地下"（汪鹤衢

语，下同)。当时她腹中已怀胎三月，在家人的极力劝慰下，她"死之念始绝"，忍着悲痛以延夫嗣。六个月后，生下儿子，取名钟彦，"嫂悲戚稍舒，谓育之教之，俾儿获成立，未亡人之责可竟矣"。

咸丰十年（1860）四月，太平天国军攻占苏州。刚恢复的正常生活又被打乱，举家逃出苏州古城，吴苣带领全家老小逃回老家光福。当时"寇窜四乡，朝夕告警"，儿子刚二岁，因迁徙无常，迭受惊恐，又"患河鱼之疾，医药罔效"，至十二月而殇。吴苣"上痛良人之逝，下悼孤儿之夭，饮泣含悲，形如槁木死灰"。然而，她明察大义，强忍悲痛，服侍公婆与老母，"哀戚不稍形于色，犹惟恐失老人欢。而夜深人静时，每泪湿襟袖也。其视吾辈弟妹，虽极流离，尤能曲慰吾父母意，无几微间言"。期间，携家先后迁徙于常熟海虞、白洴，无锡梅里，沙上，海门，娄江，沪上黄浦、浦东等地，一路颠沛流离。

太平天国结束后，汪家与吴家"生计均非往日比"，而吴苣"钗荆裙布，晏如也"，将生活安排得井然有序。她素性慷慨，好施与。亲戚以及"疏远称贷者，无不如其求而去"，汪鹤衢为此十分感叹，称赞她："虽然是巾帼，而有侠士之风。"

同治十二年（1873）三月公公逝世，吴苣哀毁过甚而成疾，至明年八月而卒，年仅37岁。后以苦节旌表坊，入祀节孝。

......

光绪元年（1875），夫弟汪鹤衢将吴苣的诗稿、词稿、骈文刊刻，光绪十四年继子钟霖又补刻，因此得以传世。2012年2月，吴芝的《佩秋阁诗稿》二卷、《佩秋阁词稿》一卷、《佩秋阁骈体文》一卷，收入胡晓晚、彭国忠主编的《江南女性别集》，并由黄山书社出版。①

裘凌仙（1844—1906），号筱云，别署明秋馆主人，江苏广陵人，父亲裘云栋，曾任杭州通判。丈夫秦国钧，清朝官员。②

刘鉴生平如下：

> 刘鉴（1852—1930），字惠叔，一字慧卿，长沙人。她的曾祖父、祖父、伯祖父均系进士出身，担任过中央和地方的重要官职。她的父亲刘若珪，由乡试副榜官员外郎，担任过知府等官职，1854年在与太平军作战中阵亡。生长于侯门相府，数代书香门第，刘鉴自幼受过熏陶，诗词文赋、琴棋书画均有涉猎。她的丈夫曾纪官，是曾国荃的次子，出仕不到四年即于1881年病逝。此时，刘鉴年仅三十岁，女儿曾广敦和曾纪官前妻所生儿子曾广江均尚年幼；而曾纪官的哥哥曾纪瑞于1880年去世，两个儿子亦年幼无知。家公曾国荃先后任两广总督、两江总督，而且年老体衰，无暇也无力顾及家政和督导孙辈、曾孙辈。尤其是在曾国荃1890年去世后，

---

① 李嘉球：《清末著名女诗人吴芝》，《江苏地方志》2018年第3期，第79—82页。

② 王蓓、陈静：《近代期刊中文论作品的女性作者身份概观》，《济南大学学报》2015年第5期，第16页。

刘鉴毅然担当起主持内务、督导子孙的重任，成为曾国荃一门四十余年间的核心人物。

刘鉴在督导儿孙辈的过程中，不仅重视为人处世方面的启发培养，而且根据曾国藩家族家规、家训主旨，结合时代、社会和家庭实际，编写家教读物《集字避复》和家庭女性综合教材《曾氏女训》，内容独到，实用特色突出，体现出刘鉴在继承和发展曾国藩家族家训理论与方法上的明显特点。《曾氏女训》由长沙忠襄公祠刊行于1908年，共计三册，分为《女范》《妇职》《母教》《家政》四个门类，总计十章，一百二十四课。①

吴承烜生平如下：

吴承烜（1855—1935后），又名子恒，字伍佑，号东园。安徽歙县人。擅词曲，亦工骈文。才思敏捷，年逾七十，执笔为文，顷刻而就。享年八十以上。作有传奇四种：《绿绮琴》《星剑侠》《花茵侠》《慧镜智珠录》。散曲有小令〔一半儿〕《美人臂》、《美人面》，〔驻马听〕《题上马图》，散套《竹洲泪点图》。②

阚寿坤活动于公元1875年前后，其生平据沈立东等《中国历代女作家传》介绍如下：

---

① 成晓军：《曾国藩家族家训》，岳麓书社2021年版，第193页。
② 齐森华等主编：《中国曲学大辞典》，浙江教育出版社1997年版，第188页。

阚寿坤，字德娴，安徽省合肥人，阚凤楼之女。清代光绪时靖江（在今江苏省扬州境内）知县方承霖之妻。据施淑仪《清代闺阁诗人征略》引《红韵阁稿》卷首题词记述，寿坤本出生儒礼之家，工笔札，然性矜慎，素不轻易以诗稿墨迹示人。凡有吟咏则书纸粘于壁上，久则揭去，或者作品刚成，则一再诵读，尔后即搓揉弃之。惜寿不永年，卒年仅二十七岁。

寿坤著有《红韵阁遗稿》行世。其诗以古体为工，格调古朴深沉，居然古风人遗韵。如《虎邱》《过五人墓》等。写景诗秀情绝俗，隽永有味。如佳句"秋水激凉雾，夕阳见远山"，"直是王、孟佳境"。①

黄逸尘，字雪兰，海门人，与廉泉长子廉劭成结婚于民国三年（1914年）十月。②

从以上资料可知，曹贞秀、胡敬、吴芷、裘凌仙、阚寿坤都是清末人，皆未入民国。只有黄逸尘、吴承烜、吴绛珠是入了民国的。胡敬、吴承烜是男性作者，其余皆是名媛。对此问题，焦宝《民初女性文艺报刊诗词探析——以〈眉语〉〈香艳杂志〉和〈女子世界〉为中心》一文有过讨论：

---

① 沈立东、朱亚伟、祁兆珂：《中国历代女作家传》，中国妇女出版社1995年版，第317页。

② 上海中山学社编：《近代中国》（第20辑），上海社会科学院出版社2010年版，第403页。

在《女子世界》中，这类不同的"名媛"诗作，显示出晚清民初发表诗词的知识女性之间的分野与杂糅。一方面，晚清民初的知识女性以思想境界为分野，一类主要是经历了晚清以来女学——女权运动的洗礼，具有比较明确的女性自主意识，积极参与到社会生活当中的女性。她们具有深厚的旧学根基，至少是良好的诗词素养和技能训练，同时也能够走出闺阁天地，与广阔社会进行互动，参与到晚清以来风起云涌的时代变局之中。从诗词创作上说，这一类女性在社会生活中经历丰富、眼界阔大，在文化变局中亲身历练，而这一切都丰富着、形塑着她们笔下的诗词，赋予其时代风云气、历史细节性、文化丰富性。另一类则是身处闺阁、未能投身到晚清社会运动中历练的女性。这一类女性同样具有旧学根柢，自幼参与到父兄等人的诗词活动中进行学习，这是她们与前者的共同点。另一方面，她们因为未能在时代风云中亲身历练，所以无论她们接受的是新式还是旧式教育，她们笔下的诗作中便难免受到经历的限制，无法与时代、世事共鸣，因而内容大多仍局限于传统闺秀名媛诗作题材。两种"名媛"之间的分野，是"时代名媛"与"传统名媛"之间的区别。[①]

此文提出的"时代名媛"与"传统名媛"有一定的道理，若按这个标准划分，属于"传统名媛"的有曹贞秀、吴

[①] 焦宝:《民初女性文艺报刊诗词探析——以〈眉语〉〈香艳杂志〉和〈女子世界〉为中心》,《南开学报》2022年第6期,第63页。

芭、阚寿坤、裘凌仙,属于"时代名媛"的是黄逸尘、吴绛珠。

从这些作者身上也可发现,《女子世界》征求骈体文的主张得到了社会的响应。黄逸尘《秦楼惜别赋》、裘凌仙《西湖记游记》、刘鉴《红豆赋》在文末皆注明不受酬,这在一定程度上也说明了"1915年前后是中西激烈交汇的动荡时刻,这种对传统文化的热爱尽管难入主流,但也确实是许多传统文人难以割舍的情结"[①]。

[①] 王慧:《也谈〈女子世界〉——以陈蝶仙及其家人为中心》,《学术交流》2013年第12期,第217页。

第五章 《虞社》《青鹤》登载赋作考论

一、《虞社》《青鹤》简介

《虞社》，1920年6月在江苏常熟创办的一个文学刊物，月刊。是当时一个文学组织——虞社的社刊，1937年11月，常熟沦陷后停办。

虞社，1920年春成立于江苏常熟，以研究创作旧体诗文为宗旨，是爱好旧文学的文人的组织。社员遍及全国，最盛时达五百五十多人，平时稳定地保持在四百人左右。1937年11月因日军侵华，常熟沦陷，而被迫停止活动，在其十七年的历史中，虞社先后换了五届主任：俞鸥侣、陆醉樵、钱南铁、俞鸥侣、朱轶尘，其发展可以分为三个阶段：创办阶段（1920年春至1924年底），俞鸥侣在任期；稳定阶段（1925年春至1935年底），陆醉樵、钱南铁在任期，其中钱南铁在任8年；复兴阶段（1936年2月至1937年10月），俞鸥侣复出并成立虞社复兴委员会。虞社的主要活动是每年举行一次雅集联谊，并定期出版社刊《虞社》，前后共出版228期，还出版过《虞社精华录》《虞社丛书》和各种特刊、纪念刊。若以虞社的出版物的数量而言，在全国结社史上也属翘楚。

《青鹤》，1932年11月15日在上海创刊，1937年7月因抗战爆发而停办。历时五年半，共刊出114期，以1937年7月30日出版的5卷18期为末期。主编陈赣一，由青鹤杂志社编辑并发行。《青鹤》为半月刊，属于文史类学术刊物。

《青鹤》创刊伊始，就辟有评论、专载、中外大事记、名著、丛录、文荟、词林、考据、述记、杂纂、谐作、小说等十二个栏目,这种栏目设计几乎保持了五年。它特别注重文献的整理和保存,五年里各式著述的连载有两百多种,体裁有日记、笔记、序跋、书札、年谱、诗文集等,有名的就有陈三立的《散原精舍文存》、陈衍的《石遗室诗话续集》等。《青鹤》刊名出自《拾遗记》:"幽州之墟,羽山之北,有善鸣之禽名青鹤。"① 该杂志是一份典型的同人刊物,基本不依靠外界的自由来稿。创刊号刊布的"本志特约撰述"共一百零五人,其中包括陈石遗、丁福保、王西神、于右任、刘承幹、梁鸿志、周瘦鹃、黄秋岳、傅增湘、孟心史、章士钊、蒋维乔、夏仁虎、吴湖帆、冒鹤亭、钱基博、曾虚白、吴稚晖、高梦旦、陈巨来等等。尽管这些人出身不同、境遇各异,但都具有传统士大夫的文化背景,部分代表着前清遗老遗少的话语,故在当时如林的上海杂志中,算是比较特殊的一本。②

二、《虞社》《青鹤》所载赋作概况

《虞社》《青鹤》皆是"旧派"刊物,也都登载了赋体文学。其登载赋作情况如表5—1、表5—2所示。

表5—1 《虞社》登载赋作一览表

序号	篇名	作者	期号	页码
1	碧浪湖赋	陈杰	1930年第168号	8—10页
2	伤逝赋(有序)	谢炳奎	1930年第170号	1—3页

---

① 甘簃:《青鹤之命名》,《青鹤》1932年第1期,第1页。
② 王稼句:《看书琐记二集》,山东画报出版社2008年版,第104—105页。

续表

序号	篇名	作者	期号	页码
3	运知轩赋	杨开森	1931年第171号	10页
4	梅花赋	金心斋	1931年第174号	7—8页
5	远镜赋	谢炳奎	1931年第178号	4—7页
6	秋兴赋	沈世德	1932年第182、183号合刊	13—14页
7	雁字赋	金心斋	1932年第188号	4—6页
8	半淞园赋	徐慎侯	1932年第189号	9—10页
9	水绘园赋	许树枌	1933年第193号	2—4页
10	雪赋	郭莘同	1933年第194号	4—5页
11	菊影赋	谢炳奎	1933年第200号	2—3页

表5-2 《青鹤》登载赋作一览表

序号	篇名	作者	期号	页码
1	逐鼠赋	长生不老斋	1935年第3卷第14期	1—2页
2	逐鬼赋	长生不老斋	1935年第3卷第14期	2—4页
3	寿禊赋并叙	陈圮怀	1935年第3卷第16期	3—4页
4	观斗蚁赋	长生不老斋	1935年第3卷第17期	1—2页
5	骂蚁赋	长生不老斋	1935年第3卷第17期	2—3页
6	蚁自解赋	长生不老斋	1935年第3卷第17期	3—4页

续表

序号	篇名	作者	期号	页码
7	唐花赋（有序）	长生不老斋	1935年第3卷第19期	1页
8	诗味赋	长生不老斋	1935年第3卷第19期	1—2页
9	笑赋	长生不老斋	1935年第3卷第19期	2—3页
10	美人赋（有序）	长生不老斋	1935年第3卷第20期	1—2页
11	笑赋	长生不老斋	1935年第3卷第20期	2—3页
12	阿芙蓉赋	长生不老斋	1935年第3卷第20期	3—4页
13	筹安赋（做阿房宫赋）	乱七八糟斋	1937年第5卷第15期	1—3页

这两种刊物有着共同点：二者宗旨相似。《虞社》的《发刊词》说道：

> 慨自国学沦亡，欧风渐炽……苟无警惕，曷以挽回，倘乏观摩，乌能进化。此同人等所由外观世变，内凛家风，有发起虞社之举也。……本社则专求文艺，注重讴吟，按月更新，同声相应。①

从这份《发刊词》中不难看出《虞社》保守的思想倾向。《虞社》所刊登的作品，主要分为文选、诗选、杂俎三

---

① 转引自何振球《常熟文史论稿》，南京大学出版社1989年版，第54页。

个部分，实际上以前两者为重点。文选部分主要是诗文集序、人物传记、墓志铭和游记等，其中不乏珍品，如第178期登载近代宋诗运动领袖人物陈衍所作《久保博士闽中游草叙》等。诗选作为《虞社》出版的重点，其风格大体可以1930年为界，前期大部分系吟风弄月、唱和酬答、自然述怀等之作，而后期作品更多见对时事、社会、家国命运的关注，如"辛未水灾纪念"专号，以及一些反映疾苦、指斥国民党的反动统治、反映日本帝国主义侵华所带来的苦难等的作品。《虞社》专号还有"虞社社友录""己巳唱和集"等。从其保存的17年的数以百计的作家及其作品中，可以较为清晰地看出当时江南文坛的概貌。

《青鹤》的发刊词《本志出世之微旨》云：

本志之出世，固可以无言，而又不得不一言。或曰：国垂危矣，国将亡矣。亡于外患耶？亡于内乱耶？不然，大谬不然。外患讵足亡国，内乱更安得亡国，国而亡者，学之不讲耳。一人不学，能亡其身；大众不学，能亡其国。世界文化之渊宏，宜莫吾国若，治乱盛衰之迹，当于学术观之也。

自欧风东向，浅陋者拾唾余鸣高，摭浮词傲世。偶举它邦典章一事、法规一篇，辄张大其辞，谓如何如何，且曰此当跻三代之郅治。谋国之道，为政之方，俱舍是莫由，争相传播，口吻自甘。其语侊信，其策复循轨合辙，未尝不可资他山之助。然夷考其实，大抵李戴张冠之状，削足适屦（履）之形，而变本加厉……凡政治、外交、社会、经济、实业、地理、文词、金石、书画、目录诸学，靡不兼收并蓄。而孤本未刊本之纯粹者，俱致力搜罗，期与国人交相讨论。当此士不悦学，人怀倖进之秋，傥有人焉，手此一编。或将笑吾为迂腐，吾则欲吾心之所安。奋一室之言，求千里之应，谓之不自谅也，不亦可乎？虽然，是非得失，终有公论也，愿与同人共勉焉。①

可以看出，该杂志的宗旨是"思于国学稍存一线生机"。这里的"国学"是传统意义上的学术、诗文、书画之类，与"整理国故"的意思不同，这也就为旧派文人提供了一个文化意义上的生存空间。②

《虞社》《青鹤》登载赋作的时间在20世纪20至30年代，特别是30年代后，二者有着相同的时代背景，因此办刊宗旨都体现出了对社会的关注。办刊地点《青鹤》是在上海，《虞社》是在常熟，距离不太远。

《虞社》《青鹤》两家刊物虽然有相似的办刊宗旨，但其登载的赋作境界不同，总体而言，《虞社》所登赋作境界较《青鹤》高。

《虞社》登载的赋作基本上倾向于清新闲雅，如《碧浪湖赋》《运知轩赋》《梅花赋》《雁字赋》《半淞园赋》《雪赋》《菊影赋》。

《虞社》登载的赋作不仅描绘闲雅的自我生活，还把笔墨投向社会，投向时代。如《秋兴赋》因秋起兴叹岁月流

---

① 陈赣一：《本志出世之微旨》，《青鹤》1932年第1期，第1—5页。
② 王稼句：《看书琐记二集》，山东画报出版社2008年版，第104页。

逝，进而联想到国家战乱未已：

> 讶商声之激烈，慨杀气之纵横。江山如此，干戈不已。鼙鼓动京华，旌旗渡汉水。逐鹿竞称雄，逝骓聊复尔。击柱争功，倒戈寡耻。草短沙黄白骨枯，树深夜黑青燐驶。龙沙辽绝甲帐寒，雁塞凄凉铁衣单。①

又如《雪赋》：

> 奇冷四围，可少红炉绿蚁；登高一望，无非玉宇琼楼。则有邻家幼妇、阆苑名姝，或飞笺而斗韵，或绘影而成图。快境当前，雅宜白战。及时行乐，奚碍清癯。更有赋歌宋玉，作赞羊孚，抒登临之快，极吟咏之娱。扫径开筵暖寒会，何其壮也；携姬啜茗销金帐，不亦豪乎。其或贫士嘘寒，征夫怨，独有飞霰之侵肤，无余粮之果腹。角哀冻死而谁怜，袁安枯卧而欲哭。风刀着体，晨征暮宿之人；冰筋垂檐，东倒西歪之屋。已焉哉！雪何地而不飞，岁何年而不暮？贫富殊途，炎凉异趣。富者见之而颜开，贫者对之而心怖。②

此赋描写雪天不同社会阶层人士迥然不同的状态：富人阶层如邻家幼妇、阆苑名姝等或吟诗作画，或赋歌作赞，或饮酒茗茶；贫士征夫则挨饿受冻，哀苦不已。贫富不同，境遇不同。

---

① 沈世德：《秋兴赋》，《虞社》1932年第182、183号合刊，第14页。
② 郭莘同：《雪赋》，《虞社》1933年第194号，第4—5页。

此赋在写文人风雅的同时，也饱含着对贫人的哀悯之情。

《虞社》登载的《远镜赋》还隐含着"文化自信"的意味：

> 有洋商者，持镜而来，顾盼自喜……其大者足以测天枢，玩星象，备仪器，资景仰……极高下分相悬，析毫芒分弗爽。合七政以同齐，亦一理之所仿。随波影而涵空，睇云容而开朗。举凡三百六十度、七百八十星，直不啻旋螺之纹，历历如指诸掌……其小者亦足以流连景物，凭眺烟霞，澄观自得，远道何赊。望云中之帝阙，窥郭外之人家。辨奇字于岩壁，认归帆于水涯……镜则远矣，若犹未也。试与横览夫六合之外，则见有所封矣；试与洞瞩夫百世之下，则数有所穷矣。吾闻至人之镜，蕴诸灵府，裁以化工。泰然寂处，皎若澄空。斡运无迹，清明在躬……盖自有天地以来，万类之形形色色，几无不浑涵于一镜之中也。然则子之镜寓于目，彼之镜悬于胸；子之镜以迹囿，彼之镜以神通。原不可以例视，更何得而强同。客闻余言，讫莫能对，对镜已明，逡巡遽退。[①]

此赋针对从外国传入的望远镜发表了一番看法，采用主客问答的汉大赋体，对洋货望远镜先扬后抑，最后表彰了"至人之镜"。

《青鹤》登载的赋作也有倾向于典雅的，如《诗味赋》

---

① 谢炳奎：《远镜赋》，《虞社》1931年第178号，第4—7页。

《笑赋》，但囿于作者的格局，《青鹤》所登载赋作如《逐鼠赋》《逐鬼赋》《观斗蚁赋》《骂蚊赋》《蚊自解赋》《美人赋》等，其境界不如《虞社》登载的赋作高。

三、《虞社》《青鹤》所载赋作的意义

（一）赓续文脉

《虞社》《青鹤》登载的赋作相较于民国其他期刊登载的赋作显得更加文雅。五四运动中，新文学的对立面"旧文学"经历了一个逐渐由主流至被边缘化的过程，在很长一段时间里被认为是腐朽和过时的，但在今天看来，民国时期"旧文学"恰恰为赓续传统文脉作出了重要贡献。得益于此，传统赋体文学才不至于坠落。

陈赣一在《本志出世之微旨》中指出：

> 本志之出世，固可以无言，而又不得不一言。或曰：国垂危矣，国将亡矣。亡于外患耶？亡于内乱耶？不然，大谬不然。外患讵足亡国，内乱更安得亡国，国而亡者，学之不讲耳。一人不学，能亡其身；大众不学，能亡其国。[①]

的确，回首欧风美雨的侵蚀，忘了自己的根，全面走向西化的道路被实践证明是不可行的。传统的赋体文学背后蕴涵着中华民族的文化基因。正如《虞社小史》一文所总结：

[①] 陈赣一：《本志出世之微旨》，《青鹤》1932年第1期，第1页。

"在雅道凌夷,旧学日见衰落的时候,能够将不绝如缕的诗文一道保存下来,使后之学者还知道吟咏一事,未始非当时原创办人的一点小小贡献。"①

(二) 为旧体诗文作者提供空间

20世纪上半叶,新文学风起云涌,但还有为数不少的旧体文学爱好者、创作者,有了《虞社》《青鹤》这样登载旧体文学的刊物,他们也才有了自由的交流空间。

四、《虞社》《青鹤》所载赋作者小考

《虞社》所载赋作者有陈杰、谢炳奎、沈世德、杨开森、金心斋、徐慎侯、许树枌、郭莘同。

谢炳奎,字星岛,清末至民国高要县广利古围村,即今肇庆市鼎湖区莲花镇古围村人,清光绪十一年拔贡,工诗及书法。②

沈世德,字本渊,江苏泰县人,擅书联文。1929年曾为同邑女诗人钱荷玉的诗集《香露轩吟剩》作序。姚江同声诗社重组后,为诗社"师友录"成员。③

杨开森,民国时人,字韵芝,合肥人。诸生,江苏县丞德炯子。工诗善词。李国模《合肥词钞》卷四有传。

郭莘同(1870—1942),字聘如,后字聘之,江苏江阴

---

① 程瘦鹤、陆孟芙:《虞社小史》,中国人民政治协商会议江苏省常熟市委员会文史资料研究委员会:《文史资料辑存》(第3辑),中国人民政治协商会议江苏省常熟市委员会文史资料研究委员会1962年版,第96页。
② 黄小红主编:《肇庆市端州区志》,方志出版社2012年版,第955页。
③ 戴锋主编:《同声抒怀抱 姚江同声诗社总编》,浙江古籍出版社2012年版,第395页。

（今张家港）人。光绪年间中秀才，光绪三十三年（1907）毕业于江阴师范讲习所，在梁丰两等学堂任教职。辛亥革命后在家乡竭力倡办女学，为当地教育作出贡献。其生平简况可参考江苏省政协张家港市政协文史资料委员会编的《江苏文史资料·张家港人物选录·提倡女子教育的郭聘之先生》。

《青鹤》登载的赋作者有长生不老斋、乱七八糟斋、陈圮怀。

陈圮怀即陈训正，童银舫《慈溪历代名人图像集》有考：

> 陈训正（1872—1943），字无邪、圮怀，号玄婴、天婴，慈溪县二六市官桥村（今余姚市三七市镇）人。文人，方志学家。光绪二十九年（1903）举人。历任《天铎报》社长、杭州市市长、浙江省民政厅代理厅长、西湖博物馆馆长、浙江省临时参议会议长。①

《青鹤》所载赋作署名中的所谓长生不老斋实际上并非同一人，其作者是有各自的主名的：《逐鼠赋》作者是李有祺，《骂蚊赋》《蚊自解赋》作者是阳昭麟，《阿芙蓉赋》《笑赋》作者是陈梦照，《逐鬼赋》作者是周宪章，《诗味赋》作者是魏其恕，《观斗蚁赋》《美人赋》作者是王衍梅，《唐花赋》作者是顾元熙。②

李有祺，《粤诗人汇传》载：

---

① 童银舫：《慈溪历代名人图像集》，宁波出版社2018年版，第127页。
② 缪莲仙辑：《梦笔生花·后集》，大达图书供应社1935年版，第100—120页。

李有祺，号寿石，又号义崖，新会人。廪贡生。君性倜傥，家近崖山，时托啸歌，远摅古愤。积诗万篇，贫难锓板，殁后门下士倩李东桥明经昕选刻五百余首，风骨既高，神味亦远。君每岁冬学课诗赋，常数百人，诸弟子亲承指授者，皆有法度。同时黄渭南明经景星讲琴学，君讲诗学，冈州近年人士论琴者多溯源渭南，论诗者多溯源于君也。君集名《梦鲤山房诗钞》。①

陈梦照，清番禺人，生员，学海堂专课生，与李秋田、黄培芳、江瀛涛有往来唱和。②

顾元熙，《中国科举辞典》载：

　　顾元熙，字丽丙，江苏吴县人。清嘉庆十三年（1808）以乡试第一名中举，明年会试得第二，殿试成己巳恩科二甲三名进士。选庶吉士，授编修，擢侍讲、侍读，督学广东。卒于官。诗古文辞俱佳，尤工书。③

王衍梅，吴海林、李延沛编《中国历史人物辞典》载：

　　王衍梅（1776—1830），清诗人。字律芳，号笠舫。

---

① 中山大学中国古文献研究所编：《粤诗人汇传》（第4册），岭南美术出版社2009年版，第1886页。
② 管林主编：《广东历史人物辞典》，广东高等教育出版社2001年版，第455页。
③ 翟国璋主编：《中国科举辞典》，江西教育出版社2006年版，第1074页。

浙江会稽（今绍兴）人。幼时颖悟，出阮元门下，有文名。嘉庆进士。官广西步宣县知县。未十日，即以吏议失官，随阮元去广东。他性情高洁，喜饮酒。才思敏捷，为文信手挥写，顷刻而成。曾与友人用馋字韵赋《江瑶柱》，时人叹为绝唱。晚著《红杏村人传》，以陶潜、李白自况。有《绿雪堂遗稿》。①

魏其恕是韦君宜祖父，据《梦笔生花》登载此赋有其侄儿魏允衡识语："明三伯性耽吟咏，著有《一鉴堂遗草》，散佚无存，今下世十余年矣。此篇从古纸中检得，手录之，不禁泫然！"②

周宪章，据其赋中"寿石李子馆白云庵，亲朋阔绝，与鬼为邻。月下花前，疑有怪物。乃以《逐鼠赋》易予《逐鬼文》"所言，可知其当为李有祺同时代人。

---

① 吴海林、李延沛编：《中国历史人物辞典》，黑龙江人民出版社1983年版，第694页。
② 缪莲仙辑：《梦笔生花·后集》，大达图书供应社1935年版，第104页。

第六章

仿《归去来辞》赋作

一、仿《归去来辞》作品概况

《归去来辞》是陶渊明的一首著名抒情小赋,仿《归去来辞》始于北宋苏轼。苏轼《和陶归去来兮辞》在当时即掀起苏门乃至整个文坛仿《归去来辞》的热潮,之后宋元明清皆有文人相仿,影响深远。在民国也有很多仿《归去来辞》的作品,本章试对民国报刊上登载的此类作品进行初步探讨。

经初步整理,民国报刊登载有以下仿《归去来辞》作品。

表6-1 民国报刊仿《归去来辞》作品一览表

序号	篇名	作者	报刊名	期号	页码
1	和陶渊明归去来辞(彭尺木先生集外文)	彭尺木	佛学丛报	1912年第3号	1页
2	借债辞(仿陶元亮归去来辞)	健行	惜阴周刊	1912年6月1日	29页
3	逃去来辞(仿归去来辞)	爱	自由杂志	1913年第1期	45页
4	逃去来辞(仿陶渊明归去来辞)	亚	大共和日报附张	1913年9月14日	54—55页
5	劝妓从良辞(仿归去来辞体)	淞城逸史	滑稽杂志	1913年第1期	13—14页
6	为考县知事落第者作归去来辞(仿渊明旧作)	冷眸	余兴	1914年第1期	23—24页
7	逃去来辞(仿归去来辞)	秋圃	余兴	1914年第2期	22页
8	熊故总理归去来辞	张丹斧	神州	1914年第2册	2页

续表

序号	篇名	作者	报刊名	期号	页码
9	入童子会辞（仿归去来辞）	浙童	童子声	1914年第1期	25页
10	讨债辞（仿归去来辞）	诗隐	小说新报	1915年第2期	3页
11	妓女从良辞（仿归去来辞）	寄恨	小说新报	1916年第3期	4页
12	新归去来辞（仿陶渊明归去来辞）	抱一	余兴	1917年第27期	14—15页
13	反归去来辞	遁翁	余兴	1917年第27期	15页
14	杨度归去来辞	毓万	余兴	1917年第27期	15—16页
15	小赛花卷逃辞（仿归去来辞体）	刘郎	余兴	1917年第27期	17页
16	投稿来辞（仿陶渊明归去来辞）	夜铎	余兴	1917年第29期	15—16页
17	袁项城归榇大梁（仿归去来辞并步原韵）	铁心	余兴	1917年第30期	17页
18	逃去来辞（仿归去来辞）：为康圣人作也	鳏渔	小铎	1917年8月7号第190号	1页
19	嫖去来辞（仿陶渊明归去来辞）	瑞雪	小铎	1917年8月21号第204号	1页
20	赌去来辞（仿归去来辞）	鳏渔	小铎	1917年8月27号第210号	1页
21	逸叟劝妓从良词（仿归去来辞体）		广益杂志	1919年第1期	33—34页
22	归去来辞		广益杂志	1919年第5期	47—48页

续表

序号	篇名	作者	报刊名	期号	页码
23	题松菊犹存图（仿归去来辞）	涤尘	新民报	1920年第10期	14—15页
24	新归去来辞（用渊明原韵）	守拙	小说新报	1920年第10期	2—3页
25	嫖归来辞（仿归去来辞）	一明	小说新报	1921年第12期	2页
26	哀难民辞（仿归去来辞）	公肃	游戏世界	1921年第5期	9页
27	仿归去来辞辞	张东轩	齐大心声	1924年第2期	31页
28	改头换面的归去来辞：不如意事常八九，可与人言无二三	一炮	饭后钟	1927年续刊第9号	1—2页
29	归去来辞（为劝华侨归国作也）	杜其章	非非画报	1928年第5期	26页
30	归去来辞（谨照拙庵和尚和渊明归去来辞步原韵以自儆）	潘持	海潮音	1928年第3期	3—4页
31	自题造像（仿陶靖节归去来辞原韵）	陆丹林	真光杂志	1928年第7号	68—69页
32	新归去来辞（嘲烟鬼）	再策	拒毒月刊	1929年第33期	70页
33	反归去来辞	陈筑山	军事杂志（南京）	1931年第41期	130—131页
34	嫖去来辞（仿去来词）	胡公戏作	天津商报画刊	1932年第13期	1
35	拟陶渊明归去来辞并叙	南岳寄缘	佛学半月刊	1932年第34期	114页
36	拟陶渊明归去来辞并叙	南岳寄缘	世界佛教居士林林刊	1933年第35期	11—13页
37	返里赏菊（仿陶渊明归去来辞体裁）	席德镶	宝隆月刊	1934年第6期	287页

续表

序号	篇名	作者	报刊名	期号	页码
38	仿陶渊明归去来辞	邓雨苍	扬善半月刊	1934年第13期	220页
39	拟陶渊明归去来辞	吴友明	扬善半月刊	1934年第22期	361页
40	反归去来辞	筑山	烟	1935年第5期	16—17页
41	归去来辞（拟陶潜之作）	凌净因	佛学半月刊	1935年第100期	35页
42	归去来辞（用陶渊明原韵）	平江凌慰生	佛学半月刊	1935年第100期	35页
43	新归去来辞	銮	影舞新闻	1936年第4期	10页
44	当贪官辞（仿陶渊明归去来兮）	硬汉	腾冲旅省会学会刊	1936年第1期	4页
45	怠学生（仿归去来辞）	亚莲	海关妇联年刊	1939年5月	28—29页
46	出去偷辞（仿归去来辞）	老楳	艺海周刊	1940年第31期	12页
47	讨债来辞（仿归去来辞）	莫愁	立言画刊	1940年第69期	19页
48	嫖去来辞（仿归去来辞）	梦花	立言画刊	1940年第77期	10页
49	归去来辞（并序）	施蛰存	宇宙风	1941年第117期	310页
50	归去来辞（并序）	施蛰存	大风（香港）	1941年第87期	2900页
51	归去来辞	释广觉	同愿月刊	1941年第6期	7页
52	归去来辞（仿陶渊明之作）	广觉	佛学半月刊	1942年第249期	12页

续表

序号	篇名	作者	报刊名	期号	页码
53	归去来辞	翁回西	弘化月刊	1942年第9期	28—29页
54	和归去来辞	持松	觉有情	1942年第58、59期合刊	13版
55	归不去来辞（改陶潜之归去来辞）	匹夫	针报	1946年第63期	4页
56	新归去来辞（哀人力车夫而作）	心易	广汉旬刊	1947年第2期	8页
57	反归去来辞	醉翁	民友（成都）	1947年第5号	43页

二、仿《归去来辞》作品内容

这些仿《归去来辞》的作品按其内容可大致分为以下几类。

（一）宣传宗教思想

这类作品很多，如彭尺木《和陶渊明归去来辞》、吴友明《拟陶渊明归去来辞》、释广觉《归去来辞》、翁回西《归去来辞》、持松《和归去来辞》等，含有大量佛教思想。陆丹林《自题造像》则宣传基督教思想："读《新约》以思过，察天道之好还。"[①] 浙童《入童子会辞》云："入会乐兮，请约侣以来游。"[②] 用作品号召民众加入童子会。

---

① 陆丹林：《自题造像》，《真光杂志》1928年第7号，第69页。
② 浙童：《入童子会辞》，《童子声》1914年第1期，第25页。

（二）披露不良社会现象、行为

鳏渔《赌去来辞》，劝世人不要沉迷于赌博。老楳《出去偷辞》讽刺了小偷行径。再策《新归去来辞》描绘了吸食鸦片烟者的种种病态生活。淞城逸史《劝妓从良辞》通过描绘从良后清闲美好的生活来鼓励妓女从良。瑞雪《嫖去来辞》通过强调千金散尽反遭白眼来警醒世人不要去嫖。嫖、赌、偷、吸食鸦片都是当时社会的不良现象与行为，作者们通过仿《归去来辞》来劝告沉迷这些不良行为的人早日回归正常美好的生活。

（三）反映时事政治

这些作品中，有嘲讽袁世凯称帝的，如遁翁《反归去来辞》、铁心《袁项城归榇大梁》。有嘲讽杨度的，如毓万《杨度归去来辞》。有嘲讽康有为的，如鳏渔《逃去来辞（仿归去来辞）：为康圣人作也》写康有为保皇运动失败出逃时的情态。这些政治性题材时代性很强，一般在政治事件发生的当年写就并发表。

（四）表达忧世、救世的家国情怀

健行的《借债辞》写清政府向列强借债，而列强却借机要瓜分中国：

> 借债裂矣，中国将亡，胡不咸，既自以耻为其役，奚涕泗而足悲……召瓜分而豆剖……叹万国之手辣，慨

中国之魂悠。已矣乎，立国大地无主权，奚为甘心作马牛。①

公肃《哀难民辞》写出了难民飘零外乡之苦痛：

> 归去来兮，祸结兵连，将谁归？身受干戈之扰攘，惟饮泣而生悲……天地之大不能容身，终朝叫化难得残羹。向途人而行乞，面发赤而汗颜。踵欲裂而难走，腹受饿而不安……愿及早而毕命，免颠沛兮流离。②

也有作品对战争造成难民离乡飘零多有同情。如筑山的《反归去来辞》：

> 天赋予以重任，恨吾力之轻微……哀鸿遍野，烽火连州。悲众生之遭难，悯人类之罪尤。穷吾力以施救，罄吾有以赡赒，竭吾智以开悟，尽吾心以解愁。③

面对烽火连天，民众多方遭难的社会现状，作者抱着一颗救世之心，多方呼吁。

如杜其章《归去来辞》：

> 与营役于海外，曷返国之为优。急去南洋群岛，驶回内渡轮舟。或兴矿业，或垦荒丘……策吾华以富强，

---

① 健行：《借债辞》，《惜阴周刊》1912年6月1日，第29页。
② 公肃：《哀难民辞》，《游戏世界》1921年第5期，第9页。
③ 筑山：《反归去来辞》，《烟》1931年第5期，第16—17页。

争民族之自由。成伟大之事业，留荣誉于千秋。①

呼吁南洋华侨归国兴业，争取国家富强、民族自由。

（五）抒发战乱中的归家之思

部分作品抒发了战乱中的归家之思。如涤尘《题松菊犹存图》：

> 归去来兮，故乡虽远，胡不归。他邦不可以久处，时矫首而兴悲……草木依旧，松菊犹存……乐箪瓢以自足，铭陋室之可安。②

也有作品写游子对于回归故乡的美好希冀。如施蛰存《归去来辞》：

> 悲风景之不殊，而河山之全非……空堂默坐，形在神奔。企瞻桑梓，物色闾门……世鼎沸而未宁，奈余心之桓桓。归去来兮，余岂好夫远游。诚欲得其所栖，何富贵之愿求？居畎亩以自保，免妻子于危忧。③

据序所言，施蛰存因战乱避难闽越山中"忽已四载"，在年末空堂默坐，想念家乡，渴望战争平息，好得以归家。

---

① 杜其章：《归去来辞》，《非非画报》1928年第5期，第26页。
② 涤尘：《题松菊犹存图》，《新民报》1920年第10期，第14—15页。
③ 施蛰存：《归去来辞》，《大风》（香港）1941年第87期，第2900页。

（六）其他题材

又有其他题材，如冷眸《为考县知事落第者作归去来辞》同情考县知事落第者：

> 慨人情之冷暖，顿昨是而今非……仆从星散，步出都门，阮囊羞涩，试稿徒存……债主告余以期届，将如约以追求，或典什物，或变田畴，既多方之周转，仍急切而难筹。①

三、仿《归去来辞》作品的阐释学意义

为什么民国报刊中会登载这么多仿《归去来辞》的作品？这些作品又有什么新特点？阐释学理论是不能被生搬硬套地来理解这些作品的，但若从阐释学的角度去重新审视这些作品，或许可为学界深入探讨仿《归去来辞》的行为及作品提供一条新的思路。下面从阐释学的角度，对民国报刊仿《归去来辞》进行初步讨论，以期对这些作品形成进一步的认识。

（一）游戏性

仿《归去来辞》也可以说是游戏文，很多民国报刊将这

---

① 冷眸：《为考县知事落第者作归去来辞》，《余兴》1914年第1期，第23—24页。

些作品放在游戏性文章栏目下登载。可举例如下：爱《逃去来辞》是在《自由杂志》的游戏文章栏目；亚《逃去来辞》是在《大共和日报附张》的滑稽新语栏目；淞城逸史《劝妓从良辞》是在《滑稽杂志》的滑稽文粹栏目；浙童《入童子会辞》是在《童子声》的童子诙谐文栏目；寄恨《妓女从良辞》是在《小说新报》的谐薮栏目；诗隐《讨债辞》是在《小说新报》的谐薮栏目；鳄渔《赌去来辞》是在《小铎》的游戏文章栏目；守拙《新归去来辞》是在《小说新报》的谐薮栏目；一明《嫖归来辞》是在《小说新报》的谐薮栏目；公肃《哀难民辞》是在《游戏世界》的谐林栏目；一炮《改头换面的归去来辞：不如意事常八九，可与人言无二三》是在《饭后钟》的新闻谐唱栏目；老楳《出去偷辞》是在《艺海周刊》的谐文观止栏目；莫愁《讨债来辞》是在《立言画刊》的谐趣园栏目。

这些栏目名称有一个共同特征，即均带有"谐""游戏"或"滑稽"字眼，体现出民国报刊仿《归去来辞》作品明显的游戏性。

伽达默尔认为："游戏者自己知道，游戏只是游戏，而且存在于某个由目的的严肃所规定的世界之中。但是在这种方式中他并不知道，他作为游戏者，同时还意味着这种与严肃本身的关联。"[①] 民国报刊仿《归去来辞》的作者或编者正是把这种仿作看成一种游戏文章，他们在这种游戏过程中与严肃的人生指向有着某种关联。

---

① ［德］汉斯-格奥尔格·伽达默尔：《诠释学Ⅰ真理与方法——哲学诠释学的基本特征》，洪汉鼎译，商务印书馆2010年版，第150页。

"游戏就是那种被游戏的或一直被进行游戏的东西——其中决没有任何从事游戏的主体被把握住。游戏就是这种往返重复运动的进行。"① "游戏显然表现了一种秩序（Ordnung），正是在这种秩序里，游戏活动的往返重复像出自自身一样展现出来。"② 民国报刊登载的仿《归去来辞》作品基本上就是这样"往返重复"，甚至如《小说新报》还多次登载。

伽达默尔认为："正是语言的游戏使我们在其中作为学习者——我们何时不是个学习者呢？——而达到对世界的理解。"③ "我们说的是语言游戏本身，这种游戏向我们诉说、建议、沉默、询问，并在回答中使自身得到完成。……理解是一种游戏……当我们理解某一文本的时候，文本中的意义对我们的吸引恰如美对我们的吸引一样……我们在美的经验以及理解传物的意义时所遭遇的事实确实具有某种游戏的真理。"④ 民国报刊仿《归去来辞》的作者正是通过这样的语言游戏达到诉说、规劝、询问等目的，并在写作中得以完成。

（二）模仿性与含义体验

民国报刊仿《归去来辞》作者所追求的效果不仅仅停留

---

① ［德］汉斯-格奥尔格·伽达默尔：《诠释学Ⅰ真理与方法——哲学诠释学的基本特征》，洪汉鼎译，商务印书馆2010年版，第152页。
② ［德］汉斯-格奥尔格·伽达默尔：《诠释学Ⅰ真理与方法——哲学诠释学的基本特征》，洪汉鼎译，商务印书馆2010年版，第154页。
③ ［德］汉斯-格奥尔格·伽达默尔：《诠释学Ⅰ真理与方法——哲学诠释学的基本特征》，洪汉鼎译，商务印书馆2010年版，第687页。
④ ［德］汉斯-格奥尔格·伽达默尔：《诠释学Ⅰ真理与方法——哲学诠释学的基本特征》，洪汉鼎译，商务印书馆2010年版，第688页。

在简单模仿的层面,而是借用《归去来辞》的形式("外壳"),在其中加入自身在特定时代下的特殊情感,重新创造出新的有艺术生命力的诗歌。

伽达默尔认为:

> 如果我们看到了模仿(Nachahmung)中存在的认识意义,那么模仿概念可能只描述了艺术的游戏。……应当被再认识的东西,就是现在"存在"的东西。……因为模仿和表现不只是复现,而且也是"展现"(Hervorholung)……因此,模仿作为表现就具有一种卓越的认识功能。①

民国报刊仿《归去来辞》作品的确是拟作,但同时它们也是在"展现"——展现民国的时代特征、文化风俗等,也即当时"存在"的东西。

美国批评家E.D.赫施在其《解释的有效性》一书中强调阐释的客观性,他区分含义(sinn)和意义(bedeutung)的不同:

> 发生变化的实际上并不是本文的含义,而是本文对作者来说的意义,忽略这个区别的人实在太多了。一件本文具有着特定的含义,这特定的含义就存在于作者用一系列符号系统所要表达的事物中,因此,这含义也就

---

① [德]汉斯-格奥尔格·伽达默尔:《诠释学Ⅰ真理与方法——哲学诠释学的基本特征》,洪汉鼎译,商务印书馆2010年版,第167—170页。

能被符号所复现；而意义则是指含义与某个人、某个系统、某个情境或与某个完全任意的事物之间的关系。[1]

本文含义是确定的、不变的，而意义则是变化的。为了捍卫本文作者原意的存在，他又进一步对"含义"进行细分，他认为含义体验与含义本身有区别：

> 对含义体验的不可复制性与含义的不可复制性还是有所不同的，不能从心理学角度，把本文含义和对含义的体验视为相同的东西，对含义的体验具有个人特点，而它并不是含义本身。[2]

赫施认为对含义的体验属于精神活动，它具有个人特点。从阐释学的角度看，民国报刊登载的仿《归去来辞》的作品显然不仅仅是以追求陶渊明《归去来辞》诗歌本义为最终目的，它更强调仿作者的个人时代体验和感受，即E.D.赫施所说的"含义体验"。

（三）视域融合

陶渊明《归去来辞》所写的内容和表达的情感十分契合民国时期国破家亡、烽火连天、人民颠沛流离的社会背景下人们愤懑、忧愁、不安以及渴望找到出路的时代情绪，因此

---

[1] ［美］E. D. 赫施：《解释的有效性》，王才勇译，生活·读书·新知三联书店1991年版，第16—17页。
[2] ［美］E. D. 赫施：《解释的有效性》，王才勇译，生活·读书·新知三联书店1991年版，第26页。

非常适合用来抒发他们的情感。

伽达默尔认为：

> 由于我们是从历史的观点去观看传承物，也就是把我们自己置入历史的处境中并且试图重建历史视域，因而我们认为自己理解了。……诠释学的活动就是筹划一种不同于现在视域的历史视域。……历史意识本身只是类似于某种对某个持续发生作用的传统进行叠加的过程（Überlagerung），因此它把彼此相区别的东西同时又结合起来，以便在它如此取得的历史视域的统一体中与自己本身再度相统一。……在理解过程中产生一种真正的视域融合（Horizontverschmelzung），这种视域融合随着历史视域的筹划而同时消除了这视域。①

民国报刊仿《归去来辞》作者在创作过程中，也加深了对《归去来辞》的理解，使得陶渊明的原初视域与民国报刊仿《归去来辞》作者的"现今"视域实现了融合，这就是伽达默尔所说的"视域融合"。

---

① ［德］汉斯—格奥尔格·伽达默尔：《诠释学Ⅰ真理与方法——哲学诠释学的基本特征》，洪汉鼎译，商务印书馆2010年版，第429—434页。

第七章 仿《阿房宫赋》赋作

一、仿《阿房宫赋》作品概况

《阿房宫赋》为晚唐诗人杜牧所作,赋文通过描写阿房宫的兴废,讽刺了统治者沉湎声色、挥霍无度,是一篇警世之作。全赋先叙后议,叙议结合,议论颇为精深,对后世也产生了持久而深刻的影响,直到民国时期仍有众多文人效仿。民国报刊登载了为数不少的仿《阿房宫赋》的作品,其具体篇名、作者情况如表7-1所示。

表7-1 民国报刊登载仿《阿房宫赋》赋作一览表

序号	篇名	作者	报刊名	期号	页码
1	窝房宫赋 (仿阿房宫赋原韵)	铁骨	自由杂志	1913年 第2期	22—23页
2	赌场赋(仿杜牧 阿房宫赋体)	朱起凤	商余杂志	1914年 第2期	2—4页
3	登坑赋① (仿阿房宫赋)	新树	余兴	1914年 第4期	12—13页
4	夜花园赋② (仿阿房宫赋体)	诗隐	余兴	1914年 第4期	12—13页
5	余兴部赋 (仿阿房宫赋)	小梵	余兴	1914年 第4期	18—19页
6	海上青楼赋 (仿阿房宫赋)	澍棠	白相朋友	1914年 第7期	1—2页
7	小人赋 (仿阿房宫赋)	竺仙	小说丛报	1914年 第1期	1—2页
8	温柔乡赋 (仿阿房宫赋)	痴懋徒	消闲钟	1914年 第1期	3—5页
9	海上妓女赋 (仿阿房宫赋)	阿憨	消闲钟	1914年 第7期	2—4页

---

① 该赋又见于《笑林杂志》1917年第1期,第34—35页。
② 该赋又见于《笑林杂志》1915年第1期,第16—17页。

续表

序号	篇名	作者	报刊名	期号	页码
10	商业场赋（仿阿房宫赋体）	丘民	娱闲录	1914年第2期	37—38页
11	学堂赋（仿阿房宫赋）	卧云	江东杂志	1914年第1期	4—5页
12	妓馆（仿阿房宫赋）	师伶	江东杂志	1914年第3期	4—5页
13	南方乱事赋（仿阿房宫赋）	倪桂初	最新滑稽杂志	1914年第3期	20—21页
14	做官赋（仿阿房宫赋体）	诗隐	余兴	1915年第5期	20—21页
15	投稿赋①（仿阿房宫赋）	诗隐	余兴	1915年第6期	16—17页
16	余兴部赋（仿阿房宫赋）	秋圃	余兴	1915年第10期	18—19页
17	伟人赋（仿阿房宫赋体）	退庵	励志周刊	1915年二周纪念	50—51页
18	洋烟赋（仿阿房宫）	天籁	笑林杂志	1915年第1期	44—45页
19	盆汤赋（仿阿房宫赋）	诗隐	小说新报	1915年第2期	4页
20	村馆赋（仿阿房宫赋）	佛影	小说丛报	1915年第14期	4—5页
21	学堂赋（仿阿房宫）	渔阳乐农子	余兴	1916年第14期	15—16页
22	筹安赋②（仿阿房宫赋）	遁翁	余兴	1917年第26期	12—13页
23	印花税赋（仿阿房宫赋）	赵仲熊	余兴	1917年第30期	15—16页

① 该赋又见于《小说新报》1916年第7期，第4—5页。
② 该赋又见于《青鹤》1937年第15期，第1—2页。二者署名不同，赋文相同。

续表

序号	篇名	作者	报刊名	期号	页码
24	观夜剧赋（仿阿房宫赋体）	诗隐	小说新报	1917年第6期	3—4页
25	兰盆会赋（仿阿房宫赋体）	诗隐	小说新报	1917年第8期4页	
26	国会赋（仿杜牧阿房宫赋）	南强	小铎	1917年第140号	2版
27	中华国赋（仿阿房宫）	叩天生	小铎	1917年第142号	2版
28	庸医赋（仿杜牧阿房宫赋）	范郁哉	小铎	1917年第158号	2版
29	安福党赋（仿阿房宫）	召侯	新声	1921年第1期	4页
30	阿芙蓉赋（仿杜牧阿房宫赋体）		广东省教育会杂志	1922年第1号	135—136页
31	叉麻雀赋① （仿阿房宫赋）	守愚	红杂志	1923年第14期	1—2页
32	五卅惨案赋（仿阿房宫赋）		新声月刊（上海）	1925年第1期	1页
33	徐州战场（仿阿房宫赋）	王拂剑	中国画报（上海1925）	1925年第30期	3页
34	江左郭太史洋烟赋②（仿阿房宫赋体）		中华基督教妇女节制会季刊	1925年第3期	52—54页
35	戏拟医院赋（仿阿房宫赋）	楚天孤鸿、王雯珠	日新治疗	1928年第37号	51—52页
36	人力车赋③（仿阿房宫赋）	心死斋主	道路月刊	1929年第2期	23页
37	赌窟赋（仿阿房宫赋）		青天汇刊	1930年第1期	18页

① 该赋又见于《游历》1930年第10期。二者署名不同，赋文大同小异。

② 该赋又见于葛阅抄《警察月刊（长沙）》1936年第11期，第17—18页。二者文字大同小异。

③ 该赋又见于《海光》（上海1929）1930年第1、2期合刊，第16页。

续表

序号	篇名	作者	报刊名	期号	页码
38	辽阳劫赋（仿阿房宫赋）	独清	军事杂志（南京）	1932年第45期	178页
39	日寇平津赋（仿阿房宫赋）	德甫	邮协月刊	1937年第4期	61页
40	复刊赋（仿阿房宫赋）	剑秋	大环月报	1949年复刊1第1期	5页

二、仿《阿房宫赋》作品内容

这些仿《阿房宫赋》的作品在内容上可分为以下几类。

（一）反映时事政治

这类作品有《南方乱事赋》《伟人赋》《筹安赋》《印花税赋》《辽阳劫赋》《日寇平津赋》《国会赋》《中华国赋》《安福党赋》《五卅惨案赋》《徐州战场》《人力车赋》。如《筹安赋》：

国会毕，威权一，黎段兀，筹安出。扰乱三千万方里，黯无天日。挥霍多而搜括尽……不思强汉，甘愿帝秦，冒大不韪，计十九人。明星耀殿，缀冕旒也；黄云覆座，展龙袍也；随和献璧，雕玉玺也……伪造民意，尽态极妍，择期登极而望幸焉。享寿八十有三日者，可怜洪宪元年。亿兆之思潮，伟人之经营，政党之精英，辛亥之年，蛟斗鲸吞，倒海排山，伤心惨目，江汉之间，流血原野，暴骨沙砾，楚烧迤逦……念二行省之人，不敢言而敢怒。筹安诸人，日益骄固。滇黔叫，桂粤举，退还劝进，付之一炬，面如焦土。①

描述了筹安会的兴起、发展及灭亡过程。筹安会是袁世凯复辟帝制的御用团体。1915年由杨度出面，联络孙毓筠、刘师培、李燮和、胡瑛、严复等组成。宣称"以筹一国之治安"为宗旨，认为共和国体不适合中国国情，要改变国体，为袁世凯称帝大肆鼓吹。1915年12月12日，袁世凯宣布恢复帝制，准备于1916年元旦废除民国纪元，改为洪宪元年。此举遭到全国人民的反对，蔡锷、李烈钧等于12月25日在云南组成护国军，誓师讨袁，孙中山也派员到各地起兵讨袁。"滇黔叫，桂粤举"反映的就是这种情况。袁世凯被迫于1916年3月22日宣布取消帝制。

又如《日寇平津赋》：

统一成，豪杰出。汉奸多，平津失……满洲之陷落，绥晋之觊觎，淞沪之垂涎，长蛇封豕，荐食无厌。逐逐耽耽，亘有廿九路军起抗于其间。故军不支，连战连北，尸横遍野，有谁怜惜……佟赵怒，威风起，浴血大战，保我疆土。呜呼！失平津者，汉奸也，非廿九军也；亲日者，国贼也，非人也……国贼不勾引日本之人，而奉献土地，故都华丽，何致而失陷也！②

---

① 遁翁：《筹安赋》，《余兴》1917年第26期，第12页。
② 德甫：《日寇平津赋》，《邮协月刊》1937年第4期，第61页。

此赋大声痛斥日寇占领平津的侵略行径，大力表彰二十九路军在佟麟阁将军的率领下英勇抗击日军的爱国行动，同时也痛斥了汉奸的卖国行为。

（二）讽刺民国官场

民国报刊仿《阿房宫赋》作品中亦有不少着墨于揭露民国统治阶层蝇营狗苟、贪污成风、庸碌无为等种种不良行为的。如《登坑赋》先铺叙一人登坑之形态，次写众人登坑之形态，又写登坑的种种龌龊形态，接着批判官场中为谋官职"觍颜依附"，寡廉鲜耻的丑态有类于登坑：

> 逐臭之夫，犹登坑之人也。卑鄙龌龊，习惯成自然。其有吮痔之人，甘之如糖饴；捧屁之徒，每乐为之无惭色。进身之阶，由此终南之捷径。狗苟蝇营，若蛆在粪之钻穴。苞苴私纳，多于尿粪之山积；写条名帖，多于揩屎之菜叶；候补等缺，多于王五之呆立。使天下之人，丧廉耻而失节，利禄萦心，觍颜依附。干爹叫，恩师呼，差使到手，大撒烂污。①

又如《做官赋》：

> 前清毕，南北一，民国立，官僚出。奔走数千余里，高升指日。情面东托而西说，门生故旧。挖洞钻墙，拍马吹牛。空中楼阁，水礼丰盈。金钱买嘱，李四

---

① 新树：《登坑赋》，《余兴》1914年第4期，第35页。

张三,胜负相角。营蝇焉,狗苟焉,某缺某差,究不知其何时着落。五花八门,变幻如龙。红绒黑辫,隐约如虹。手本履历,投遍西东。委任到手,喜气融融;补缺不到,懊恼凄惨。一差之换,一缺之放,而运气不齐。督抚司道,府县佐贰,贪官污吏,从此还魂……使做官而不黑其心,何足以发财。若夫想发财之人,必靠做官,并引亲朋而俱进,夫谁而非官也。大官大都如此,而小官效之;小官效之而竟得之,是以人人而都想做官也。①

此赋讽刺清朝的贪官污吏又重现民国官场,为了做官挖空心思,揭示出民国初年官场的乱象。人人为了发财而做官,导致官场钻营之风盛行。

(三)劝人莫赌博

赌博的危害人尽皆知,《赌场赋》《叉麻雀赋》《赌窟赋》通过仿体赋的形式将之表达出来,让人耳目一新。《赌场赋》对赌徒赌博时的形态有生动描绘:

夜饭毕,钟鸣一。月色黑,赌鬼出。赌客数十余人,齐集一室。赌场南横而北折,后通小街。两眼溜溜,看着骨牌。五元一打,十元一掷。腰弯背曲,嘴牙高啄。各据案头,呕心挖血。昏昏焉,瞢瞢焉……倘然获胜,欢颜融融。脱有失败,悲哭凄凄。一夜之内,一

---

① 诗隐:《做官赋》,《余兴》1915年第5期,第20—21页。

室之间，而苦乐不齐。①

这三篇赋皆是劝人莫赌，在表达上有其共同点，即皆强调沉湎赌博会使人家财败光。如《赌场赋》：

> 有不得意者常七八年，田地之荒废，房屋之抵押，衣服之典当。其祖若父，搜括他人，钱积如山，一旦不能守，尽败于赌。鼎铛沙石，金珠瓦砾，贱价卖出，赌鬼视之，亦不甚惜。嗟乎！赌鬼之钱，皆祖宗之钱也，纵爱豪赌，当亦念其祖，奈何取之尽锱铢，用之如泥沙。②

又如《赌窟赋》描写钱财输光还会带来另一结果：

> 使大败之人，不敢言而敢怒。偷劫之心，日益坚固。警笛叫，捕获举，铁链一套，可怜愚赌。③

赌变为偷，赌输之后去偷盗抢劫，一旦入狱，逐渐失去人身自由。对于冥顽不灵的赌徒，《叉麻雀赋》提出所谓不至于倾家荡产的"小赌"概念：

> 使众人各爱其财，则可以不赌。虽赌而能爱其财，

---

① 朱起凤：《赌场赋》，《商余杂志》1914年第2期，第2—3页。
② 朱起凤：《赌场赋》，《商余杂志》1914年第2期，第3页。
③ 《赌窟赋》，《青天汇刊》1930年第1期，第18页。

则自半元，或至一元而为赌，决不至倾家也。①

（四）劝人莫嫖娼

民国报刊仿《阿房宫赋》的赋作中有《窝房宫赋》《夜花园赋》《海上青楼赋》《温柔乡赋》《海上妓女赋》《妓馆》等篇专写妓女与妓馆。妓女表面上与嫖客情意绵绵，实则贪图嫖客钱财。《窝房宫赋》对此做了论述：

> 天明把袖，情泪凄凄。一夜之内，一朝之间，而悲欢不齐。呼我侍嫱，送尔王孙。辞楼出院，去晋归秦。一曲鸳弦，泣别玉人。秋水盈盈，慵对镜也。春云扰扰，懒梳鬟也。罗巾红腻，拭脂粉也。锦袋香浓，赠椒兰也。歌罢神惊，情郎去也。……荡子不悟者，几二十年。囊橐之收藏，筹策之经营，金玉之精英，几世几年，取购于人，倚叠如山。一旦不能有，偷来其间。贱同土石，轻等瓦砾，弃掷迤逦，淫妇视之，亦不甚惜。嗟乎！一人之心，千万人之心也。汝好淫奢，人亦念汝家。奈何取之尽锱铢，用之如泥沙。②

一旦嫖客没有了嫖资，便会换来另一番情景，如《海上妓女赋》：

---

① 守愚：《叉麻雀赋》，《红杂志》1923年第14期，第2页。
② 铁骨：《窝房宫赋》，《自由杂志》1913年第2期，第22—23页。

一旦不能给，踌躇其间。华服鲜衣，金表钻戒，尽行典去，妓女视之，诅咒连天。①

又如《妓馆》：

一旦黄金尽，怒目顿瞋。贱同土石，轻等瓦砾，詈辱交加，淫妓视之，毫不怜惜。②

嫖客不仅损失了钱财，还招来一身病，甚至死亡：

骨髓尽，百病举。黄泉一去，可怜坏土。呜呼！淫妇者，毒物也，非情也；调情者，情也，实中毒也。嗟夫！使淫妇自爱其身，则不至毒人。使荡子复知自爱其身，则由二三十可至八九十而寿终，安得而夭灭也。③

以上所举几篇赋作均效仿《阿房宫赋》韵律，由情入理，论述了嫖妓不仅损伤钱财，而且有害于身心健康，劝诫世人自律己身，远离嫖娼。

（五）劝人莫食鸦片

民国报刊仿《阿房宫赋》作品对吸食鸦片者也大力批评和极力劝说。如《洋烟赋》：

---

① 痴戆徒：《海上妓女赋》，《消闲钟》1914年第7期，第3页。
② 师伶：《妓馆》，《江东杂志》1914年第3期，第5页。
③ 铁骨：《窝房宫赋》，《自由杂志》1913年第2期，第23页。

> 祖宗之收藏，父母之经营，累代之精英，几世几年，取掠于人，积聚如山。一旦尽付之云雾之间。鼎铛玉石，金块珠砾，弃掷烟馆，吃者视之，亦不甚惜。嗟乎！吃烟人之心，非吾人之心也。尔爱纷奢，尔亦念其家，奈何取之尽锱铢，用之如泥沙。①

批评吸食鸦片者沉迷于吸烟荡尽家产而不知悔改，更有甚者有性命之虞，正如《江左郭太史洋烟赋》所记：

> 嗟呼！一人之身，数十年之身也，入事父母，出亦仕天家。奈何爱身如金玉，委命如泥沙。使门扃户闭，同如穷室之蛰蛰；宵起昼眠，如同夜游之鼯鼠；烟薰火蒸，同如扑灯之飞蛾；肩耸背驼，同如寒滩之立鹭；面目黧黑，同如海底之夜叉；皮肤黄肿，同如冥王之鬼竖……精神耗，骨肉腐。桐棺一举，可怜黄土。②

这两篇赋通过对吸鸦片者败尽家产、终于戕害自身性命两方面令人惊心动魄的情状的描绘，反复劝说世人切莫吸食鸦片。

（六）反映社会现象

《观夜剧赋》《兰盆会赋》《戏拟医院赋》反映了当时的不良社会风气。如《兰盆会赋》：

---

① 天籁：《洋烟赋》，《笑林杂志》1915年第1期，第44页。
② 《江左郭太史洋烟赋》，《中华基督教女节制会季刊》1925年第3期，第53页。

三朋四友，酒食赌博，任意花销，若辈视之，亦不甚惜。嗟乎！一场之费，千百家之资也。借鬼名头，竟揩其油。奈何取之尽锱铢，用之如泥沙。彼元梁之烧，无非清酒之分润；碰和之菜，无非麦饭之沾光；麻雀之输，无非香花之减少；新戏之券，无非纸钱之余烬；茶围之打，无非灯烛之扣头；双喜之烟，无非冥衣之节省。当瓜分之际，各眉飞而色舞。一年一度，作为主顾。人不知，鬼叫苦。嗟乎！兰盆会者，借题也，非真也；写捐者，名也，实牟利也。①

反映出每年农历七月有人借兰盆会之名义收取钱财供其个人花销的现象。

又如《戏拟医院赋》：

有不易疗者，三四种病：冲顶之梅毒、三期之肺痨、阿片之大瘾，几日几夜，难收效果，势重如山。一旦不能愈，膏肓其间，展转反侧，苦不堪言，旁人见之，亦甚惋惜……病者可惜，人亦当摄生。奈何有用之人材，伤之如自戕。使宝贵光阴，大半等闲而虚度。挥霍金钱，每多浪费如粪土；长夜漫漫，消磨于喝雉呼卢；颠倒晨昏，只顾把云吞雾吐；涉足花柳，与娼妓为鸾凤友；猜拳豪饮，等醇酒如果子露。使健全之身，渐衰弱而消瘦。二竖是以得其由，医药治，终弗瘳，无常

---

① 诗隐：《兰盆会赋》，《小说新报》1917年第8期，第4页。

一到，可怜命休。①

叹息长夜狂赌、吸食鸦片、过度饮酒、嫖娼等不良生活习惯使健全之身逐渐走向死亡，硬件、软件设施完善的现代医院也回天乏术。

民国初年新旧交替，新事物、新现象不断涌现，对新事物、新现象的反映在仿《阿房宫赋》作品中也有体现。如卧云《学堂赋》：

> 明星荧荧，天文镜也。绿云扰扰，地舆图也。沟流涨腻，化学水也。烟斜雾横，焚电石也。雷霆乍惊，奏军乐也。余音袅袅，歌洋洋其盈耳也。一科一学，烹炼精研……灭满清者，满清也，非汉也；兴汉者，汉也，亦学堂也。②

科举制被废，新式教育兴起，所学科目有天文、地理、化学、物理、音乐等。新式教育也与国家、民族的兴盛相关联，新式学堂培养了人才，为国所用。

对于新式教育中出现的铺张浪费现象，渔阳乐农子《学堂赋》也予以批评：

> 象皮粉笔，课纸墨水，弃掷逦迤，教习视之，亦不甚惜。嗟乎！一月之需，千万元之款也。青年学士，人

---

① 楚天孤鸿、王雯珠：《戏拟医院赋》，《日新治疗》1928年第37号，第52页。
② 卧云：《学堂赋》，《江东杂志》1914年第1期，第4—5页。

各有其家。奈何取之如锱铢，用之如泥沙……为学生者，求学也，非阔也；好阔者，阔也，非经济也。嗟夫！使青年各惜其财，则足以利民，民复爱青年之士，则递一族可至五族而同亲，谁谓不富强也。①

从赋文可见，作者还提出，青年学生能爱惜财物、有益人民，人民复爱之，如此代代相传，民族国家就会兴盛富强。

《庸医赋》对于庸医害人也有讽刺：

一人之手，千百人之命也。尔爱其钱，人亦爱其命，奈何视之如儿戏……脉理之谈暗于摸索之盲瞽，杀人手段捷于刽子之用刀，枉死之②鬼多于众人之行路……呜呼！能死人者医生也，非病也。愈病者命也，非医生也。嗟夫！使医生各存良心，则足以生人，人必感医生之恩，则医一人可至数代而传名，谁得而恨骂之也。③

当时的庸医不仅昧于医理，更是为了钱财，昧着良心，胡乱开药，致使病人死亡。此赋作者对此深恶痛绝，希望医生能本着良心，济世救人。

面对洋货充斥市场，国货日益难销的局面，《商业场赋》还提出改良国货，使百姓愿意去购买，以抑制洋货。

---

① 渔阳乐农子：《学堂赋》，《余兴》1916年第14期，第16页。
② "之"字原已漫漶，据上下文补。
③ 范郁哉：《庸医赋》，《小铎》1917年第158号，第2版。

使本国之货，欲推行而无路，外人销场，日益巩固。膏髓竭，躯壳举，商战一北，将无净土。呜呼！仇国货者，国人也，非商也；病商者，商也，非政府也。嗟乎！使国人维持国货，则足以救国，商复推众人之心，将由一物以期百物之改良，未尝不可抵制也。①

（七）宣传报刊

秋圃《余兴部赋》、诗隐《投稿赋》、小梵《余兴部赋》、剑秋《复刊赋》对《余兴》《大环月报》进行了赞扬，突显该刊的特色与价值。如秋圃《余兴部赋》：

歌谣戏曲，小说词林，书牍广告，隽语谐经，问答谭话，纪事新闻。示告皇皇，布法令也；谈辩諰諰，订条约也；丝竹清幽，唱开篇也；酸腐充塞，诵八股也；搭搭乍声，路电到也。千类万别，多不知其所止也……东方之诙谐，春秋之褒贬，淳于之滑稽，或庄或谑，各尽其长。②

阐述了《余兴》刊物的栏目和文章幽默诙谐的特点。
又如《投稿赋》：

---

① 丘民：《商业场赋》，《娱闲录》1914年第2期，第38页。
② 秋圃：《余兴部赋》，《余兴》1915年第10期，第18页。

> 语言之妙，贤于说法之生公；旖旎之词，胜于散花之天女；价值之高，比于明珠之一粒；心思之巧，细于美人之发缕；诙谐之说，幻于海上之城郭；滑稽之谈，等于淳于之冠缨。想编辑之人，必欢迎而色喜。①

通过对稿件的遣词造句、结构设置、内涵价值、语言风格等方面的赞扬，从侧面反映了《余兴》刊物的特色，于无形中起到宣传效果。

三、登载仿《阿房宫赋》作品报刊简介

初步统计，民国登载仿《阿房宫赋》作品的报刊逾二十种，现将其基本情况简介如下。

（一）《自由杂志》

1913年9月20日由鸳鸯蝴蝶派在上海主办的通俗刊物，童爱楼编辑，上海申报馆编，由申报馆出版发行。1913年10月停刊，共出两期。《自由杂志》为月刊，乃讽喻性文学刊物。主要撰稿人纯根、天虚残生、爱楼等都是鸳鸯蝴蝶派作家。所设栏目有游戏文章、海外奇谈、千金一笑缘、古今闻见录、心直口快，以及小说丛编、自由室文选、尊闻阁词选、新剧本等。该刊旨在提倡言论自由，希图以游戏文字宣传救世精神。以自由、滑稽的言论，口诛笔伐，直谏忠言，讽古喻今。在语言文字方面立求庄谐并列，雅俗咸宜，在内容记事方面则中外共收，更重新奇，既载实事亦录趣谈。

---

① 诗隐：《投稿赋》，《余兴》1915年第6期，第17页。

(二)《白相朋友》

1914年9月20日创刊于上海，属于休闲刊物，旬刊。该刊由胡寄尘编辑，广益书局出版发行，并在汉口、广州、长沙、开封、北京等地设发行处。具体停刊时间、停刊原因不详。该刊以休闲娱乐性为办刊特色，刊名《白相朋友》即取自上海方言"游戏朋友"的字音。该刊专门刊登有趣味的事，供人闲玩。所设栏目有演说的朋友、说书的朋友、看戏的朋友、说闲话的朋友、说笑话的朋友、作诗的朋友、饮酒的朋友等。该刊虽为娱乐杂志，但登载的广告较少；作为旬刊，该刊每期内容都较为丰富，作为市民日常休闲读物，有着较高的可读性。《白相朋友》刊载的文章多为民间文学，对民国市民社会的研究具有一定的史料价值。该刊大部分的文学作品为普通知识分子所作，这些作品丰富了民国时期文学史的研究资料。

(三)《小说丛报》

1914年5月创办于上海，月刊，属于文学刊物。该刊的编辑主任是徐枕亚（第三年起由吴双热与徐枕亚共同担任），自第二期始总发行所与发行者是小说丛报社，具体停刊时间与原因不详。

该刊同为鸳鸯蝴蝶派的刊物，主编徐枕亚亦为鸳鸯蝴蝶派代表人物之一。该刊设有短篇小说、谐林、笔记、新剧、补白等诸多栏目。该刊是20世纪初鸳鸯蝴蝶派风行时期的著名刊物之一，对于研究鸳鸯蝴蝶派的形成、发展、流行原因、其中的核心与边缘人物，以及这一时期民众的心理——

比如为何会喜欢这类刊物等具有重要作用。

(四)《消闲钟》

1914年5月创刊于上海,由李定夷编辑,文学月刊。该刊初由消闲钟社总发行,编辑处位于上海小南门外复善堂街百忍里一号,后改由国华书局发行。发行至1917年12月停刊,共出三卷,每卷12期,是鸳鸯蝴蝶派的刊物之一。

李定夷在《发刊词》中表明该刊"作者志在劝惩",但实质则是以消遣为宗旨。该刊开辟说部、志林、谐乘、杂俎四个栏目,还刊登诗话、随笔补白。说部栏目主要刊载各类小说——按篇幅大小划分为长篇小说和短篇小说,按内容性质可划分为纪实小说、哀情小说、苦情小说、搜奇小说、家庭小说、言情小说、奇情小说、艳情小说等。这些小说情感丰富、风格殊异、各具特色,但就其宗旨而言,很难划清"劝惩"和"消遣"的界限,易引起争议,招来批判。志林栏目,主要刊登笔记、小品等文章,也刊登传记类文学作品。谐乘栏目主要刊载谐谈、谐联、诗话等文学作品,其中不乏旧体新作的作品,如仿《阿房宫赋》的《温柔乡赋》和《新道德经》等。该栏目固定刊载李定夷的《墨隐庐谐谈》和阿憨的《痴憨徒文集》。第1卷第6期还设置有文苑栏目,刊载《墨隐庐诗选》和《墨隐庐文选》。补白部分,刊有灯虎录(传统文字游戏猜灯谜)、俗语对,是对传统文字游戏的传承。杂俎栏目,刊登随笔、杂文、剧评、诗钟等。第9期中,还设置有剧谈栏目,刊登戏剧脚本《刘鸿声真脚本》以及谈论南北方戏剧文化差异的文章。

（五）《商余杂志》

商余公会及地区贸易经济刊物。该刊自称以发展商务为主旨，以增进人群种种幸福为目的。主要内容有选录与自撰的论说、有关商界的法令、有关商务的公私函牍与章程、中外各报关于商务的新闻、有关商业之诗文与小说等。

（六）《江东杂志》

1914年8月创办于上海，属于文学类刊物，半月刊。同年10月停刊，共出4期。该刊历任主编有师伶、破浪、天逸、阿素、啸霞，编辑有观弈、松良等。由江东书局负责发行和印刷。

该刊所刊文章大都来源于读者投稿和特邀稿件，取材来源多样，文章体裁丰富。该刊栏目比较固定，具体包括正论、谐著、说部、谭丛、文苑、杂俎、乐府、插画和补白等栏目。其中，正论一栏所刊登的文章多集中于重新阐发古代经史要义，亦有少量文章属于阅读先贤名作的读后感；谐著一栏则刊登各类妙趣横生、涉及香艳的杂文，在体例上多仿照古代名家名作，在内容上多刻画人物、动物，言辞风趣幽默；说部一栏则多刊登滑稽小说、短篇现实故事、家庭小说、烈情小说和游戏文字，所刊文章情节生动，极为耐读；谭丛一栏则多以随笔文章为主，有破浪随笔、补读书屋随笔、师伶随笔和卧云随笔四个版块，涉及读书生活、情感生活、日常交友等方面的内容；文苑一栏则刊登文录、诗录、词录，多以人物小传、郊游山水之乐为主题；杂俎一栏则多刊登名人掌故和各类诗话；乐府一栏则注重刊登情景剧剧本；另有插画和补白两个栏目，所占篇幅不大。《江东杂志》作为鸳鸯蝴蝶派重要的文学创作阵地，集中反映了鸳鸯蝴蝶派的创作理念、文学风格和文学品味，对于研究者了解鸳鸯蝴蝶派的文学成就和内部的交友网络都有一定的参考价值。

（七）《最新滑稽杂志》

创办于1914年，文学刊物。雷瑨任编辑主任。所设栏目有滑稽论说、滑稽命令、滑稽奏折、滑稽电报、滑稽公牍、檄、启、传、记、策、书函、章程、制艺、杂体文、滑稽诗赋、滑稽歌曲、滑稽小说等，汇集"颠公自著之谐文，与时下名贤之佳著"。由上海的扫叶山房出版发行。

（八）《励志周刊》

1915年创刊于上海，周刊，工界青年励志会发行。张荻南、钱瑾瑜编辑，主要撰稿人有柯铁民、崇李、王璀、张毅汉、王志瑞、王欣益、孟森、刘荣森、海若、钱瑾瑜、枕流、钱昌萃。栏目有论说、丛录、传记、专件、译丛、艺林、小言、谐文、小说、照片、祝词、诗词、短篇记事等。

该刊为青年励志会会刊，内容以介绍工业经济情况、讨论青年修养问题、发表调研报告、介绍文学小说为主。

（九）《笑林杂志》

1915年1月创刊于上海，文学类刊物。天竞主编，笑林杂志社发行，刊期不详。主要栏目有笑话本、西洋镜、文具箱、零剪店、八音琴、字纸笼、唱书场、留声机等。

该刊内容多为消遣性文章,以供人们"醒酒后之睡魔,助茶余之清兴"。笑话本栏目多登载各类笑话,如《贺贼寿》《老滑头也碰钉子》《垃圾车揩油》;字纸笼栏目则专载五更调、对联、灯谜、小曲、酒令等,如《烟鬼叹五更》《痴郎四季想小曲》《新小热昏》等;八音琴栏目专载诗词歌赋,发表《元旦放歌》《夜花园》《洋烟赋》等;唱书场栏目则专门刊载小说,发表言情短篇《情天苦趣》、短篇小说《血中花》、长篇小说《新红楼》等;西洋镜栏目专载外国奇异风俗与新鲜事物,如《美国盲人馆》《蛮族奇俗》《电气洗杯盘法》等文章;文具箱栏目则刊载传、序、议、说、记、铭文、契、启、广告等各类文体的文章,如《拟保痴社启》《老店新开征求同参店致人员广告》《妖报铭》。

该刊风格幽默诙谐,既有讽刺现实的严肃内容,也有失之油滑无聊之处,该刊虽然以游戏和消遣作为办刊宗旨,但其核心则是对人性和人的审美趣味的尊重,是试图使小说摆脱载道的一种尝试,在文学史上具有一定的意义。

(十)《小说新报》

1915年3月创刊于上海,月刊,属于文学刊物。该刊历任主编有李定夷、许指严、包醒独、贡少芹、天台山农(刘音)等;1921年停刊,一年后复刊,维持两年后再度停刊,共出8卷94期。[①] 发行所是小说新报社,总发行所与印刷所是国华书局。

---

① 安静:《〈小说新报〉研究》,济南大学硕士学位论文,2013年,第3—5页。

该刊作为新文化前后鸳鸯蝴蝶派重要刊物,对于研究这一时期普通民众的心理有一定价值。关于该刊的撰稿人、栏目设置等情况详见本书第二章。

(十一)《小铎》

1917年创刊于浙江绍兴。由越铎日报馆编辑并发行,日刊,属于综合性刊物,停刊日期不详。该刊创刊宗旨在于刊载鬼怪传说、奇闻怪谈,发表诗词文章,刊登国学选粹,等等。设有小扣小鸣、空谷传声、环球妙闻、谈鬼说妖、绮情艳语、游戏文章、稽山镜水、国学选粹等栏目。其中,小扣小鸣一栏主要刊文发表言论,探讨诗歌写作方法、人生价值、社会乱象(如盗匪猖獗、嫖赌盛行等)等各种问题;环球妙闻栏目主要刊登各地奇闻妙谈、鬼怪传说或轶闻趣事等,实际上是社会黑暗面的另一种写真;国学选粹栏目则主要刊载古典诗文、词赋等经典国学作品,以供读者阅读赏析。此外,空谷传声一栏设在刊首显眼位置,主要是以简讯的方式刊登每日社会新闻,如报道火灾、盗窃、抢劫事件等,方便读者了解身边发生之事。

(十二)《新声》

1921年元旦创办于上海,由新声学社发行、新声杂志社编辑,月刊。共出10期,第10期出版时间为1922年6月1日。逐页题名"新声杂志"。创刊人为施济群,文艺刊物。

《新声》创刊号封面题签出自袁寒云的手笔,但杜宇为之绘仕女画。所设栏目有思潮、名著、美术、谈荟、谐铎、戏言、花语、丛话、说海、余兴等,每栏的专题都由名家题绘。为之题字的分别有张丹斧、袁寒云、许东雷、李浩然、宋小坡、叶楚伧、刘微雨、严慎予等。负责绘画的有钱病鹤、但杜宇、丁悚、张光宇、张眉孙、谢之光、杨清磬、金丽生、赵藕生等，可谓群星云集。《新声》是文白夹杂文体。主要作品有吴稚晖的《"他""我"论》和沈立卢的《解放》《钱牧斋笔记》等。

(十三)《广东省教育会杂志》

1921年创刊于广州，月刊，停刊时间不详。由广东省教育会编辑处编辑，广州商务印书馆发行，教育刊物，是研究民国时期广东教育状况的重要刊物之一。该刊的主要撰稿人有黄炎培、胡适、汪金、金曾澄、谭鸣谦、陈炯明、吴敬恒、林翼中、温仲良等。主要栏目有会务、讲演、评论、会员录、政治教育、杂录、文牍等。

该刊最大特点是对广东省教育会的会务报道有翔实的记载，既有广东省对该会发的公署公函，也有该会教育活动的安排、教育经费的分配、部分会议记录、学校代表人员对广东教育的提议等，这些有利于了解该会的具体运作过程，反映了广东地方教育的历史状况。

(十四)《红杂志》

1922年8月创刊于上海，周刊，通俗文学刊物。英文名为 *The Scarlet Magazine*。严独鹤主编，施济群担任理事编辑，由世界书局发行。该刊1922年至1924年共计出版100期。1923年还出版有纪念刊。此外，《红杂志》还主办了"夺标小说"增刊《红屋》。

该刊为鸳鸯蝴蝶派小说周刊,是20世纪20年代通俗文学刊物的代表。其版面设计分上下两栏,把有趣味的小品文字同短篇小说分两格排列,上边刊载小品文,下边刊载小说笔记,编排格式独特,形式活泼。1924年7月出版第100期,遂告一段落,之后更名《红玫瑰》,继续发行。

该刊内容以小说为主,登载有大量短篇小说,并连载长篇小说。具体有武侠小说、言情小说、社会观感、杂文、幽默短文、消遣性娱乐故事、抒情议论文、地方民俗杂论等。文体采用白话文,间或有文言文掺杂其中。该刊通过发表文学作品,畅谈时事,阐发民情,抨击政治流弊,揭露社会污浊,感叹人情冷暖,展现真实的市民生活状态,深受当时读者喜爱。

(十五)《新声》月刊

1925年8月1日创刊于上海,又名 The China Echo,综合性刊物。由蹉跎生编辑,商务广告公司发行,停刊时间不详。该刊为供应社会需求而创,在其发刊词中提到其创刊目的:"有鉴于文字关系世风,为力至巨,可以潜移而默化,故特注重社会家庭方面,寓儆劝之意,以期一矫浮世之积弊。"主要栏目有插图、国内新闻、海外消息、短篇小说、谐林、杂俎、长篇名译、艺苑、笔记、社会小说等。

《新声》月刊内容的思想性寓于知识性之中,重视刊物的警醒和劝告意义,有助于革除社会积弊,推动社会进步。同时该刊也是研究"五卅"惨案的重要参考资料。

(十六)《中国画报》

1925年8月创刊于上海,属于综合性画报,三日刊,停刊日期及原因不详。《中国画报》以刊载娱乐新闻和文艺作品为主,还报道时事新闻、评论等。娱乐新闻包括电影明星的照片,如《电影明星刘汉筠女士肖像》《电影明星徐素娥女士在〈劫后缘〉小斜倚之娇姿》《电影明星殷明珠在〈重返故乡〉影片中饰素女与金钱倚栏情话之双影》等,另外也有当时社会名媛的照片,如《游艇中之溥仪夫人》。文艺作品有如《诗谜秘史》《红袖添香室笔记》《雨夜怀人记》等,以及部分诗文,如《浣溪沙》《芳时》《夜起感慨》等。时事新闻类有《今年孙传芳之大秋操》《张宗昌之又一无赖语》《郭松林之祸电》《时事一席谈》等,均对当时军阀割据混战、社会动乱的现象进行批判。评论类文章如《外人心目中之梅兰芳》,评价梅兰芳的表演、妆造不仅美而且含有极深的诗意。

《中国画报》所刊内容反映社会生活的多个层面,不仅有市民生活的写照,也有对社会时事的报道,有助于我们了解20世纪20年代的中国历史。

(十七)《中华基督教妇女节制会季刊》

创刊于上海,具体创刊时间不详。属于基督教会刊物,季刊。英文名称 Temperance Quarterly。由楚北梅川和刘瑾芳编辑,中华基督教妇女节制协会主办并发行。1926年更名《节制月刊》。同年3月,再次更名《节制》。这些以年卷期连续出版的不同名称的刊物均在上海出版。停刊时间及原因不详。

《中华基督教妇女节制会季刊》创办目的是改变"风俗荡佚、世道日下"的社会不良风气。主要宣传以禁烟、禁酒、禁赌、禁蓄妾、禁缠足为主要内容的节制运动。该刊以劝说民众改变这些恶习为主,如论述鸦片的祸国殃民,讲解烟草对人体的危害、酒精对于人的侵蚀和赌博对于家庭和社会的重大破坏等。科普一些卫生常识,努力提高国民的身体素质。刊物报道该会的会务消息,如刊载该会干事们在各机关的演说和沪北节制会在新年的拒赌运动等。该会是由美国节制会在华发展而来,故其刊物关心和关注美国节制会的大会决议事项。

《中华基督教妇女节制会季刊》记载了民国时期大量的妇女节制运动,记录了当时中国妇女在节制运动中的重大贡献,以及她们在禁黄赌毒史上的光辉业绩。为研究这一时期中国乃至世界妇女节制会运动提供了第一手的资料,也为研究这一时期的禁黄赌毒运动提供了重要的参考依据。

(十八)《日新治疗》

1925年4月15日创刊于日本大阪,中文医药刊物,月刊,又名 *The Nisshin Chiryo*。由日新治疗社编辑出版。先后由儿玉秀卫和三宅静成任发行人兼主编。该刊停刊时间和原因均不详。该刊创刊"专图两国医药发达,督促进步,完其一篑之功,使臻尽善之域"。同时意在弥补当时中文医药刊物之不足。该刊编者认为"一国之强弱,以国民身体之强弱为准。国民身体之强弱,恒视医药之发达为转移。医药之与国家,关系异常重大",将该刊的发行同国家的强盛相联系，希望中日两国能够"相互扶助"，共同推动医药事业乃至国家的发展。

《日新治疗》的作者中日皆有，多为学医之人。刊载了大量医药方面的文章，介绍了不少医药知识，有助于相关知识的传播，故而该刊对于研究当时中日之间医药知识的交流有一定的帮助。

(十九)《道路月刊》

1922年3月创刊于上海，1937年7月因抗日战争爆发而停刊，共出版54卷，其第1至53卷为每卷3期，第54卷2期，共计161期。中华全国道路建设协会发行，蔡辰白编辑，月刊，属于交通刊物。刊名为王正廷所题写。

栏目设有图画、论说、工程、纪事、调查、文牍、来件、游记、杂俎、会员录等。主要撰稿人有赵国华、徐碧宇、康时振、邱祖恩、杨得任、韩伯林、王竹亭、陈体城等。

该刊以"策励群众早日贯通全国道路，发展国民经济，普及文化，增加平民幸福"为宗旨，刊载各地道路修筑进展、管理章程等促进全国各地道路建设的内容。介绍有关短评、诗歌、近人游诗、时论摘要、路市建设、大量照片等，并通过一些实际案例和图表来讲解道路的修筑情况等相关内容，还涉及外国作者对道路建设和汽车维护方面的技术指导。

该刊不仅记载了民国全国道路建设情况的重要史料，而且记述了大量有关我国汽车制造和汽车修理行业的发展情况，对于我国相关领域的研究具有独特的学术价值。

(二十)《青天汇刊》

1930年1月创刊于上海,刊期不详。由青天小报社编辑出版与发行,梅县、刘佳琪任编辑并担任主编。具体停刊时间及原因不详。

《青天汇刊》属于娱乐类刊物。创刊之际的20世纪30年代正是上海小报业繁荣发展时期,上海作为东西方文化交汇的中心,经济与新闻传媒业实现高速发展,各种类型的报纸期刊纷纷发行。人们在满足日常生活需求的同时,也开始追求精神层面的富足,关注娱乐业的小报逐渐增多。该刊正是在这种背景下应运而生。其所刊载的文章体裁多样,小说、散文、笔记、游记、诗歌、小品文等均有所涉及,并且真实再现了20世纪十里洋场的繁荣景象和发达的娱乐业。设置有游记、文艺、古今名人轶事、冷嘲热讽、滑稽小故事、童话、电影世界、社会丛刊等固定栏目。该刊反映了20世纪30年代上海娱乐业的繁荣景象,为研究近代上海传媒业以及市民娱乐生活等问题提供了十分有价值的材料。

(二十一)《军事杂志》(南京)

1928年7月创刊于南京,英文名为 *The Military Magazine*,属于军事刊物,月刊。前期由国民革命军军事杂志社负责编辑发行;第46期(1932年10月)后改由军事委员会军事杂志社负责编辑发行;第112期(1939年3月)后因抗战迁往重庆,划归军训部管理;1946年至1947年出现短暂停刊,1948年1月(第201期)复刊,由国防部军事杂志社负责编辑发行。具体停刊时间不详。

作为军事刊物，该刊以造就军事人才、确立科学化的军事基本概念为使命。设有多个栏目：论说栏对国外军事发展提出看法和建议，包括军事总动员的准备、建立航空军、军需独立、日本陆军的情况等，如《总动员准备之意见》对军事总动员提出建议。学术栏多为关于战略战术研讨和武器装备的介绍，包括战车战术、潜水艇介绍、炮兵射击要领、毒瓦斯防护等，如《毒瓦斯防护教育》介绍如何防生化作战。记事栏刊载国内外发生的重大事件，包括北伐战争的详细经过、"五卅"惨案、国际消息、欧洲战史等。杂录栏既刊登对时局的看法，也介绍国外的军事建设情况，还有诗词、歌曲等文艺作品，如《苏俄红军中俱乐部的工作》《郭松岭的死》等。法令栏刊登新近的军事条例，包括上海兵工厂的组织条例、陆军监狱法令、保安队组织条例等。军事新闻栏刊登新近的军事消息和动态。

该刊跨度时间长，从北伐战争结束一直到解放战争结束前，详细记载了国民政府在军事方面的计划方针和动态消息，对于国民政府的军事建设、军事装备和水平、军队人才培养计划的研究等具有重要的史料价值。

（二十二）《邮协月刊》

1935年创刊于广东广州，综合类刊物。由广东邮务协进会负责发行，广东邮务协进会宣传组负责编辑。该刊为月刊，每月月底出版一期，多有合期。停刊日期不详。

刊物每期约有四十页，每期所刊文章约二十篇。分设有专载、评论、会务、文艺和新生活宣传等栏目。从该刊所刊文章的内容来看,《邮协月刊》诞生之时,正是国民党全面深化在国内统治的时期,各个社会团体、报纸刊物无不要求体现国民党的政治意识,因此广东邮务协进会在创办该刊时,一方面侧重反映地方邮务事业和邮政信息,另一方面也试图反映国民党的意识形态。《邮协月刊》作为综合类刊物,反映了 20 世纪 30 年代广东邮务协进会组织运作的方方面面,这一方面为读者了解这一时期地方邮政事业的情况提供了第一手的材料,另一方面,对于研究者而言,能够为其研究这一时期地方公共事业单位与政治意识形态之间的互动,研究地方邮政单位的组织运作情况,探索当时邮政事业的建设与经营提供重要的参考资料。

(二十三)《大环月报》

1919 年创刊于广东中山,1925 年停刊,1949 年复刊。由黎纪南、张镜波等担任编辑,由大环月报社出版。月刊,属于同乡会会刊。

该刊登载黎嗣林、黎家本、李剑秋、黎逸民、陈非等人的文章。主要设有特载、专论、特写、本保新闻、保外新闻、信箱、学校动态、校讯等栏目。专论栏目主要探讨如何发展学校的问题;特写栏目主要描写乡民生活;而本保新闻与保外新闻亦占据较大篇幅,主要是报道相关新闻,促进交流。

该刊以"推行乡村教育,促进地方建设,沟通乡侨消息,改良本保风俗"为目标。载文专论学校的发展,特载乡亲侨民消息,描写该乡学校生活,报道该保新闻,解答读者疑问等。其中,较重要的文章有《如何发展我们的学校》

(黎嗣林)、《本保源流考》(李剑秋)、《敬告父老兄弟暨旅外侨梓》(黎家本)、《银纸：国币与金圆券》(张少琪)等。这些文章大多探讨本保教育、风俗、乡政等问题，描写本保人文与自然风貌，并解答读者提出的问题。该刊是乡民喉舌，对乡政建设进言尽责，在沟通乡情、推进乡政、促进乡村文化建设方面起到了重要的作用。

第八章 仿《秋声赋》赋作

一、仿《秋声赋》作品概况

《秋声赋》为北宋欧阳修著名的辞赋作品，它标志着宋代新体文赋的出现，多为后人所取法，影响深远。民国时期《余兴》《娱闲录》等令人熟识的报刊登载了仿《秋声赋》的作品。具体篇名、作者及刊物情况如表8-1所示。

表8-1 仿《秋声赋》赋作一览表

序号	篇名	作者	报刊名	期号	页码
1	灾声赋（仿欧阳子秋声赋）	悲天	新闻报	1912年9月19日	4张1版
2	余兴赋（仿欧阳永叔秋声赋体）	莘忱	余兴	1914年第4期	22页
3	贼声赋①（仿秋声赋）	天籁	余兴	1914年第4期	31页
4	屁声赋（仿秋声赋并用原韵）	大愤	五铜圆	1914年第12期	1—2页
5	屁声赋	骨	娱闲录	1915年第17期	44—45页
6	炮声赋（仿六一居士秋声赋）	放	娱闲录	1915年第22期	37—38页
7	灾声赋②（仿秋声赋）	枕山醒虎	益世报（天津版）	1920年10月2日	13版
8	政潮赋（仿秋声赋）	廉泉	益世报（天津版）	1920年10月21日	13版
9	新声赋（仿秋声赋）	济航	新声	1921年第5期	2页

---

① 该赋又见于《笑林杂志》1915年第1期，第14—15页。
② 该赋又见于《益世报》（北京版）1920年10月5日，第6版；《大公报》（天津）1920年10月18日，第三张。

续表

序号	篇名	作者	报刊名	期号	页码
10	烟瘾赋（仿欧阳修秋声赋）	陶名斋	东北月报	1927年第21期	6页
11	枪声赋（仿秋声赋）	薛宜耕	民立学期刊	1928年第1期	124—125页
12	炮声赋（仿秋声赋）	楚狂	湘中学生	1930年第2期	32页
13	战声悲感（仿秋声赋）	晓霞	文艺俱乐部：新天津附刊	1930年合订册第1集	158—159页
14	国大会议赋①（仿秋声赋体）	巴客	现实文摘	1948年第1期	16页

二、仿《秋声赋》作品内容

这些仿《秋声赋》的作品按其内容可粗略分为以下几大类。

（一）对政治民生的关注

第一类是讽刺现实政治，控诉军阀混战造成的悲惨生活，有《炮声赋》《枪声赋》《政潮赋》《国大会议赋》《战声悲感》。如《政潮赋》：

> 盖乎年来之政争也，不顾公理，营私肥己；不恤人言，扩充地盘；不惧天诛，赳赳武夫；不畏民谤……叹锦绣之河山，遂四分而五裂……嗟乎！狂澜莫挽，天下

---

① 该赋又见于《书报精华周刊》1948年第13期，第16页；《周末观察》1948年第8期，第15页。

滔滔，争名夺利，各逞雄枭。或自主于南粤，或雄视乎东辽，群思扩势力于国内，握大权于中朝。无非合纵连横逞其智，拥兵据地增其骄。只知个人之荣利，谁念国势之飘摇。①

此赋借探讨政潮之声，批判军阀混战带来的灾害，军阀只顾争地盘，不管国家前途。

第二类是对自然灾害造成民众悲惨生活的大声疾呼。军阀混战再加上自然灾害，民众的生存更是艰难。如悲天《灾声赋》：

造物不仁，天降灾祲；兵戈盗贼，厉疫兼行。物价昂其值，饥馑迫其身。有一于此，足害民生，而况西潦之所暴发，实抵御之所不能。宜其颓然老者转沟壑，少而壮者如散星。奈何以茧茧之氓，竟侣鱼虾而为朋。念谁为之戕贼，能无感乎灾声？②

此赋对水灾造成民众流离失所的境况进行了描绘，深切同情并悲叹水灾造成的民众的悲惨生活。此赋作发表于1912年，查找史料发现：

1912年，水灾较严重的省份有安徽、江苏、福建、广东、湖南、直隶、陕西、四川、浙江、云南等。3月

---

① 廉泉：《政潮赋》，《益世报》（天津版）1920年10月21日，第13版。
② 悲天：《灾声赋》，《新闻报》1912年9月19日，第4张第1版。

初（正月中），刚刚就任临时大总统不久的孙中山曾两次批文，指示安排安徽的救灾事宜，在其中的一个批文中说："皖省灾情之重，为数十年所仅见。居民田园淹没，妻子仳离，老弱转于沟壑，丁壮莫保残喘。本总统悉为公仆，实用疚心。"①

这场波及全国大部分地区的水灾引起了孙中山的重视，并设法赈灾。另外，枕山醒狮的《灾声赋》同样表达了深沉的哀叹：

> 夫灾天意也，水旱频仍，又人事也。兵疫迭乘，是为国家之乖气，谁以恻隐而为心。官之于民，横征暴敛，故其在地也，搜括竭国家命脉，敲剥侵人民脂膏。官，营也，视人命如草菅。民，盲也，塞民智于晦盲。嗟乎！天道无情，祸不单临。饥馑之岁，扰乱以兵，五谷岁不登，百物价飞腾，有求于人，不了其生，而况谋其食之所不得，安其居之所不能。宜以颓然而倒者为槁饿，愁然而悲者为伶仃。奈何以孱弱之体，欲为风露所交侵，念莫为之赈济，诚有痛于灾声。②

（二）对不良行为的批判

对偷盗和吸食鸦片行为的讽刺。如《贼声赋》：

---

① 李文海、周源：《灾荒与饥馑1840—1919》，高等教育出版社1991年版，第237页。
② 枕山醒虎：《灾声赋》，《益世报》（天津版）1920年10月2日，第13版。

盖夫贼之为状也：其色惊恐，屏气息声；其容凶横，眉竖目睁；其形寒乞，鹑衣百结；其意无聊，家室萧条。故其为境也，急急迫迫，志在必得。雕墙峻壁而悬登，猫洞狗窦而蹲入。物绊之而心惊，刃触之而血出。其所以冒此险阻者，乃贫之所逼。夫贼，惰夫也，于世为蠹；又顽徒也，于盗为轻。是为天地之戾气，常以攘窃而为心……人为世用，宜用其心。百业荒其精，万事失其勤。怠惰自甘，必落下乘，而况溺于赌之所不觉，沉于嫖之所难醒。宜其赫然富者为寒乞，平时贫者成贼形。奈何非不坏之质，欲与刑法而争衡，实自为之如此，亦何怪乎贼声。①

此赋虽同情窃贼是为贫困所逼，但对贼偷窃时形态的描绘中却暗藏讽刺。对因沉沦赌、嫖造成贫困而去做贼的咎由自取的行为进行严厉批判，其实际是劝告世人若甘于怠惰，必落下乘，强调男女要各司其职，勤恳务实，即要做于世有用之人，不要做贼。

又如《烟瘾赋》对吸食鸦片造成的危害展开论述：

其害无穷，家业扫净；其气栗烈，砭人肌骨；其味萧条，亲友寂寥。故其为病也，哭哭啼啼，不时即发。妻子见之而生厌，朋友观之而不悦。少吸之而色变，酷嗜之而精脱……无论其财之有不及，与其力之能不能，

---

① 天籁：《贼声赋》，《余兴》1914年第4期，第31页。

宜其形容枯槁似厉鬼,徒为能言之猩猩。奈何以有用之才,甘沉苦海以为荣。①

此赋列举吸食鸦片的危害,其目的是呼吁烟民"翻然改悔,决然抛弃夫烟灯"②。

(三) 对报刊的赞扬

对报刊的赞扬是民国报刊仿《秋声赋》作品的一大特色。如《新声赋》:

> 夫新声之为书也:其画雅谈,云霏雪艳;其文丰盈,咀华含英;其词俊逸,生人乐趣;其意讽嘲,足破寂寥。故其为声也,铿铿锵锵,珑玲齐发。花语顽艳而争芳,谐铎滑稽而可悦。读说海而离奇,听弹词而逸乐。其所以裨益世道者,足发蒙而振落……故其编制也,为文无四六之工,作诗废五七之律。文,韵事也,调既老而绝弹。诗,言志也,律太拘则曳白。原夫世界新潮,砰湃奔腾,人为动物,有感斯通。周邦新其命,汤盘新其铭。新机一启,全国风从,而况思想随时而变幻,文章应运而发明。宜其焕然发光为珍品,铿然掷地作金声。③

此赋对《新声》杂志登载的文章进行了赞扬,提出为文

---

① 陶名斋:《烟瘾赋》,《东北月报》1927年第21期,第6页。
② 陶名斋:《烟瘾赋》,《东北月报》1927年第21期,第6页。
③ 济航:《新声赋》,《新声杂志》1921年第5期,第2页。

不需要四六工整，写诗也不是恪守五七言格律，重要的是文章要随时代应运而生，并且要有益世道。

《余兴赋》也是对《余兴》杂志进行大力赞扬的仿体赋作：

> 奇哉！得绮丽之隽语，来诙谐之妙序。如珊瑚之网、珍珠之船，其触于目也，怪怪奇奇，具见精思。又如刺时之诗，有感而发，不见斧凿，但见褒贬之微辞。①

此段赋文以隽语、妙序赞扬了《余兴》杂志，继而发出"干戈扰攘，盗匪频惊，谁重斯文"的感叹。面对乱世，作者并不悲观，并借赋文喊出：

> 其所以流行遐迩者，乃文字之余烈。夫言，心声也，不平则鸣；又身，文也，其重如金……嗟乎！草木无情，有时凋零，人为动物，惟物之灵……而况思其智之所不及，仿其笔之所不能，宜乎作余兴者多珠玉。登报端者如日星，奈何具无盐之质，欲与西子而争荣。念谁为之采择，亦安必其有名。②

（四）无聊游戏之文

仿《秋声赋》也登载了无聊的赋作，但仅一篇署名大愤

---

① 莘忱：《余兴赋》，《余兴》1914年第4期，第22页。
② 莘忱：《余兴赋》，《余兴》1914年第4期，第22页。

的《屁声赋》：

> 夫屁，臭味也，于时为阴。又矢气也，于色为金。是乃人身之运转，常以挣放而为心。人之于腹，升降虚实，故其在病也，受寒主大肠之经，夹食在脾胃之律。①

此赋甚是无聊之作，但署名骨的《屁声赋》却暗含讽刺之意："言论与屁声相杂，屁声随言论而发。屁声而言论也，众共喜其善鸣；言论而屁声也，众共指为当杀。"② 其中所谓"言论而屁声也，众共指为当杀"阐述了言论得当的重要性。

三、登载仿《秋声赋》作品报刊简介

民国时期登载仿《秋声赋》作品的报刊不仅有为大众所熟知的《余兴》《娱闲录》，还有《湘中学生》《现实文摘》《五铜圆》等。现将这些刊物的基本情况介绍如下。③

（一）《余兴》

1914年创刊于上海，时报馆编辑，上海有正书局发行，共30期，1917年停刊，16开。月刊，文艺刊物。该刊物旨在丰富民众文娱生活。所设栏目有游戏诗、游戏文、游戏词、游戏新闻、滑稽通信、小说、歌谣、戏曲、诗话、灯谜、谈话会等。游戏文栏目的一大特点就是经常戏拟古代名

---

① 大愤：《屁声赋》，《五铜圆》1914年第12期，第2页。
② 骨：《屁声赋》，《娱闲录》1915年第17期，第45页。
③ 《新声》的基本情况在第七章已做过较详细的介绍，此不赘述。

篇如《归去来辞》《兰亭集序》《捕蛇者说》《阿房宫赋》等。游戏诗有《沪上杂咏》《戏贺中式知事》《大马路所见》等。游戏诗一栏中还有大量歌谣，如《四马路谣》《洋泾浜谣》《咸水妹谣》。这些游戏诗文在娱乐的同时，还有讽刺劝诫的深意。如讽刺袁世凯，批评时政，或者劝诫人们不要沉溺于风月场所；有些则是纯粹娱乐，如一些人名诗，以名人姓名组成诗，只是显露才情而已，没有深意。滑稽问答是类似于对话体的笑话。小说类型有战争小说、旅行小说、滑稽小说。值得注意的是，该刊物上的不少小说不像小说，更像是幽默故事或者笑话。由这点可见该刊的娱乐性质。游戏笔墨所占篇幅之大，在当时的文艺刊物中比较少见。刊物中出现大量歌谣、山歌、更调等多样的诗歌形式，在其他刊物上也不多见。

（二）《五铜圆》

1914年7月5日创刊于上海，周刊，文学刊物。由五铜周刊社编辑兼发行，吴双热任主编，总发行所为五铜周刊社。《五铜圆》每周一册，薄薄的一小本，售五铜圆，所以将《五铜圆》作为刊物的名称。停刊时间和原因不详。该刊致力于刊载滑稽、有趣的文学作品，体裁多样，有小说、诗作、杂文等。刊物以滑稽为特点，故所设五个栏目也颇为滑稽：一曰或曰夜焉，二曰说苑新声，三曰阿要热昏，四曰骚坛倒运，五曰鸡零狗碎，分别刊登短篇小说、稍长小说、滑稽小品、打油诗和谐杂文。或曰夜焉栏刊登的短篇小说文字精练、趣味性极强，博人眼球，典型作品如双热的《老太婆解》。说苑新声栏连载《滑稽侦探案》系列，供稿作者有扬州小社、吴双热、浪觉等人。阿要热昏栏刊登众多供读者消遣的娱乐小品，如定夷的《小儿科》《说死话》等作品。骚坛倒运栏刊登不少雅俗共赏的打油诗，名作有若英的《周妈软语》、定夷的《喜雪》等。鸡零狗碎栏刊登的短文，围绕着阅读《五铜圆》周刊产生的奇闻逸事，介绍《五铜圆》的价值、算术等内容。《五铜圆》周刊是一份颇具特色的刊物，刊载大量有趣的小说、打油诗等作品，对于我们了解和研究民国初年市民大众文化有重要的参考价值。

（三）《娱闲录》

1914年7月创刊于成都，1915年9月停刊，出版至第2卷第3期。由四川公报社编辑发行。半月刊，娱乐性刊物。主要供稿人有刘师培、柯震熙、李思纯、赵孔昭、张船山、刘鹏年、秦嘉泽、王泽山等。主要设有文苑、短篇小说、长篇小说、时事小言、游戏文、杂俎、剧本、专件、艺坛片影、世界珍藏等栏目。该刊主要内容有杂说、名胜志、益智集、异闻录、笔记、世界珍藏、小说、谐薮、剧谈、名优、文苑。小说分滑稽小说、西史小说、时事小说、异域神话小说等。文体为半文半白话。

（四）《东北月报》

创刊于哈尔滨，具体创刊时间不详，月刊，综合性刊物。由哈尔滨东北月报社编辑并发行，主编为燕京、王瀛洲，停刊时间及原因不详。该刊设置栏目有著论时评、实业·商事、商战之光、教育文坛、新小朋友、宗教讲坛、医药宝库、游戏世界、小说笔记、算数集锦等。每期有80至

100 页不等，所刊文章数量较多，但篇幅较短。该刊内容博杂，既有论述文章也有文学作品和游戏文字。具体而言，有时事、实业、教育等论述文章，多含爱国思想，也有散文、诗词、小说等文学作品及游戏文字等。

（五）《民立学期刊》

1928 年 7 月创办于上海，英文名为 The Shanghai High School Semi-annual，学生会刊物，由上海民立中学学生会编辑出版，半年刊。薛宜耕任总编辑。其下设中文部和英文部，主任分别为倪重威和谢蕴观。吴升昌和吴荫椿分任该刊美术部和经理部的主任。该刊停刊时间和原因不详。《民立学期刊》分中文和英文两部分。中文部分设有言论、研究、文艺、小说、杂俎和校乘等栏目。中文部分的"言论"栏目收录该校师生对于人生、社会等的思考。《民立学期刊》为上海民立中学学生会创办的刊物，为该校的师生提供发表自己作品的机会，激发了他们的创作热情，特别是该刊收录英文作品，有利于该校学生对于英文的学习。由此，该刊保存了许多当时学校师生的作品，对于了解他们的所思所想以及那个时代的思潮有一定的助益。

（六）《湘中学生》

中学生刊物。分设论言、文艺等栏目。阐扬三民主义，探讨训政时期政治、教育、建设等问题，报告本校的工作和成绩，登载学校大事记，发表学生的文章和文艺作品。载文有《国民革命的研究》《时局动荡中的青年》等。

（七）《文艺俱乐部：新天津附刊》

20世纪30年代创刊于天津，具体创刊时间不详，由新天津报社出版发行，属于综合性刊物，刊期不详。停刊时间及原因不详。主要介绍民国早期政治人物的掌故、笔记、旧闻及史料，包括来自各地对于时局及政坛人物的评述文章。此外还有少量的文学作品，如诗词、散文、随笔等刊登。该刊合订册第一集的《本小册子的说明》一文中，称该刊原来是新天津报副刊文艺俱乐部上的材料，是多数平民间真正的舆论，"差不多就可以称他为现代的野史"，包括该刊中"文苑"栏目中的文学作品，也多与时局相关，阴议暗讽。该期卷首除第一页刊有孔子与耶稣的画像外，其后近二十页刊登了民国初期的政坛风云人物相片，每页两人，并在相片下附简评，如对曹锟的评价为："即位元首，宵小当权，忠厚懦弱，不辨忠奸，失败被囚，结果堪怜。"

《文艺俱乐部：新天津附刊》作为一部综合性刊物，其大部分内容是关于社会时局的政论类社评，该刊体量较大，合订册第一集达两百余页，且无广告刊载。其中有关民国初年政坛人物的短评，以及大量对于冯玉祥的评论文章，为民国政治人物的研究提供了参考史料。

（八）《现实文摘》

1947年5月创刊于成都，1948年10月第3卷第10期发行后停刊。现实文摘社编辑，龙山书局发行。周刊，属文摘刊物。主要栏目有社评精华、人生艺术、人物生活、读书园地、电影、杂俎等。刊载中外各界知名人物介绍、文艺作品、教育问题、政治经济、电影艺术等，旨在尽最大的努力，迅速反映现实，注重以光明的一面引导读者前进，直视人生。该刊作为一种文摘刊物，所刊载文章大多经过编辑人员的精心筛选，涵盖面广、信息量大，具有较高的价值。

（九）《书报精华周刊》

创刊于1948年3月，综合性刊物。是《书报精华》月刊的衍生刊物，由夏登全主编，由书报精华社发行。每周星期五出版，第14期以后改为星期六出版。该刊以"不低级、不枯燥、不庸俗"，注意精辟，绝不滥竽充数为选稿宗旨，因此取名"精华"。该刊选取各路报刊的文章，登载内容丰富，涉及时事政治、报坛趣话、战局报道、名人书简、军事秘闻、内幕新闻、幕里乾坤、人物侧影、发明故事、天南地北、奇风异俗等。所刊文章摘自《大公报》《申报》《文汇报》《新民报》《世界日报》《新路周刊》《新闻杂志》等民间报刊，以及《中央日报》《前线日报》等主流报纸和《纽约日报》等国外主流报刊。该刊兼具文章趣味性、新闻时效性、内容综合性，深受读者喜爱，发行量较大。据悉，该刊读者大部分是国民党军人。

《书报精华周刊》是"述而不作，兼收并蓄"的文摘综合性刊物，是"杂志的杂志""知识的汇总"。该刊在近代具有较强的影响力，刊载有大量近代知名人物的作品，对于研究近代社会发展具有重要的参考价值。

(十)《周末观察》

1947年7月创刊于南京，1948年11月停刊，周刊。由谢东圃主编，周末观察社出版，属于时事政治刊物。本刊由宣相权、元子、艾飞、石济美、直公、李震一、小河、何济平、萧幼民、周启红等编写。刊载栏目有论著、评论、周末中页、漫画、周末文艺、国内外新闻、时事、特载、周末信箱、周末集纳等。报道国内外新闻及时事、政治的观察。文字活泼生动，注重对人、事、物特点的描写与分析。该刊对于读者了解20世纪40年代的社会时事有很好的借鉴意义。

从以上简略的介绍中，我们可以发现这些报刊基本上是关注国计民生的，它们勇于批判不良政治，批评社会不良行为。这些报刊大都设有游戏文章栏目，登载游戏文章的背后隐藏着爱国之心。

第九章

仿《后赤壁赋》《荡妇秋思赋》《玉钩斜赋》等赋作

一、仿《后赤壁赋》《荡妇秋思赋》《玉钩斜赋》等作品概况

民国报刊登载的仿体赋作有的是仿《后赤壁赋》《荡妇秋思赋》和《玉钩斜赋》而作的，数量较少，现集中于本章讨论。具体篇名、报刊、作者情况如表9-1、表9-2、表9-3所示。

表9-1 民国报刊登载仿《后赤壁赋》赋作情况一览表

序号	篇名	作者	报刊名	期号	页码
1	夜花园赋① （仿后赤壁赋）	藏鸠	余兴	1914年第4期	31—32页
2	失马赋 （大致仿赤壁赋）	王孙	上海周报 (1932)	1934年第9期	173页

表9-2 民国报刊登载仿《荡妇秋思赋》赋作情况一览表

序号	篇名	作者	报刊名	期号	页码
1	军票赋 （拟梁元帝荡妇秋思步原韵）	平模	娱闲录	1914年第8期	49页
2	瘾客妙思赋 （拟梁元帝荡妇秋思赋）	步	娱闲录	1914年第9期	47页
3	土后烟瘾赋 （仿梁元帝荡妇秋思赋）	万里	民权素	1914年第3集	2页

---

① 该赋又见于《笑林杂志》1915年第1期，第16页。

续表

序号	篇名	作者	报刊名	期号	页码
4	辫子春思赋	蘜斋	娱闲录	1915年第13期	35—36页
5	麻雀牌赋（仿荡妇秋思赋）	华如	娱闲录	1915年第16期	39—40页
6	烟鬼烟思赋	康成	游戏杂志	1915年第19期	6—7页
7	拟梁元帝荡妇秋思赋（用原韵有序）	东园	小说新报	1916年第2期	2页
8	国民爱国赋（仿梁元帝荡妇秋思赋用原韵）	醒厂	余兴	1916年第16期	39页
9	瘾士赋（仿梁元帝荡妇秋思赋）	颜儒霜魂	师亮随刊	1931年第3集	8页

表9—3 民国报刊登载仿《玉钩斜赋》赋作情况一览表

序号	篇名	作者	报刊名	时间	页码
1	新华宫赋（仿尤西堂玉钩斜赋体）	楚北古贰拙叟	余兴	1917年第29期	26—27页
2	游戏场赋（仿尤西堂玉钩斜赋体）	康成	游戏杂志	1915年第19期	6页

　　除了仿《后赤壁赋》《荡妇秋思赋》《玉钩斜赋》，还有仿曹植《铜雀台赋》的，如双木《新世界赋》[①]，又如天虚

---

① 双木：《新世界赋》，《余兴》1916年第18期，第20页。

我生《再仿荀况□□赋》[1]、张虚《笔赋》[2]仿荀况赋，东园《彩砾赋》[3]仿张华《鹪鹩赋》，起予《印花土赋》[4]仿庾信《枯树赋》，刘鉴《红豆赋》[5]仿庾信《春赋》，裴凌仙《愤赋》[6]、羞生《耻赋》[7]仿江淹《恨赋》。

二、仿《后赤壁赋》《荡妇秋思赋》《玉钩斜赋》等作品内容

这些仿体赋在内容上大致可分为以下几类。

（一）反映当时民众吸食鸦片情况

此类赋作有《瘾客妙思赋》《土后烟瘾赋》《烟鬼烟思赋》《瘾士赋》《印花土赋》。如《瘾客妙思赋》描述了民国时期由于政府开展禁烟运动，鸦片烟价格提升，得不到鸦片烟的吸食者烟瘾发作时丑态百出。

《烟鬼烟思赋》也是描绘吸烟者烟瘾发作时的情态：

瘾关难过，不知眼泪几千。瘾与恨兮相逼，泪与涕兮共色。泪则涓涓不断，瘾则森森难测。谁复敢违严令，为之卵翼。膏何处而得清，夜何灯而得明。[8]

---

[1] 天虚我生：《再仿荀况□□赋》，《社会之花》1924年第13期，第13页。
[2] 张虚：《笔赋》，《学生杂志》1918年第12期，第249页。
[3] 东园：《彩砾赋》，《小说新报》1916年第2期，第1—2页。
[4] 起予：《印花土赋》，《民权素》1915年第10集，第2页。
[5] 刘鉴：《红豆赋》，《女子世界》1915年第2期，第5页。
[6] 裴凌仙：《愤赋》，《香艳杂志》1915年第7期，第4—5页。
[7] 羞生：《耻赋》，《天津商报画刊》1931年第37期，第2页。
[8] 康成：《烟鬼烟思赋》，《游戏杂志》1915年第19期，第6页。

又有《印花土赋》：

> 共和肇建，烟禁森严，廓清锢习，荡涤旧嫌，戒深白叟，梦醒黑甜，必锄非种，害远同阎。若夫朝廷禁令，社会遵行，章程朝发，政策夕更。上则视为利薮，下则餍若宿醒。若不争先纳税，恐后输征。缠绵于暗室，沉湎于短檠。苏沪开官卖之局，豫章设税征之吏，广东则奇货可居，香港则转输是利。政府以重税为辞，官吏以敛资为计。岂独阳骧华夏之防，隐夺英雄之气。若乃印花散布，国贫如故……昔年烟禁，逐渐改良，今看官卖，政瘝堪伤，中原如此，何以自强。①

这篇赋将矛头直指国民政府。民国初年政府推行禁烟运动，后来为了增加税收就逐渐开禁；政府税收是增加了，但国贫如故，更加荼毒中华。

（二）表达爱国情怀

如《国民爱国赋》：

> 乾坤俯仰，只见薄海烽烟。中原如是，那知世界三千。虎狼邻兮相逼，螭（鹬）蚌争兮变色。西则蚕食堪虞，东则鹰瞵莫测。谁复辅车相依，殷勤弼翼。国赖民以澄清，民报国而光明……耻雌伏兮效雄飞，戈挥鲁兮

---

① 起予：《印花土赋》，《民权素》1915年第10集，第2页。

挽斜晖。临风寄语浮搓（槎）客，化作啼鹃带血归。①

此赋明确表达了作者的忧国之思，他愿为国为民贡献自己的才智，却又有志难伸，故而借赋将心中的郁闷一吐为快。

又如《新世界赋》：

> 新世界其既成兮，人联袂而偕往。扬国威于世界兮，庆我邦之维新。惟英美之为盛兮，岂难与之颉颃。休矣美矣，名声远扬。振兴我汉家兮，宁彼四方。同天地之规量兮，齐日月之辉光。永富强而无极兮，等兹楼之堂皇。②

此赋借对新世界建筑物的赞叹，表达希望国家富强的愿望。

再如《耻赋》：

> 试望辽垣，腥风地卷，血雨天昏，河山破碎，蚕食鲸吞。于是仆本羞生，怀惭未已，直念古者，知耻而起。至如吴王仗剑、越主东驰，保守会稽，居安思危，卧薪尝胆，复仇克期。训练既备，美女为饵，遂乘盟会以为机，劫夫差以铁骑……已矣哉！春花落兮水迢迢，秋风起兮草萧萧。忧宗国兮神沮丧，雪大耻兮恨乃消。

---

① 醒厂：《国民爱国赋》，《余兴》1916年第16期，第39页。
② 双木：《新世界赋》，《余兴》1916年第18期，第20页。

自古皆有死,岂可无耻以居朝。①

通过排列历史故事来表达救亡图存的爱国之心。

(三) 反映社会现状,抒发个人情感

第一,反映现实政治。有《军票赋》《辫子思春赋》《新华宫赋》。如《新华宫赋》:

> 金台宫阙玉玲珑,窃据居然一世雄。草黯离魂鹦鹉绿,花残血泪杜鹃红。都人告余曰:此所谓新华宫也。……而今则均堪凭吊矣。惟见沉沉宫漏,寂寂宫墙。凄凄白日,黯黯斜阳。累累苦块,攘攘阶堂。哀哀孤子,惨惨姨娘。玉容黯淡,金屋荒凉。狲随树倒,羊逐歧亡。魂飞魄散,地老天荒,千秋万岁,不见吾皇……幸而未上断头台,菜市场侥幸先亡,使死而有知,应悔其称帝称王。②

此赋借凭吊所谓新华宫讽刺袁世凯称帝。

第二,表达人生态度或思乡之情。有《彩砾赋》《愤赋》《红豆赋》《拟梁元帝荡妇秋思赋》。如《彩砾赋》:

> 伊顽质之无知,何处身之似智。不怀宝以速怼,不矜奇以拈累。席自珍而乐群,位素行而居易。任自然以

---

① 羞生:《耻赋》,《天津商报画刊》1931年第37期,第2页。
② 楚北古贰拙叟:《新华宫赋》,《余兴》1917年第29期,第26—27页。

葆真，毋矫揉以作伪。①

此赋表达了一任自然的人生态度。

又如《愤赋》：

> 侧身四顾，抚膺太息，搔首问天，嗟嗟世事，愤气中填。何堪忍垢含忧，牢愁无已，追忆古人，赍愤至死。昔者屈原被放，心念郢门，怀沙之赋，意激辞温，茫茫湘水，谁吊忠魂……臣心苦兮君不知，君见疑兮当明时。功垂成兮身先死，名欲立兮遭谤词。英雄偏数奇，莫不怀愤而咨嗟。②

此赋通过列举屈原、诸葛亮、李陵、祖逖、绿珠、岳飞、文天祥等历史人物的人生遭际，表达出志士有志难酬的悲伤之情。

第三，反映狎妓、赌博等生活场景。如《游戏场赋》：

> 红男绿女乱如麻，最健风头摩托车。鬓影衣香人似醉，谁家姨太貌如花。路人告予曰：此所谓游戏场也……惟见洋楼高矗，上接云廊；电梯盘梯，出入徜徉；闺中少妇、乡下姑娘、风流姨太、倜傥山梁、瘟生浪子、舆隶优娼，卜昼卜夜，其乐未央……旷男怨女兮来寻佳偶，鳏夫嫠妇兮想配鸳鸯。若夫时逢暑月，更可

---

① 东园：《彩砾赋》，《小说新报》1916年第2期，第1页。
② 裘凌仙：《愤赋》，《香艳杂志》1915年第7期，第4—5页。

并坐迎凉。况夜园之严禁,孰不借此为慈航。①

描绘了上海滩风月场所情形。

又如《麻雀牌赋》:

> 雀牌之盛有年,社会之坏可怜。无人不爱,瘾发甚于吸烟。倾家荡产,不知几万几千……于时大牌难和,债已堆砌。四圈未完,损失匪细。重以振功甚多,三面网罗……坐男女而相乱,输干净而长叹。解衣入质店,愧汗常漫漫。已矣哉!斗麻雀兮麻雀飞,战屡北兮面无辉。寄语枕头须立好,不取荆州誓不归。②

此赋讽刺了因赌博输光家产而不知醒悟之人的丑态。

三、登载仿《后赤壁赋》《荡妇秋思赋》《玉钩斜赋》等作品报刊简介

(一)《上海周报》(1932)

1932年12月创刊于上海,周刊,每逢星期四出版。综合性刊物。首版的"编者小语"称,该刊的创办宗旨有三个:一是研究上海和认识上海。因为上海是中国经济和文化的中心,而经济与政治又息息相关,因此上海的地位尤为重要。二是该刊认为上海工商林立、交通错综,又有十里洋

---

① 康成:《游戏场赋》,《游戏杂志》1915年第19期,第6页。
② 华如:《麻雀牌赋》,《娱闲录》1915年第16期,第39—40页。

场，光怪陆离，让人迷失自我，因此要介绍真实的上海，指出人生的迷路。三是对醉生梦死的人加以抨击和批评。该刊认为享乐应该有所节制，因此刊物中设置了上海讲座栏目，专载一些常识性内容。

该刊内容分为以下几类：其一，时事政治、社会、文化等评论性文章。该刊物主张抗日，刊载分析日本对中国各个方面的侵略的文章，如《日本在上海的经济侵略》《日本在上海的文化侵略》。它还刊有各爱国团体开展的爱国救亡运动的记录文章，以及关于国内外政治事件的评论报道等。另外还刊有关于上海社会方面的评论性文章，内容涉及女性犯罪、城市设施建设等。其二，文学作品。内容包括散文、小说、诗歌等。这部分内容在该刊物中所占篇幅较少。其三，通讯报道。主要刊登国际时事新闻和国内各省市的信息，内容涉及政治、文化、娱乐等方面。该刊第一卷的核心是对上海社会不良现象的"纠正"与"指导"，第二卷的核心是讨论"中国应趋向何种政治体制"，并得出应加强国民党独裁统治的结论，第三卷重点关注大众文艺的问题。

该刊为当时民众了解国际国内的时事提供了平台，同时也为研究者分析这一时代文学界、媒体界的编刊风格、组稿特色提供了第一手材料，颇有进一步讨论的价值。

（二）《民权素》

1914年4月25日创刊于上海，1916年4月15日停刊，共出17集。该刊初由刘铁冷、蒋箸超编辑，第二集起，由蒋箸超一人编辑。由民权出版社出版发行。初为不定期出版；1915年5月15日出版第六集起，改为月刊，固定于每月 15 日出版。主要撰稿人有徐枕亚、刘钱冷、吴双热、孙中山、章太炎、柏文蔚、谭嗣同、唐才常等。主要栏目分名著、艺林两大类，艺林分为诗、词、游记、诗话、说海、谈丛、谐薮、瀛闻、剧评、碎玉等，其中说海为重点栏目。

《民权素》是民国时期的综合性文学杂志。名著重视言论，所收文章有些是政论；艺林有些名人诗词，主要是《民权素》同人的文学作品，占杂志的大部分篇幅；同时也介绍中外名著、名胜古迹。该刊的一个特点是文言多于白话，创作多于翻译。自第三集开始征文，采用新稿。它的前身《民权报》因言论触怒了袁世凯政权，被迫停刊，之后蒋箸超等人在四马路麦家圈东口设"民权出版部"，出版《民权素》，故后者也具有反袁倾向。

（三）《游戏杂志》

1913 年 11 月 30 日创刊于上海，1915 年停刊，共出 19 期。由王钝根编辑，中华图书馆发行，王钝根题写刊名。月刊，属于通俗文艺刊物。主要作者有沈蕙端、胡警康、黄诗汝、圈仍、问天生、秋云客、萧味之、周月僧、曹康成等。主要栏目有图画、滑稽文、诗词曲选、译林、谭丛、小说、乐府、剧本、杂俎、诗词等。该刊采用文言，不仅大量收录了中国优秀的民间文艺作品，如京剧、昆剧、魔术、传奇等，同时也翻译外国优秀的短篇小说等。

《游戏杂志》是中国近代游戏类杂志的先驱，其主旨为冀借淳于微讽，呼醒当世，不涉及政治。

（四）《师亮随刊》

文学刊物。该刊以保持国学、辅助教育、恢复民族旧道德为宗旨。主要刊载各种国学论文、诗、词、小说、散文、游记、杂感、书信等。

《余兴》《娱闲录》《小说新报》在前面已介绍，此不赘述。我们发现这些刊物宗旨基本为贴近民众生活，反映都市生活，关注时事政治，希望通过登载的文章来唤醒民众，改善生活。

第十章 明王葵心《和陶靖节归去来辞》在民国的传播与接受

明代王葵心《和陶靖节归去来辞》一文被于右任发现并大加赞扬，在民国社会流传开来，多家民国刊物登载了此文，并有两人为之注释。深入探究这些注释，也可看出王葵心《和陶靖节归去来辞》在民国的接受情况。

一、遗文发现与王葵心其人

王葵心《和陶靖节归去来辞》原文如下：

归去来兮，茫茫宇宙将安归？贱贵富贫总归尽，羌谁喜而谁悲？叹浮景兮易逝，慨空过兮难追。痛已往之迷误，可仍蹈乎前非？爰洗心乎圣水，更被（披）濯其裳衣。寻上达之正路，莫显现乎隐微。乃溯大原，望道而奔。首畏天命，归依孔门。知天事天，日养日存。钦崇一主，惟上帝尊。辄斋戒而沐浴，日对越兮天颜。奉一仁以作宅，历千变兮常安。身未臻乎乐域，心每惕乎贤关。虽晤言于一室，时俯察而仰观。睹圣域之至宝，忍素手而空还。矢朝乾以夕惕，敢玩愒而盘桓。归去来兮，形未游而神游。天既诏我以真乐，又何事乎旁求？底天乡而自立，消人世之百忧。然欲享秋成之乐，须殚力于田畴。挽下坡车，撑上水舟。勿空谭乎羽翰，勿曲佞乎比丘。扫旁门之邪径，毋随波而逐流。惟寸心之耿耿，愿与世而咸休。噫吁嘻！电光石火那能久？惟有真心万古流，胡为乎舍此？将何之，善恶终有报，殃祥无了期。守荒田而空望，曷乘时而耘耔？必切磋与琢磨，始可得而言诗。既依天为归向，莫我知兮又何疑。①

此据《朱志尧新注了一道人和陶靖节先生归去来辞》录入。朱文末尾云："右为晚明陕西大儒王了一先生《和陶靖节归去来辞》，国民政府监察院于院长得之于温氏海印楼名贤词翰中。"② 方豪《王端节公和陶靖节归去来辞跋》亦云："右泾阳王端节公徵《和陶靖节归去来辞》，民国二十一年三原于右任先生得于温氏海印楼名贤词翰中。"③ 文献中的温氏即温自知。温字与享，明末清初人，著有《海印楼文集》《海印楼诗集》等。据上述两条文献，王葵心《和陶靖节归去来辞》被温氏收录，后于1932年为于右任所得。

据考证，王葵心的生平如下：

王徵（公元1571—1644年），陕西泾阳（原陕西泾阳鲁桥王家堡）人，字良甫，又字葵心，号了一道人或了一子，又号支离叟、景教后学、崇一堂居士，天主教圣名斐理伯（Philipe）。王徵24岁（明神宗万历二十二年，公元1594年）乡试中式，52岁（天启二年，公元1622年）会试中式。王徵大约于会试期间，在北京接触西方传教士而受洗入教，据推算王徵入教不会早于四十五、六岁。王徵曾任直隶广平府、扬州府推官和山东

---

① 朱志尧：《朱志尧新注了一道人和陶靖节先生归去来辞》，《我存杂志》1933年第4种，第76—78页。
② 朱志尧：《朱志尧新注了一道人和陶靖节先生归去来辞》，《我存杂志》1933年第4种，第78页。
③ 方豪：《王端节公和陶靖节归去来辞跋》，《真理杂志》1944年第2期，第208页。

按察司佥事、辽海监军道等职。后因辽海军务兵变，王徵受牵充军得遇赦，晚年归乡田野，捐资于鲁桥镇建造教堂，且践行天主教信德。王徵为官期间与外国传教士积极翻译介绍西方科学著作，于晚年更加勤于著述。同时积极整理出版有关著作，在乡间创办"仁会"以赈灾救贫。明末李自成攻破西安以后，派使邀请王徵，王徵以死相拒，表明忠于明廷之心，得知李自成占领北京的消息，遂绝食七日而亡。①

李之勤辑《王徵遗著》对王葵心的生平、著述情况及历史地位有详细的考证：

> 自少关心国家兴衰、民生休戚，喜读兵法战策，潜心机械制造。四十多岁以后，又得与前来中国的西洋传教士庞迪我、金尼阁、汤若望、邓玉涵、龙华民、方德望等往来，相互讨论学术，交情甚笃，过从甚密。刊刻《西儒耳目资》，编译《远西奇器图说录最》，撰写《畏天爱人极论》《西儒缥缃要略》等书。所以，王徵是我国古代著名的机械学家，我国历史上第一批注意学习和推广西方科学技术的学者之一，第一批学习拉丁语，并用西方语言知识研究汉语音韵的学者之一，也是我国历史上第一批接受西方基督教的封建士大夫之一。在我国科学技术发展史、语言文学史和中外文化交流史上，都

---

① 丁锐中：《张炳璿〈王徵墓志铭〉点校及初步探析》，《世界宗教研究》2012年第1期，第118页。

起过重要作用，占有相当重要的地位。①

关于王葵心的信仰问题，宋伯胤曾有过探讨，并指出："他的儒家气息，在和天主教教义可融和的场合中，也依然保存着……就字里行间来看，王徵根本是从儒家哲学的'性善'一说出发的。由此看来，王氏的口吻虽是讲天主教义，实际上还是忠实做儒家的卫道士，当然，这或许是他不自觉的。"②

二、遗文传播

（一）书法传播

于右任得到王葵心《和陶靖节归去来辞》赋文之后，先是以书法作品形式传播开，"国民政府监察院于院长得之于温氏海印楼名贤词翰中，而录呈吾舅者。吾舅以九旬老叟，爱惜此载道之文，因嘱于院长代钞一份，承其亲书成十大幅字。吾舅喜集辞中字句书对。初吾每过乐善堂，辄亦喜观此幅字。后因抄归，宿儒借读，人人称善"③。朱志尧的舅舅即马相伯，马相伯和于右任之间有层师生关系。于右任书写一份王葵心《和陶靖节归去来辞》送予马相伯。《中华民国史事件人物录》有马相伯生平记载：

---

① 李之勤：《前言》，王徵著，李之勤辑：《王徵遗著》，陕西人民出版社1987年版，第1—2页。
② 宋伯胤：《王徵的"天学"和"儒学"》，宋伯胤编著：《明泾阳王徵先生年谱·王徵研究资料》，陕西师范大学出版社2004年版，第291—295页。
③ 朱志尧：《朱志尧新注了一道人和陶靖节先生归去来辞》，《我存杂志》1933年第4种，第78页。

马相伯（1840—1939）原名建常，改名良，字相伯，晚号华封老人。江苏丹阳人。天主教徒。幼入上海依纳爵公学（后改名徐汇公学）读书。……1892年任驻日长崎领事、驻日使馆参赞。1903年2月在沪创办震旦学院。1905年秋创办复旦公学，任校长。……九·一八事变后，主张团结抗战，发起中国民治促进会、江苏国难会和不忍人会，被尊为爱国老人。①

关于"吾舅喜集辞中字句书对"一事，《马相伯集》有记载：

赖有这一幅了一先生的《归去来辞》，相老人就集了好几副楹联对语。约略一记。

有一位沈博士求书，写了一联：

"以天为归向；

何事乎傍求。"

有一位刘委员求书，又写一联：

"循上达之正路；

毋曲佞乎比丘。"

有一次相老人指问"电光石火那能久"如何对法？过了一些日子，相老人自己说出对句："朝乾夕惕兮常安"。

---

① 黄美真、郝盛潮主编：《中华民国史事件人物录》，上海人民出版社1987年版，第463—464页。

可是有一句，意义极好；然而极难对，至今没有对，就是：

"唯有真心万古留！"①

(二) 期刊传播

王葵心《和陶靖节归去来辞》在民国时期不仅以书法形式传播，得益于时人发表的载录、注释，我们发现还有不少期刊也登载了此赋。具体篇名、期刊情况如表10-1所示。

表10-1 民国期刊登载王葵心《和陶靖节归去来辞》情况一览表

序号	篇名	期刊名	期号	页码	备注
1	朱志尧新注了一道人和陶靖节先生归去来辞	我存杂志	1933年第4种	76—78页	
2	于右任明贤王了一归去来辞	兴华周刊	1933年第4期	19页	节选
3	王葵心先生和陶归去来辞遗文	文社月刊（上海1933）	1933年第2期	47页	
4	晚明陕西大儒王了一先生和陶靖节先生归去来辞	明灯（上海1921）	1940年第281期	35页	
5	王端节公和陶靖节归去来辞跋	真理杂志	1944年第2期	208页	部分字词有注释

现将登载了王葵心《和陶靖节归去来辞》的民国刊物依

---

① 朱维铮主编：《马相伯集》，复旦大学出版社1996年版，第1048页。

次略作介绍如下。

《我存杂志》，杭州天主教会办的刊物。1933年3月创刊。由杭州仓桥天主教堂编发，负责人为曾唯遵。初为季刊，1935年起改为月刊。1937年9月因日寇侵华而停刊。该刊撰稿人有王式尔、丹心、傅奎良、杨绍南、雅阁、徐景贤、倪儒范等人。被誉为"中国初期天主教三大柱石"之一的李之藻（杭州人），字我存，学界称其为最早进入近代国际学术论坛并发出有力声音的中国人。该刊创刊宗旨在于启迪民智，提倡纯正道德宗教信仰。刊载神学、哲学、《圣经》、讲演、译著和开教历史方面的文章，刊载宗教慈善活动和宗教名人传记，报道各教区发展现况等。该刊所设栏目有道理栏、历史栏、事业栏、新闻栏、杂俎及特载、插图等。

《兴华周刊》，前身为《兴华报》。1933年1月—1933年12月连续出版，1934年改为《兴华》，卷期延续，后者停刊于1937年。由华美书局在上海创刊发行，潘慎文为主撰，属于基督教刊物。撰稿人有贾志道、康毓英、吴桂春、庞雨门等，栏目有论说、教乘、经筵、小说、传记、杂俎、谭丛、文苑、时局等。该刊主要发表基督教方面的文章与译述，介绍教会学校情况，报道教会消息，也刊有国内外大事记、新书介绍、文学作品等。

《文社月刊》（上海1933），1933年5月创刊于上海，月刊，文艺刊物。由文社编辑并发行，王陆一、杨天骥、王广庆、许世璋等人为编辑部干事。该刊以研究并刊载关于诗文、金石、书画、小说及其他文艺为宗旨，以登载文社社员的作品和文章为主，兼刊其他作家的著述。该刊封面分别由于右任、吴敬恒、蔡元培、戴传贤题写刊名。于右任、戴传贤、章炳麟等人在该刊发表文章多篇。刊中并未设置固定的栏目。

《明灯》（上海1921），1921年9月创刊于上海，1941年11月停刊，共出294期。由谢颂羔、陈德明编辑，上海广学会发行。初为报纸式样，1928年9月后改为月刊。其他题名有《明灯道声非常时期合刊》《明灯道声合刊》。综合性刊物。其主要撰稿人有贾立言、威尔斯、福克司、葛福达、颂羔、实广林等。该刊探讨宗教和社会问题，选译《圣经》的部分内容，刊登教育问题、最新科学发明、著名作家言论、学术研究、名人轶事、自然科学知识、出版消息和指导青年成长的文章，并载有小说、散文、小品、各国著名作家的作品介绍。

《真理杂志》，1944年2月创刊于重庆。由方豪主编，真理杂志社发行。双月刊，学术刊物。主要撰稿人有顾颉刚、陈垣、李源澄、方豪、王利器、谭其骧等。设有圣咏选译、汉译圣咏选等栏目。主要介绍中国古代文化，包括政治、历史、地理、文学史和人物传记等。

三、注释接受

民国期刊登载此赋时，朱志尧与方豪均对赋文作了注释。作注这一行为体现了王文及其思想在当时具有较高的接受度。《朱志尧新注了一道人和陶靖节先生归去来辞》的注释者朱志尧是个天主教徒，其生平事迹在《中华民国史》第9册《传四》中有记载：

朱志尧（1863—1955），字庞德，号开甲，天主教徒，1863年9月7日生于上海南市董家滩。朱家由渔而商……朱志尧做了10年轮船买办，积累了一些经验和资金，想自己办点事业。……朱志尧设计制造的棉籽榨油机广为流行，朱志尧不仅迈开了创办实业的第一步，而且名声大振。……求新机器厂制造项目不断扩大，朱志尧创设、投资及支持了一批与求新制造厂有关的工矿企业，其社会地位也日益提高。……正是由于他的开拓精神和爱国抱负，朱志尧被同业推举为上海机器公会名誉会长。……朱志尧拒绝与日寇合作，保持了晚节，并将活动转向天主教会方面。①

《朱志尧新注了一道人和陶靖节先生归去来辞》的注释很有特色。特别是在把儒家经典和天主教教义结合起来作注释方面尤为可贵。

"莫显现乎隐微"句注："《中庸》云：'莫现乎隐，莫显乎微，故君子慎其独。'此即天主无所不在，无所不知之道也。"②

"首畏天命，归依孔门"句注："孔子曰：'君子有三畏：畏天命，畏大人，畏圣人之言。'奉教人对于天主所命行之事，常畏有违也。"③

---

① 朱汉国、杨群主编：《中华民国史》第9册《传四》，四川人民出版社2006年版，第26—30页。
② 朱志尧：《朱志尧新注了一道人和陶靖节先生归去来辞》，《我存杂志》1933年第4种，第76页。
③ 朱志尧：《朱志尧新注了一道人和陶靖节先生归去来辞》，《我存杂志》1933年第4种，第76页。

"知天事天，曰养曰存"句注："孟子曰：'知其性，则知天矣。'又曰：'存其心，养其性，所以事天也。'上古之世，十诫根于良心，故曰性教。奉教人只须按着良心做事，即非罪恶。厥后良心汩没，故天主授十诫于古圣人梅瑟，命人矢守，是为书教。"[1]

"钦崇一主，惟上帝尊"句注："《中庸》云：'郊社之礼，所以事上帝也。'天主十诫：一钦崇一天主万有之上。故利玛窦撰《天主实义》，谓'天主'其即经言所谓'上帝'也。是独一无二至尊至贵之主，世人皆当敬之重之。"[2]

"辄斋戒而沐浴，日对越兮天颜"句注："孟子曰：'虽有恶人，斋戒沐浴，则可以事上帝。'奉教人违犯十诫，即是罪过，但只须行告解圣事，即可赦免，而为善人。每日诵经，拜主时，存'上帝临汝'之念，自能'毋贰尔心'矣。"[3]

"奉一仁以作宅，历千变兮常安"句注："孟子曰：'仁，人之宅也。'孔子曰：'仁者安仁。'孟子曰：'仁者爱人。'又曰：'仁者无不爱也。'天主教十诫云：'右十诫，总归二者：爱天主万有之上，及爱人如己。'守此诫者，真是'富贵不能淫，贫贱不能移，威武不能屈。'为守十诫而杀身成

---

[1] 朱志尧：《朱志尧新注了一道人和陶靖节先生归去来辞》，《我存杂志》1933年第4种，第76页。

[2] 朱志尧：《朱志尧新注了一道人和陶靖节先生归去来辞》，《我存杂志》1933年第4种，第76页。

[3] 朱志尧：《朱志尧新注了一道人和陶靖节先生归去来辞》，《我存杂志》1933年第4种，第76页。

仁者，时常有之。"①

"矢朝乾以夕惕，敢玩愒而盘桓"句注："《易经》云：'君子终日乾，夕惕，若厉，无咎。'言君子之修省也。《左传》：'主民玩岁而愒日，玩愒皆贪也。'言执政者，贪玩岁月，而放废职务。奉教人早晚有课，常存感谢虔求之意，日间亦不敢放纵欲情，作奸犯科；况善无止境，故于修德也，逐渐进行，不敢盘桓观望，致失立功机会。"②

"底天乡而自立，消人世之百忧"句注："人到天堂，享见天主，既得宗向，心满意足。自然大异于旅世时，在在依赖他人，不能独立，况世上忧患多而安乐少。故孟子曰：'生于忧患而死于安乐。'既到天堂，真是极乐世界，人间种种忧患，自然消灭矣。"③

"挽下坡车，撑上水舟"句注："下坡之车，难挽；上水之舟，难撑。但不可因其难而勿挽勿撑；盖欲达目的地，不能畏难苟安也。语云：从恶如流，为善如登。奉教人之行善，自不能惮其难也。"④

"荒田而空望，曷乘时而耘耔"句注："田已荒芜不耕，而望收成，是为空望。《诗经》云：'或耘或耔。'耘除草籽，壅苗，本农人在春夏之时，尽耘耔之职，秋间自有收获。奉

---

① 朱志尧：《朱志尧新注了一道人和陶靖节先生归去来辞》，《我存杂志》1933年第4种，第76页。
② 朱志尧：《朱志尧新注了一道人和陶靖节先生归去来辞》，《我存杂志》1933年第4种，第77页。
③ 朱志尧：《朱志尧新注了一道人和陶靖节先生归去来辞》，《我存杂志》1933年第4种，第77页。
④ 朱志尧：《朱志尧新注了一道人和陶靖节先生归去来辞》，《我存杂志》1933年第4种，第77页。

教人在地修德，而后在天享福，万勿平生为恶，而空望后报以福。"①

"必切磋与琢磨，始可得而言诗"句注："《论语》：子贡曰：'贫而无谄，富而无骄，何如？'子曰：'可也。未若贫而乐道，富而好礼者也。'子贡曰：'《诗》云："如切如磋，如琢如磨。"其斯之谓与？'子曰：'赐也，始可与言《诗》矣。告诸往，而知来者。'赐，子贡名。此章书是子贡因孔子之言，而知义理无穷，未可自足；而孔子是赞其能举一反三，触类旁通也。天主教，道理，亦无穷；功德，亦无量；万不可一得自喜，故步自封，倘能精益求精，止于至善，则他日天主之论功行赏，自亦加人一等也。"②

朱志尧的注释把儒家经典与天主教教义结合得很好，而且把王徵的"耶儒会通"思想通过注释很准确地表达出来。郭熹微《王徵散论》：写道"利玛窦以儒学概念阐明天主教教义，在此过程中，儒学概念被引申发挥，与原来概念有很大差异。王徵的儒家气味很浓，但认真剖析其思想，就会发现其儒家思想已是含有天主教教义的精神……耶稣会士试图把中国人的'天'和'上帝'与《圣经》中的'天主'相结合，使二者的观念统一起来。"③

我们从《和陶靖节归去来辞》中可以看出王葵心在会同中西哲学、耶儒会通方面的努力。而民国朱志尧先生也很确

---

① 朱志尧：《朱志尧新注了一道人和陶靖节先生归去来辞》，《我存杂志》1933年第4种，第78页。
② 朱志尧：《朱志尧新注了一道人和陶靖节先生归去来辞》，《我存杂志》1933年第4种，第78页。
③ 郭熹微：《王徵散论》，《世界宗教研究》1994年第2期，第139页。

切地把耶儒会通这一点揭示了出来：

"勿空谭乎羽翰，勿曲佞乎比丘"句注："道教羽化登仙，真是空谈；佛教募化之僧，名曰比丘，亦勿自屈，而谄事之。"① 这个注释把王徵的"补儒易佛"思想也揭示了出来。

李存山《从"郊社之礼"看儒耶分歧》写道："西方天主教初传中国，利玛窦奉行'补儒易佛'的策略。所谓'补儒'，就是要把儒学基督教化（本文所谓'基督教'包括天主教以及后来分化出的'新教'）；所谓'易佛'，就是要排斥中国本土的佛、道等宗教。"②

郭熹微《王徵散论》：

> 利玛窦等人认为，作为中国传统文化主流的儒学，是建立在自然法则基础上的哲学，是合乎理性的，天主教对儒学要补充的是形而上的超性之学。他们对传统儒学从总体上是肯定的，并从古代儒学中找到许多与天主教相合的观点。与此同时，中国士大夫中的皈依者对天主教的认识与此是十分合拍的，徐光启明确提出以天主教"补儒易佛"……王徵入教的动机也是循"补儒易佛"的途径，追求儒学所缺乏的终极关怀。③

陈俊民《"理学"、"天学"之间——论晚明士大夫与传

---

① 朱志尧：《朱志尧新注了一道人和陶靖节先生归去来辞》，《我存杂志》1933年第4种，第77页。
② 李存山：《从"郊社之礼"看儒耶分歧》，《中国哲学史》2006年第1期，第30页。
③ 郭熹微：《王徵散论》，《世界宗教研究》1994年第2期，第138页。

教士"会通中西"之哲学深意（下）》写道：

> 利玛窦敏锐地指出："三教归一"，实即"三教"归无，"于以从三教，宁无一教可从；无教可从，必别寻正路，其从三者，自意教为有余，而实无一得焉"。他所谓的"正路"，只有一条，即他说的"天主正道"。于是，他理所当然地选定由徐光启口中说出的"易佛补儒"四字，作为今后在华传教的总纲与策略。①

由此可见，"补儒易佛"是当时一个重要的哲学命题，由徐光启提出，利玛窦"敏锐选用"，王徵也遵循此道。

---

① 陈俊民：《"理学"、"天学"之间——论晚明士大夫与传教士"会通中西"之哲学深意（下）》，《中国哲学史》2004年第4期，第122页。

附录一 《余兴》登载赋作

宁波婚礼赋

翳婚礼之不同,随乡风而攸异,述我邦之习俗,供朋辈之谐谈。当香饼吃完之日,正高汤装好之时。先是而大宰猪羊,趋吉则高悬龙虎,挂灯结彩。大总管煞费经营,冲酒泻茶;小帮忙非常把结,陈设华堂。羡执事有心皆热,探窥花轿,笑来宾无眼不穿。俄而童子喧哗,送娘先到,华盖斜张,高灯前导。铺陈簇簇,鼓吹洋洋,纷纭仪从,逼进门墙,总管一呼,帮忙四应,大炮三声,海边千响。人满阶前,舆停堂上。红粉姑娘捧镜函而出轿,白头老妇持秤竿而掀巾。起居龌龊,主香半属老儿;字句模糊,读祝大都稚子。须臾礼毕,循序进房,花烛导前,新人随后。偕行袋上,殊嫌草草不工;并坐床沿,好说双双到老。乃换装饰,乃就筵席,桥头三叔扶杖偕来,山里大哥提灯毕集。送人情则顶多二角,喝老酒则起码三斤。拳声嘈杂,醉语喧哗,及至更深,方才客散。吵房没体统,老老之面搽花;上厨起风潮,婆婆之头出笋。有客唱贺郎老调,祝贵子之早生。阿娘露爱子私情,催新人之安睡。爰使童子送进新房,稍坐须臾,即行回避。一对夫夫妇妇,公然占枕席风光;许多眷眷亲亲,大家被房门关出。

(古董死公《宁波婚礼赋》,《余兴》1914年第1期,22—23页)

鸦片烟赋

鹅儿酒后，雀舌茶前，烟花世界，香火因缘。客登榻而吐吞，成餐霞之睡仙。一口两口，左边右边。未尝不顾影自怜，可止则止，无奈此引人入胜，是烟非烟。

原夫烟之名鸦片也，产自外洋，传来中国，流毒无涯，居奇有客。花田万亩，收来罂粟之浆；海国孤帆，送到波斯之舶。可是入善人之室，气夺芝兰。居然遵禹贡之经，土分黑白。

水火既济，煎熬最工。或烧烛于夕阳以后，或支炉于午日之中，成此脂膏。大似阴阳为炭，去其渣滓，居与造化争功。调崖蜜之丝丝，帘风扇碧；滴花酥之点点，炉火飞红。

于是倚鸳被兮轻挑，躺象床兮不倦。栖迟安乐之窝，困顿芙蓉之院。一灯如豆，星分黎火之光；万念成灰，黑沁桃花之面。仿佛仙飞枕上，逸趣横生；分明药蓄房中，春宵久恋。

其器则辨新旧，论短长，食无求饱，舍之则藏。脱手成珠，如掷麻姑之米；焚膏继晷，疑偷韩寿之香。烟后则玉管飞灰，吹嘘冬夏；灯前则文光射斗，掌握星芒。鸦鬓鸦背之余另传，鸦片烟袋烟壶而外，别号烟枪。

彼夫恃此为应酬之具，援以联气味之亲。羌俾昼以作夜，时出门而同人。吞烟里之烟，胸怀湖海；领味外之味，龙马精神。乘兴而来，且庶几而式食；和盘托出，以宴乐我嘉宾。

亦有空庭敞斋，倚槛支腮，轻瘾重瘾，将来未来，神不疲而自倦，泪交流而何哀。叹当年之烟馆，成今日之债台。连朝数口依人，不无忸怩。谁肯一杯分我，免此徘徊。

今兹民国基隆，春台日茂，布大德于生成，敷太和于宇宙。拟寒食禁烟之例，律本森严；切小人怀士（土）之情，品何卑陋。况呼吸日深，薰陶过厚，始则误于因循，继则戕其年寿。一搦腰轻，两弯眉绉。才悔荒唐春梦，学同碧落之空。剧怜憔悴秋风，人比黄花之瘦。

（蕉心《鸦片烟赋》，《余兴》1914年第2期，19—20页）

洋烟赋（仿阿房宫）

三餐毕，四体逸，利权竭，洋烟出。来从数万余里，远隔天日。食者东购而西觅，祸隐萧墙。毒氛种种，流入肺肠。五步一楼，十步一阁。静街曲巷，帘缦横拖。各开烟馆，财搜利剥。盘盘焉，囷囷焉，蚁居蜂窝，直不知其几千万落。长簟直陈，未云何龙。短竹横胸，不霁何虹。吐雾喷烟，恍如御风。烟筒暖响，春光融融；灯熄火灭，风雨凄凄。一日之内，一身之间，而气候不齐。城乡妇女，贵子王孙，登楼进铺，怡性陶情。朝欢暮乐，为吃烟人。明星荧荧，开晚灯也；彩云扰扰，烟雾环也；渭流涨腻，弃滓水也；烟斜雾横，燃膏脂也；雷霆乍惊，斗声呼也。辘辘远听，杳不知其所之也。一颗一口，尽力推翻，昼伏夜动，而如鬼焉。有不得见者，累月频年。祖宗之收藏，父母之经营，累代之精英，几世几年，取掠于人，积聚如山。一旦尽付之云雾之间。鼎铛玉石，金块珠砾，弃掷烟馆，吃者视之，亦不甚惜。嗟乎！吃烟人之心，非吾人之心也。尔爱纷奢，尔亦念其家，奈何取之尽锱铢，用之如泥沙。使吃烟之筒，多于南亩之农夫；盛烟之具，多于机上之工女；广士胶灯，多于在庚之粟粒；盘斗参差，多于周身之帛缕；矮屋曲室，多于九土之城郭；吃声呕哑，多于市人之言语。使父母对之，即叱责亦不顾，吃烟之心，日益骄固。寿数到，枪声举，烟犯一毙，可怜千古。呜呼！吃洋烟者，无人格，非人也；不吃者，人也，而具人格也。嗟夫！使人人者各勉其为人，则虽三倍以至万倍而为利，谁得而种之也。吃洋烟者不暇自哀，而他人哀之；他人哀之而不鉴之，亦使他人而复哀他人也。

（天籁《洋烟赋（仿阿房宫）》，《余兴》1914 年第 3 期，44—45 页）

余兴赋（仿欧阳永叔秋声赋体）

荜忱子方阅时报，见有文自三张出者，欣然而观之，曰：奇哉！得绮丽之隽语，来诙谐之妙序。如珊瑚之网、珍珠之船，其触于目也，怪怪奇奇，具见精思。又如刺时之诗，有感而发，不见斧凿，但见褒贬之微辞。予问友人：此何文也？子必知之。友人曰：干戈扰攘，盗匪频惊，谁重斯文，文出自情。予曰：噫嘻悲哉！此《余兴》也。胡为乎作哉？盖凡人之为文也，其意惨淡，词多悲叹。其神清明，语必精英；其心舒泰，言皆和畅；其志优游，辞必清幽。故其《余兴》也，五花十色，感动奋发，骚人得句而弥奇，逸客喜新而争阅，奸吏见而心寒，武夫见而色悦。其所以流行遐迩者，乃文字之余烈。夫言，心声也，不平则鸣；又身，文也，其重如金。是谓天地之正气，常以激劝而为心。天之生物，栽培倾覆，故其于人也，赏善为万世之经，惩恶为千秋之律。赏，赐也，人既善则当赐。惩，戒也，人有恶则当戒。嗟乎！草木无情，有时凋零，人为动物，惟物之灵。时事感其心，笔墨劳其形，苟发为文，必求其精，而况思其智之所不及，仿其笔之所不能，宜乎作余兴者多珠玉。登报端者如日星，奈何具无盐之质，欲与西子而争荣。念谁为之采择，亦安必其有名。友人大笑，钦我风调，继闻壁钟铛铛响应，益增予之余兴。

（莘忱《余兴赋（仿欧阳永叔秋声赋体）》，《余兴》1914年第4期，22页）

余兴部赋（仿阿房宫赋）

时事急，编辑毕，余兴设，游戏出。合聚五六之人，藉消永日。运笔南腔而北调，还有西笑。五月匆匆（时报自设余兴以来五足月矣），到于今朝。五行一电，十行一诗。滑稽无定，信口乱吹。各想投稿，以博欢娱。忙忙焉，碌碌焉，撰著抄录，日不知其几千万篇。望眼欲穿，不登何凶。左思右想，谅来不工。尺幅之间，关心甚重。读至佳处，其味融融；天花纷飞，散成絮絮。一版之内，一栏之间，而兴趣各异。赵钱孙李，周吴郑王，男女各界，均可效腔。炙輠捧腹，新著辉煌。耀日荧荧，系电灯也；红云扰扰，加批圈也；黑流涨腻，弃墨水也；零星散乱，拣佳作也；霹雳乍惊，撕抄袭也。快付手人，又不知取何人也。一天一版，并无缺欠，五光十色，篇幅充焉。其得赠品者，九十三年（小说书名）。小说之时报，空谷之兰花，旅行之哑人,几部几册,取送于人,堆积如山。若不欲酬者,听其自便。装以锦面,取以精本,总长视之(余兴主干人以总长称之),亦不甚惜。嗟乎!一人之喜,千万人之喜也。我作游戏,人亦游戏之。内中读之而色舞,阅之而鼓掌。其无线之电,美于路透之传音;谐文之味,美于菜馆之八珍;游戏之诗,多于天河之众星;歌谣之什,多于世界之新闻;投稿拥挤,多于马路之灰尘;诵声琅琅,多于戏馆之胡琴。使大人先生,不欲怒而欲笑,闺秀女生,亦喜不禁。尽欢忭,皆赏心,区区一纸,寰球风行。呜呼!作游戏者,游戏也,非希酬也;其希酬者,希酬也,非游戏也。嗟乎!使游戏者能自乐其天,则何用游戏,游戏能善作游戏之文,则递十年可至廿年而为文,谁得而讥之也?世人不能自乐,而《余兴》乐之;《余兴》乐之而更美之,吾知世人皆要看《余兴》也。

(小梵《余兴部赋(仿阿房宫赋)》,《余兴》1914年第4期,23—24页)

贼声赋(仿秋声赋)

天籁生方夜读书,闻有声自隔壁而来者,悚然而听之,曰:异哉!初瑟缩以寒窣,忽砰硼而亭腾,如猫鼠惊奔、鸡犬狂窜。其触于物也,丁丁东东,碗盏皆鸣。又如两人对枰,推敲疾走,不闻欢笑,但闻着子之留声。予谓童子:此何声也?汝出视之。童子曰:黑云如幕,暗不见天,四无人声,声在邻间。予曰:噫嘻怪哉!此贼声也,胡为乎来哉。盖夫贼之为状也:其色惊恐,屏气息声;其容凶横,眉竖目睁;其形寒乞,鹑衣百结;其意无聊,家室萧条。故其为境也，急急迫迫，志在必得。雕墙峻壁而悬登，猫洞狗窦而蹲入。物绊之而心惊，刃触之而血出。其所以冒此险阻者，乃贫之所逼。夫贼，惰夫也，于世为蠹；又顽徒也，于盗为轻。是为天地之戾气，常以攘窃而为心。天之生人，男耕女织。故其在世也，男子任家国之重，女子任中馈之职。男，力也，勤事业而始兴；女，守也，谨门户而方效。嗟夫！夙夜忧勤，尚虑飘零。人为世用，宜用其心。百业荒其精，万事失其勤。怠惰自甘，必落下乘，而况溺于赌之所不觉，沉于嫖之所难醒。宜其赫然富者为寒乞，平时贫者成贼形。奈何非不坏之质，欲与刑法而争衡。实自为之如此，亦何怪乎贼声？童子不对，垂头而睡。但闻池塘蛙声相应，如助予之沉吟。

（天籁《贼声赋（仿秋声赋）》，《余兴》1914年第4期，31页）

夜花园赋（仿后赤壁赋）

是岁闰五月之望，步自马路，将归于寓舍。二客从予过泥城之桥，雨露不降，衣服未脱，车影在地，仰见明月，顾而乐之，笑语相答，已而叹曰：有客无车，有车无女，月白风清，如此良夜何？客曰：今者薄暮吊膀得女，盛鬓丰容，状似属意于汝，顾安所得车乎？返而谋诸妓，妓曰：我有汽车，租之久矣，以待子不时之须。于时携妓乘车，复游于夜花园之下。影戏无声，滩簧有鼓。目眙不禁，半吞半吐。曾钟点之几何，而姘头已不可胜数矣。余乃携妓而行，履草地，寻净土，卧浅茵，兴云雨，喜狂蜂之有缘，叹名花之无主。盖二客不能从焉,爆然一声,焰火已动,急起披襟,观者泉涌。余亦兴尽而悲,悄然而恐,汲汲乎其不可留也。返而登车,驰乎中衢。听其至家而休焉。时天已明,四顾寂寥,适有滑头横街东来,面如桃花,黑履缟衣,懒然长叹,掠余车而西也。须臾妓去,余亦就睡。梦一嫖客,白衣翩跹,过马路之中,揖余而言曰:夜花园之游乐乎?问其姓名,俯而不答。呜呼嘻嘻!吾知之矣。畴昔之夜狎妓而邀我者,非子也耶?嫖客顾答笑,余亦惊悟,开户视之,不见其处。

(藏鸠《夜花园赋(仿后赤壁赋)》,《余兴》1914 年第 4 期,31—32 页)

夜花园赋(仿阿房宫赋体)

夜饭吃,妆扮毕,姊妹集,风头出。先兜圈子数里,好风凉月。马路东弯而西折,汽车呜呜,驶近围场。浪蝶成群,狂蜂争逐。五步一停,十步一缩。各逞风流,转湾(弯)抹角。袅袅焉,婷婷焉,燕语莺声,正不觉其魂飞魄落。薄着单衫,俏影临风。满戴花翘,扑鼻香浓。花前月下,指西说东。对头相碰,俏眼溶溶;并肩相立,笑语嘻嘻。一面之会,一刻之间,而宛若夫妻。淫奔荡妇,公馆姨太,滑头码子,都来于斯。勾魂吊膀,觅意中人。金星荧荧,开电灯也;歌喉朗朗,唱摊簧也;五花八门,演影戏也;流星花爆,放焰火也;树林阴凉,日影过也。甜情密(蜜)语,不知若何乐趣也。一肌一容,尽态极妍,唧唧哝哝,而私叙焉。有不得见者,只隔一天。衣服之漂亮,身段之苗条，妆饰之妖娆，既俏既骚，仿佛其人，飘飘欲仙。一生不曾见，邂逅其间。金戒钻石，五颜六色，顷刻定情，随手赠之，亦不甚惜。嗟乎！一人之游，千百人之游也。沪上繁华，人每败其家。不但性命如儿戏，金钱如泥沙。彼恩情之厚，用于相好之姘夫；骨头之轻，等于烟间之妓女；想思之病，害于春方之药粒；痴恋之魂，牵于情丝之一缕；密约之期，传于娘姨之线索；姘头之轧，迷于温柔之言语。使青年之人，遂一误而再误，受阴寒，病肺腑，送人多命，可怜呜呼。嗟乎！夜花园者，陷阱也，非乐也；好游者，淫也，非乘凉也。使人人各知其害，则可以不游。乃设此鬼门之关，而偏有张三李四、王五赵六以俱来，乌得而不禁也。当道不知严究，而置若罔闻，几使人人而乐开夜花园也。

（诗隐《夜花园赋（仿阿房宫赋体）》，《余兴》1914年第4期，32—33页）

登坑赋（仿阿房宫赋）

下气泄，肛门凸，寻公厕，大便出。直奔街头巷尾，墙边路侧。茅茨结构而曲折，埋置深坑。烂板片片，支架桥梁。一步之楼，叮咚之阁。弯腰趋入，拉裤臀鞠。霹雳一声，黄龙脱壳。滚滚焉，潺潺焉，尿屎声连续，不知其几千万落。胃虫杂下，蜿蜒如龙。肛门疮痔，粪出流红。或痛或痒，难忍难容。苍蝇乱飞，其声嗡嗡；蛆虫团聚，其动蠕蠕。六月之内，三伏之间，而臭秽无比。（此节言一人登坑之形状也）

裁缝瓦匠，学徒工役，藉端歇息，偷懒来此。呼朋引类,三五成群。笑语浪翻,臭攀谈也;白云扰扰,吸香烟也;势如堤决,患腹泻也;努力紧涨,患干结也;汽笛声鸣,放空屁也。嘈嘈啰啰,不知其几许人也。(此节言众人登坑形状也)

或蹲或坐,亦安亦逸,觉此间乐,而忘返焉。有不得位者,立等补缺。张三之乍起,李四抢先登,王五仍呆立,几去几来,络绎不绝,粪积如山。有忘带草纸,急极智生。撕絮裂帛,菜叶瓦砾,刮掠揩拭,无可如何,权为应急。(此节言前者未起后者继至,抢夺拥挤及未带草纸,而以瓦片菜叶揩屎种种龌龊形状也)

嗟乎!逐臭之夫,犹登坑之人也。卑鄙龌龊,习惯成自然。其有吮痔之人,甘之如糖饴;捧屁之徒,每乐为之无惭色。进身之阶,由此终南之捷径。狗苟蝇营,若蛆在粪之钻穴。苞苴私纳,多于尿粪之山积;写条名帖,多于揩屎之菜叶;候补等缺,多于王五之呆立。使天下之人,丧廉耻而失节,利禄萦心,觍颜依附。干爷叫,恩师呼,差使到手,大撒烂污。(此节言官场种种丑态有类乎登坑之污秽也。大撒烂污,言既谋得官后误国殃民也)

呜呼!凡登坑者,撒污也,非官也;运动者,官也,似登坑也。嗟夫!士大夫各尚廉洁,则咸为好官。官多勤政而爱民,则德惠施,人方感激之不遑,谁得而讥诮也。官僚不知自爱,而后人笑之;后人笑之而又效之,亦登坑人而笑登坑人也。(此节分别登坑做官比较结论)

(新树《登坑赋(仿阿房宫赋)》,《余兴》1914年第4期,34—35页)

做官赋（仿阿房宫赋体）

前清毕，南北一，民国立，官僚出。奔走数千余里，高升指日。情面东托而西说，门生故旧。挖洞钻墙，拍马吹牛。空中楼阁，水礼丰盈。金钱买嘱，李四张三，胜负相角。营蝇焉，狗苟焉，某缺某差，究不知其何时着落。五花八门，变幻如龙。红绒黑辫，隐约如虹。手本履历，投遍西东。委任到手，喜气融融；补缺不到，懊恼惨凄。一差之换，一缺之放，而运气不齐。督抚司道，府县佐贰，贪官污吏，从此还魂。朝出暮现，大半斯人。八大胡同，摆花酒也；万元一底，叉麻雀也；粉黛成群，娶姨太也；车马盈门，做生日也；出卖差缺，古董铺也。多少新闻，正不知其底止也。一官一职，凝神注意，钻头觅缝，而幸得焉。有早交运者，将近三年。礼服之辉煌，勋章之煊赫，马车之漂亮，某长某司，久仰其人，靠有泰山，万万不会动。安插其间，戏园餐馆，赌场妓寮，写意豪游，挥霍千金，亦所不惜。嗟乎！一人做官，千万人之命也。官在前清，民已受其殃。奈何去之未几时，今日又重来。彼手臂之长，比于拉马之车夫；钻营之捷，靠于拜寄之干女；升官之法，灵于壮阳之药粒；花样之巧，细于女工之彩缕；门径之多，密于各省之城郭。帽子之大，在于八行之言语。登大舞之台，忽发威而发怒。引类呼朋，团体日固。括地皮，在此举。独饱私囊，百姓叫苦。嗟乎！称大人者，自尊也，皆官也；做官者，势也，非为民也。使做官而不黑其心，何足以发财。若夫想发财之人，必靠做官，并引亲朋而俱进，夫谁而非官也。大官大都如此，而小官效之；小官效之而竟得之，是以人人都想做官也。

（诗隐《做官赋（仿阿房宫赋体）》，《余兴》1915年第5期，20—21页）

投稿赋（仿阿房宫赋）

早茶吃，报纸出，附张刻，谐文集。每篇数百余字，五光十色。我亦见猎而心喜，腹内空空。搜尽枯肠，忙把书翻。又将笔搁，几费踌躇。更番摸索，体裁不拘，庄谐并录。长长焉，短短焉，几句几行，正不知我有无错落。某段用意，活泼如龙。某篇布局，变幻如虹。引经据典，博雅精通。韩潮苏海，气吞虹霓；庾哀江别，声韵幽凄。一篇之内，一句之间，而文必对题。各省报章，多年小说，鸡零狗碎，搜集于斯。东抄西袭，夸示同人。春蚕食叶，下笔声也；古砚微凹，聚墨水也；文必加点，防破句也；字必誊正，无草书也；翻来阅去，校对过也。文章天成，无非偶尔得之也。某篇某段，凑足字数，安心着意，而邮寄焉。有不得登者，三十六篇。几案之横陈，抽屉之收藏，书架之堆叠，累日累月，投稿之文，堆积如山，他人不能有，胥储其间。电文命令，歌谣论说，他人心血，报馆视之，亦不甚惜。嗟呼！若干之稿，几许人之投稿。呕肝吐思，无不用其心。自应贮之以锦囊，爱之如拱璧。况语言之妙，贤于说法之生公；旖旎之词，胜于散花之天女；价值之高，比于明珠之一粒；心思之巧，细于美人之发缕；诙谐之说，幻于海上之城郭；滑稽之谈，等于淳于之冠缨。想编辑之人，必欢迎而色喜，赠品书券，作为主顾。一星期，两礼拜，文仍不录，令人叫苦。嗟呼！想投稿者，想酬也，非名也；得酬者，名也，兼得利也。使每日必登我稿，则足以骗钱。我即计字数之多，则自千字积至万字，而总算安得而不乐也。他人不知此诀，而我独得之；我独得之而优为之，是以投稿而惟恐其稿之不登也。

（诗隐《投稿赋（仿阿房宫赋）》，《余兴》1915年第6期，16—17页）

劝会匪赋（以狐群狗党真不像人为韵）

心存药石，手写江湖，上称则有二十一斤二两四钱五分之重，讲令则有内外巡风三纲五常九江之殊。帽标四柱双龙，红线结何其阔大。号称单枪独马，白袍将甚是姑苏。历升到地坐堂，由科名真堪羡也。一步登天新府，出捐保奚足贵乎。敲来莽汉钉锤，不会跑马；奉了大哥将令，实在臭狐。

在昔桃园义结，土坡香焚，瓦岗寨称孤道寡，梁山泊立帝为君，岂真有其人之赫赫，不过是小说所云云。而乃红腔聒聒，白话纷纷，扯偏东雨，驾斛斗云。名虽同玩同耍，实图吃酒吃荤。与抓山虎当崽作儿，真不要脸；向癞屎猴呼哥唤弟，实在麻筋。烧了三把半香，尚不算英雄好汉；开过一百八会，方显得出众超群。

于是别开山堂，假充朋友，钻江则孰为拜弟拜兄，进步则牌居在平之斗。旗号亦极皇皇，山水则属某某。舵把与晁盖同尊，附义并宋江不朽。当家有内外之分，管事有红黑之剖。风火雀耀，七十二套寡门头；南北东西，二十四旂好堂口。老三哥福大量大，赛过董双枪；好么弟仁多义多，胜如巴老九。清出袍服，官长冒充即开消；亦重簪缨，声家不清各自走。只要空子摇把够，明日保你登龙。若问爷们卖买谁，一天惯习整狗。

至于烟馆乱钻，酒家糊闯，初相逢不便开言，必对识始好答讓。顶上乌龙放下，见你娘的神；口中交馞分明，扯他妈些谎。号片七开半，背后打红印黑疤；拐子一连三，手上分尊卑少长。某大爷接上付，特来道喜请安；这哥子狠威风，也曾东杀西抢。龙灯脑壳、虾子脑壳，喋言子搂里搂精；螃蟹眼睛、蛤蟆眼睛，说比方张广李广。夸一些虎口，合内拜哥外拜哥，而共为一家。要各处马头，分红上的黑上的，而别为两党。

故其言语各别，称谓不伦。屁打卦，深情款款；球说书，余味津津。纳卯与跳卯迥异，粉子与染子攸分。拈你个骨头，生吃球活吃卵子；得人称脾胃，歪戴帽斜挂衣巾。华食子失梁，怕闯活鬼；丢头子跑马，要送财神。坛子头捉乌龟，手到擒拿；灶门口划黄鳝，项下平均。阅过海底一通，这些话无不会讲；漫谓碗中几载，须小事何必认真。

交代森森，过场足足。八条罔敢轻，十款不可忽。口岔洪大，红黑棒定打不饶；心地光明，功劳簿有条可录。要值价方才硬肘，抢也能去，杀也能来，是好的不要拉须。白刀子进红刀子出。弟欺兄兄欺弟，剐狗滩开发威严；生同死死同生，放牛厂海誓难没。平时讲道德而说仁义，有个皆然；临时披枷锁而坐监牢，叫他莫不。

迨至刀案迭翻，火签一往。当风紧兮何严，欲扯滑而无向。纵龟头屈而不伸,奈鹰爪擒则不放。吏部天坐于堂上,木棒锤何其堂皇;渔鼓简打在身旁,肉莲花实为响亮。带兜兜好挡水口,圆转甚觉自如;坐房房不要把头,景况不堪言状。上起狗甲甲,芳名锡落地金钱;好是羊丁丁,单臂立擎天铁棒。非保关煞,百家锁,长命练,叮叮哨哨,别有文章。挂字画,闻夜壶,惚惚恍恍。闻父母兮安在,何言视膳问安之仪;盼哥弟兮不来,上了烧香拜把之当。闺中娇妻美妾,开除自己营头;膝下幼女孤儿,占被他人竹杠。墙垣而隔离天日,似牢关绉额颅之猪。镣铐而受尽砯橃。若人呼割鼻子的象,眼望着好日一到,脏眼要丢。身首间刹时双分。块头谁葬,尽许猪拉狗扯。现眼报天理循环,请看枭示鳞迟,到头日袍哥现像。

吁嗟乎!人生有几,事业无垠,宜安本分,各守平民。或勤诗礼,或务耕耘;或经商以糊口,或作工以资身。切不可成群结党,烧会联盟。开口则打三擒五,发言即拼死忘生。一年四季牢,细想有些咪味。三刀六个眼,自问果属何因。三百板还带大枷,徒博皮肉受苦。二十年又是小伙,问谁眼见得亲。今而后染宜除旧,俗好维新。已往者宜思洗手,未来者慎勿效颦。若夫执迷不悟,桀骜不驯,偏工引诱,致久沉沦,则明有王法,暗有鬼神,在生前报应昭彰,丢了娘些大底,到死后乡邻咒骂,羞他妈的先人。

此十余年前戏作也,因读再芸君纪事游戏诗,偶然忆及,故录呈。篇中所用名词,皆川黔会匪中通用语,特在下江地方不无异同耳。

(侠魂《劝会匪赋(以狐群狗党真不像人为韵)》,《余兴》1915年第8期,12—14页)

双十节赋

逢十月之十日兮，悬家家之彩络。值民国之纪念兮，奏队队之军乐。喜良辰而作息兮，羌邀游夫衙同。见舌脱而嬉皮兮，尽军政之官途。开筵席而赏战兮，似玩耍之猴戏。看连天而炮火兮，如半霄之星裯。防东邻之蚕食兮，速整我之军队。彼枪炮之坚固兮，奚敌我之烟斗。设战舰而开来兮，有射击之大土。或军马而临城兮，备雀牌以筑堵。但喷烟而吐气兮，使彼军如迷雾。纵一旦而败北兮，送小妾以媾和。我具有此绝技兮，尚何惧乎战祸。且吸完此膏脂兮，老温柔之安窝。乃开樽而庆贺兮，祝宦海之风无。饰承平而欢乐兮，遑惜侬之悲夫。

（再芸《双十节赋》，《余兴》1915年第8期，14—15页）

劫后英雄赋

六梧子读英雄传终，慨西方之人杰，念古族之遗勋，思烬灰之余黑，痛元勋之不存，思恢复以乏术，更何足以图生。嗣主则昏慵天赋，异族则奇律频仍。匹马横刀，胜老之英威犹在；雕弓绣鞯，英雄之本色不竞。则有埃梵珂者，身披重甲，溃入疆场。较守陵之贱卒，斗勇士之精良，振将亡之绝响，烛方灭之灯光，损脑们之锐气，抑约翰之凶横，英雄无家而有国，壮士亦刃以亦枪。绕场一匝，神威耀发，勒马五数，采色飞扬。刀光瞥兮如电，予头迅兮若霜。尘埃动兮胜负泯，大纛兴兮鼓铿锵。万口春雷齐喝采，陵卒败倒英雄强。胜负方判，乃受上赏。戴披锦之花，盟渊明簪菊，获美人之青睐。手锡壶浆，选花后于华曼苑里，择少姝于廿四桥旁。时则壮士多情、女儿好武，围场首座，画栋锦厢。或对之以微哂，或色赧而他傍；或掩面而却选，或挥帕以扬芳。顾壮士之戈不是指，姣娥失望泪盈眶。方俯仰之一时，忽壮士之蹩停，挑花冠于末座，吻纤指之芳芬，听鼓乐之竞作，闻嘈杂之万声，咸称鲁温娜之被选、撒克逊之荣名。胜朝遗老，张目而嘻；昏王嗣主，停杯称奇。闻监场之兽角，知日月之不留。天既晦而复曙，客方散以复来。作末场之步战，振次日之神威。于是再战再搏，复搏复胜，胜者勒马绕场走，负者堕马若猊猴，一则皎然不可犯，一则锦绣满尘埃。二者之象既两异，乃得不使观者之人欢呼哉？乃正女位，授花盟，掌声起，乐始吹。方英雄之去甲，勿血溢而奔颓。幸犹太之贱女，假骖乘以载归，施麻姑之仙药，挽一息之可留。而埃梵珂者，非他子，即胜朝遗老之残宗。前以仗义为父逐，圣陵守护建奇功。此番复战，复能胜遗老，尚居幔鼓中，不知一别十年，悔痛交加之儿子，已树英名，百世守陵护教之奇功。是时既入犹太宅，废然卧病，仅二日，获丽人之将护，排已往之劳愁，思回家以朝父。勿中途以淹留，遇仇家之劫勒，居黑堡之楼头。而是时，乃父适同遇，亦囚堡中难排愁。幸而天锡猪奴，忠义秉性，救主人之淹忽，赦一己之声名，约同巢之旧侣，效乞师于秦庭，虽乏蔡威之血泪，亦同申胥之忠诚。幸获大师前来，攻战蜗牛，首敌道人，后盾汪霸，易服而遗老出，大将得资而犹太之遗民生。惟是守陵贱卒，肆欲纵淫思妻。犹太之女，不慑教门之分，而女者命薄如花，贞坚若柏，宁毁躯壳，不偶伦属，临危楼以自守，等绿珠之超卓。天假其缘，命如丝续，堡中人拯父子相属。而犹太之女，矫如游龙，施恩壮士，不道寸功。高飞远引，天际流虹，面别壮士，心怀英雄。视乔木兮故里，益泣下以沾襟。顾神龙之一瞬，遽不知其所行。愤怀割爱，悲泣填膺，不欲以一身之累坠，深壮士之痴情。忽他翔以去国，远引而离英，然壮士之勇，盖当世撒族遗厦未能兴。劫后英雄，仅资稗史；胜朝遗老，见录文人。念前时之威德，独怆然以伤神，诏来者之年少，勿为鹬蚌之相争。司各德者笔其事，林先生者译其文。若叔雍者宁比登楼之王粲，雅非才尽之江郎、潘岳之文彩不敢企，李华之吊古何足望，徒窃江淹之有恨，盗开府之金陵，为之歌曰：英人遗种且将继，劫后英雄骨碌出。不作诗文无益行，长枪利刃多武力。惜哉英雄已劫后，长风破浪谁与归。仰望前徽心欲死，且留青史使人愁。

（叔雍《劫后英雄赋》，《余兴》1915年第8期，15—17页）

余兴部赋（仿阿房宫赋）

时报扩，新部立，余谈歇，余兴出。一年三十六旬，永无间日。官制设司而分职，公布堂皇。投稿源源，选择精详。五日一图，十日一幅。少女窈窕，欢迎新作。各构巧思，钩心斗角。纷纷焉，叠叠焉，异说奇文，日不知其几千万束（束）。篇章杂遝，群望登龙。标新领异，无患从同。四方风应，南北西东。初闻登揭，乐意融融；音沉信杳，容色凄凄。一日之内，各人之间，而忧喜不齐。歌谣戏曲，小说词林，书牍广告，隽语谐经，问答谭话，纪事新闻。示告皇皇，布法令也；谈辩断断，订条约也；丝竹清幽，唱开篇也；酸腐充塞，诵八股也；搭搭乍声，路电到也。千类万别，多不知其所止也。一字一语，尽态极妍，缄封遥寄，而望赠焉。有不得载者，愧恨连连。东方之诙谐，春秋之褒贬，淳于之滑稽，或庄或谑，各尽其长，稿汇如山。一旦不自有，输来其间。说部笔记，信笺字帖，报答无遗，稿员视之，欣幸珍惜。嗟乎！一人之心，千万人之心也。稿员爱赠品，部长亦宠嘉。奈何笔之每草率，读之半疵瑕。使投寄之人，多于南亩之农夫；束（束）阁之件，多于机上之工女；舛误累累，多于在庾之粟粒；辞理参差，多于周身之帛缕；陈篇旧作，多于九土之城郭；俚谭裘句，多于市人之言语。使部中之人，不敢言而敢恶，摒弃之心，日益坚固。卖报叫，首急举，购阅一纸，面色如火（愧不登也）。呜呼！长部者，部长也，非稿员也；弃稿员者，稿员也，非部长也。嗟乎！今部长大公，去取固足以伏稿员，稿员能体部长之心，则递一纸而至万纸可常登，谁得而摒弃也。鄙人不暇自惜，而旁人惜之；旁人惜之而不鉴之，亦使旁人而复惜旁人也。

（秋圃《余兴部赋（仿阿房宫赋）》，《余兴》1915年第10期，18—19页）

龟嫖龟赋（以要罚三担灯草灰为韵）

长介有灵，宣淫无窍，乃发奇情，忽连同调。羌缱绻分泥涂，免附攀于萝茑。荇图负卦，群惊元绪之能言；曳尾藏头，计胜沿门之卖笑。从此合欢秘密，安乐窝深。何愁育卵艰难，望穷津要。原夫龟之为物也，性本前知，死能留骨。得水以生，藉火而发。千载之遐龄永锡，太卜呈祥；一言之恶谑谁加，纳污成窟。恨煞斩蛇未尽，外交竟肆神奸；怪他控鹤有监，内乱不闻峻罚。嫖界奇谈，揶揄何堪。谓彼群芳之艳，仅容豪客之探，倘一家而染指，彼万喙兮怀惭。屏息泥中，可怜默默；刮毛背上，辜负氄氄。敢希东海神龙，种能遗九；不及南园狡兔，窟可成三。而乃举步蹒跚，纵情淫滥，玩视科条，自相割咬，顿忘丰草之窥，酿出催花之憾。枉说玉灵夫子，中蓍讥评。难逃裙襕大夫，严刑推勘，狱成香粉。下流搅盈浍之泥污，服解玄衣；新律夺公权之负担，独是诛心。难道原情也，应龟穴曾丛夫五聚，龟灵能萃其十朋。大欲所存，何分族类。同流斯合，谁别淄渑。种出杨梅，遗毒之传延可免；巢栖莲叶，游仙之幻术常矜。何妨北里开通，姻联占蔡。不比南宗持戒，录重传灯。况乎帷薄罕修，墙茨不扫，艾豭未归，聚麀宜讨。纵奸应罪夫游蜂，宪典何严于恶鸮。蠢尔介虫之细，邂逅尘缘；任他作茧之余，逡巡房老。污藏垢纳挢成世界花花，笔伐口诛翻累劳人草草。然而谂恶已极，朋淫可哀。偏调情于侪辈，不缩颈于尘埃。形忘蠢蠢，网若恢恢。倘逢餐菊道人，亦将苟且；任是无肠公子，也要疑猜。安得不褫尔四灵之号，烧除一线之灰。

（梅瘴《龟嫖龟赋（以要罚三担灯草灰为韵）》，《余兴》1916年第13期，29—30页）

学堂赋（仿阿房宫）

五洲辟，四海一，科举废，学堂立。广布二十余省，日兴一日。马路进行而直射，校址当阳。二警威威，站列门旁。五步一楼，十步一舍。书室宏规，讲堂高阔。各有次序，装饰精巧。积积焉，叠叠焉，中西科目，曾不知几千万册。国旗高扬，望若游龙。学生来往，翩似飞鸿。课铃一振，各列西东。同堂听讲，教化融融；明道立说，人才济济。一校之内，一班之中，言语不齐。才郎俊士，公子王孙，携书出校，车候于门，朝来夕返，尽自由人。明光朗朗，三棱镜也；彩云扰扰，五洲图也；沟流涨腻，化学水也；烟斜雾横，焚矿石也；雷霆乍惊，奏军乐也。洋洋盈耳，杳不知其所之也。一科一目，尽力精研。学期将满，而考试焉，不得卒业者，可待来年。试卷之收藏，译本之经营，笔记之精英，几月几年，取录多人，积累如山。一旦不注意，错误其间。象皮粉笔，课纸墨水，弃掷逦迤，教习视之，亦不甚惜。嗟乎！一月之需，千万元之款也。青年学士，人各有其家。奈何取之如锱铢，用之如泥沙。使奢华之物，多于南亩之农夫；装饰之品，多于机上之工女；玩具盈盈，多于在庾之粟粒；洋货堆积，多于周身之帛缕；西式新服，多于九土之城郭；管弦呕哑，多于市上之言语。使同胞之人，不敢言而敢怒，阔少之心，日益骄纵。管理知，革牌举，名誉一败，难归乡土。呜呼！为学生者，求学也，非阔也；好阔者，阔也，非经济也。嗟夫！使青年各惜其财，则足以利民，民复爱青年之士，则递一族可至五族而同亲，谁谓不富强也。阔少不暇自哀，而他人哀之；他人哀之而不鉴之，亦使他人而复哀他人也。

（渔阳乐农子《学堂赋（仿阿房宫）》，《余兴》1916年第14期，15—16页）

国耻纪念赋（以万世勿忘国耻为韵）

欧境兵连，亚洲影患。既干戈于西寻，斯木屐而东犯。诚百年未有之惨剧，乃一旦传来之怪诞。二十四条酷件，遂令我国疾首痛心；五月七日牒书，致使吾民愁眉怒眼。终竟丧失重重，何止断送万万。讵料当局诸公，易为彼所劫持。惟是我国众民，难甘受其吓制。乍聆变事，临头不禁，痛哭流涕。乃有指头噬破，血沥同胞，甚或身命愤捐，躯沉海澨。储金救国，早已风行于先，输款忘家，兹乃雷厉相继。人心不死，奇辱难忍。临时国脉尚存，大耻不忘没世。惟念事过辄移，向为吾民劣根；境迁苟且，系属我种痼疾。官吏虽至阘茸，国民安可宴佚。卧薪尝胆，勿离须臾；吞炭漆身，须求切实。所望诟疾痛除，贻訾切勿。矧乃我国神洲莽莽，民国堂堂，聿建共和之国，新造五族之邦。凡我国民，岂乏同心救国？举吾同族，亟宜协力图强。苟能敌忾同仇，可除积弱。如果良心不死，永矢弗忘。惟是沙散二字，向为外族恒讥；胶结一端，今须吾人警觉。须知此次种种失败，皆因一子行差；要晓嗣后个个奋兴，始免满盘落拓。补救未迟，勿再爱恋身家；维持须早，及速筹谋报国。顾念奴隶而生，孰若英雄而死。处事既要有初，坚持尤贵。到底五分钟之热度，速速涤蠲。念四种之苛条，常常切纪。记将今日茹羞，留证他时雪耻。

（梁炽炎《国耻纪念赋（以万世勿忘国耻为韵）》，《余兴》1916年第16期，28—29页）

国耻纪念赋（以我同胞永勿忘五月九日为韵）

变出非常，事终丛脞。辱甚泥涂，浼深祖裸。蒙前此未有之羞，贻后来无穷之祸。不思称天以张汉，秩然若网在纲；惟图割地以事秦，知否抱薪救火。鬼国引类之要挟，咄咄愈恐逼人；神州忍听其陆沉，期期以为不可。深望共扶危局，长其长，而亲其亲；慎无自蹈散沙，尔为尔，而我为我。当欧洲开始战斗之时，即吾国严守中立之日。何来倭国肆乱亚东，谓英日有同盟之约，谓德奥奏联合之功。苟不攫取铁腕帝远东之权利，乌能振作海上王败北之颓风。虽名正而言顺，实济私以假公。遂黄海之封锁，向青岛以进攻。龙口本交战外区，登岸孰言夫公理。潍县乃停车所在，屯兵借口以御戎。决胜负何止一朝，枪弹飞而丸空鞭镫；总攻击曾经七日，炮声吼而响震硿砻。全力用狮子搏狡兔（兔）之能，固宜如是；妙喻譬活猫擒死鼠之谚，将毋适同。既终战役，宜缔旧交，庶全信义，免致啁嘲。乃我国撤退军区之照会，胡彼族大肆无理之哮咆。托辞于悬案之解决，实意欲诸夏以并包。谓南满顾问需人，我宜建树；谓东蒙荒芜不治，我愿诛茅；谓旅大海湾必须租借，期之改订；谓长吉铁道请将管理，权以轻抛。商业之汉冶萍公司，最好经营合办。全国之军警教要旨，无妨越俎代庖。念四条酷烈异常，直欲归渠保护。再三嘱，秘密严守，不容与众推敲。看者番不义不仁，公例天演，再休言同文同种，物与民胞。噩耗飞来，群情戒警，煞费苦心，得其要领。寻众志以金同，向中央而早请，谓国际之公法当遵，凡意外之要求宜屏，外交固极错纵，军备总宜饬整。或毁家纾难，合梯山航海以输将；或投笔从戎，极弹雨枪林以驰聘（骋）。以奴生勿宁血战死，大义昭昭；必保国乃克享有家，元精耿耿。译汉家归义，一什方欣。榆塞风清，诵汤誓曷丧数言。孰谓花砖日永，忽政府之传宣。谓民气其强倔，虽胸怀固属忠贞，惜事实徒知仿佛貌。躬膺负托之重，何敢自外生成交涉。纵变化多端，久已心中有物。谈判似宜遵密约，最初乃意见疏通。条文若损及主权，到底总坚持不屈。何事鳃鳃过虑，徒惊泡幻于六如。尚其默默为怀，好禀非礼之四勿。睹兹训令，听彼磋商。我大夫有许多经验，予小民又何事恐慌。看折冲于樽俎，远战胜于疆场。胡为开二十六次之会议，历九十余日之流光。只传闻某条件已经承认，更翻有新花样，迥异寻常。城下盟曷若床下盟。左氏传无兹奇局，国中事浑如家中事。公使女尽可侑觞，几番议论辩难，无从探悉底蕴，一纸哀的美顿，徒为失措仓皇。请今听子而行，何必兵戎相见。此后言归于好，依然玉帛相将。曾一思丧失独立国之尊严，何以昭兹来许。犹记否完全有政府负责任，岂真老而善忘，假使全局统筹，后患逆睹。知贪得无餍者，虽仅一狼，而视耽欲逐者，尚环众虎。变风云于西北，英窥藏而俄久注意于蒙；览烟雨于东南，法伺滇而德讵忘情于鲁。倘援利益均沾以请求，将何灵妙政策以御侮。立见四分八裂，断送大好之河山；曷如三令五申，修我清净之疆土。况夫万众一心，欢欣鼓舞，仗忠信涉波涛，以礼义为干橹，趁兹一鼓作气，赫厥声灵。不难三岛荡平，歼其丑虏。即使丧师削地，看比国败矣犹荣。若徒毁冕裂冠，笑朝鲜仁而不武。此海隅华侨，临风陨涕，拒约之敦请至三，而陆军总长通电详言可战之理由有五也。无如约已签名，怒惟冲发。遵陆者固不足与言，投海者徒赍志以殁。昔文皇不耻于渭水，为擒突厥以归唐；昔勾践不耻于会稽，卒沼荆吴而霸越。是宜共筹一匡救之方，以补此丧亡之阙。或储金待用，俾制造器械以精良；或兴学为怀，务作育人材于滂渤。或国货提倡，塞漏卮之滔滔；或实业振兴，来利源之汩汩。务各尽一分子之天职，竭智殚精；愿留此大纪念于人寰，铭心刻骨。民国者，民国人之民国，此责夫岂有他。中华者，中华人之中华，斯言万不可忽，天下事尚可为也。看此时行厉风雷，士君子乌可侮哉；卜地年光争日月，所虑者心每无恒。时难持久，寇深则念切目前，事过则置诸脑后。彼甲午之割地请和，与庚子之赔款认咎，俾不力讲富强，冀涤污垢。乃为时之几何，又无奇而不有。一任蚕食鲸吞，犹是蝇营狗苟。每顾后以瞻前，常痛心而疾首。虎头蛇尾，久贻笑谈；狗肺狼心，甘为利诱。五分钟之热度，刹那瓦解冰消；一寸长之眼光，罔识瓜分豆剖。勉忍须臾之死，志屡决而反三。言念振作之艰，肠一日而回九。用是和泪陈辞，含毫秉笔，非呼号之无端，冀始终其如一。逞意气乌能济事，愿吾侪持以坚贞；惟刻苦乃可成功，望大众归诸笃实。再接再厉，极卧薪尝胆之焦思；三绝三通，纵吞炭漆身于何恤。慎无一暴十寒也，覆辙好鉴夫前车。尔忘五月九日乎，喝棒当铭诸陋室。若精卫之填海，海不塞则志弗稍摧；似愚公之移山，山不平则功未可毕。一息尚存，此志不懈。期永世以无忘，精神一到，何事不成？久服膺而勿失，使吾国雄飞于二十世纪。何必八伯歌风雪，大耻快慰我四亿同胞,请看后羿射日。

(刘侠魂《国耻纪念赋(以我同胞永勿忘五月九日为韵)》,《余兴》1916年第16期,36—38页)

海上端阳风俗赋(不拘韵)

纪令节于天中,写乡风于海上。五毒出穴兮为殃,万商筹金而摒挡。艾人蒲剑,唤买沿街;彩虎钗符,翻来巧样。或采药以储藏,或挑盘而馈饷。马龙车水,耍青来士女之游;蒲酒金卮,浮白尽宾朋之量。

则有迷信之家、冥顽之辈,粽子浆洒遍门隅,钟馗画张诸堂内。户牖则艾叶高悬,儿童则蒲根是佩。雄黄泛酒,能教毒物身潜;粘彩为符,可笑妇人首戴。

若夫豪富巨商,盛筵开张,山珍错杂,电灯辉煌。宾寮满座,歌妓盈堂。珠喉檀板,玉液蒲觞。后庭曲唱,拇战声狂。置国家于不问,图快乐兮未央。痛饮于救国声中,心同灰死;大宴于储金期内,血似冰凉。

最苦贫儿,家无余赀,室人交谪,稚子啼饥,求将伯而无应,对债主而奠辞。穷形毕露,竭态堪悲。泣对牛衣,遑计良辰之庆赏;贫无鼠食,难随景物而迁移。此固无心于梅子熟,候枇杷黄时者也。

他如跷脚大少、滑头青年,平时油口,此日寒蝉。先数天而匿迹,苦一朝之无钱。高卧床头,窃效宰予之昼寝;深居闺阃,哀求妻子之周旋。此则见枇杷而心为之惕,食黄鱼而口不知鲜。

急煞先生、困难堂子,和酒嫖帐,等付长流,房屋租金，苦无相抵。荡口姐脚底跑穿，老鸨母心焦欲死。纵是东寻西访，阔大少影迹无纵。徒然切齿磨牙，杀千刀骂声不止，叹命运之不佳，拟迁移而更始。

可怪学堂，藉口放假，教员归家，学生出驾。熙熙攘攘，群来马路遨游；仆仆皇皇，或借女闾慰藉。嗟嗟冶游，奚有尽期，而辍学岂容假借。

况乎既更阳历，何有端阳。名原不正，说近荒唐。教员负矫俗之责任，学堂有移风之承当。如兹海上开通，尚有靡靡之陋习；行见乡间闭塞，难期渐渐分改良。

（知味《海上端阳风俗赋（不拘韵）》，《余兴》1916年第16期，38—39页）

国民爱国赋（仿梁元帝荡妇秋思赋用原韵）

炎黄之胄万年，燕幕之危堪怜。乾坤俯仰，只见薄海烽烟。中原如是，那知世界三千。虎狼邻兮相逼，蟏（鹬）蚌争兮变色。西则蚕食堪虞，东则鹰瞵莫测。谁复辅车相依，殷勤弼翼。国赖民以澄清，民报国而光明。矧乃国民热血，未免有情。于时摧兰折蕙，蛩吟庭砌。意密以长，声幽且细。重以老将伏波，志士甘罗，作中流之砥柱，撑半壁之山河。句践卧薪之志，渐离击筑之歌。斯人不出，如苍生何？泣雍门而丧乱，咏下泉而忾叹。魏绛策和平，燕丹游汗漫。已矣哉！耻雌伏兮效雄飞，戈挥鲁兮挽斜晖。临风寄语浮搓（槎）客，化作啼鹃带血归。

（醒厂《国民爱国赋（仿梁元帝荡妇秋思赋用原韵）》，《余兴》1916年第16期，39页）

新世界赋（仿曹子建铜爵台赋体）

从余友而嬉游兮，登层楼以娱情。见重宇之巍然兮，观吾华之所营。建屋顶之嵯峨兮，浮花园乎太清。备雅俗之共赏兮，有艺术之杂陈。临浦江之长流兮，望辐辏之梯航。当烈风之萧瑟兮，听汽笛之时鸣。新世界其既成兮，人联袂而偕往。扬国威于世界兮，庆我邦之维新。惟英美之为盛兮，岂难与之颉颃。休矣美矣，名声远扬。振兴我汉家兮，宁彼四方。同天地之规量兮，齐日月之辉光。永富强而无极兮，等兹楼之堂皇。

（双木《新世界赋（仿曹子建铜爵台赋体）》，《余兴》1916年第18期，20页）

狼裘赋

汝宁府教授何先生，大雪行市中，以钱七千易一裘，意其狐而宝之，或曰狼也。狼产北塞者，毛类狐。先生不知狐，并不知狼。先生曰：虽然狐贵，人所裘。狼类狐，裘吾宜。乃援笔而为之赋曰：

物万于世，贵贱靡常，要视斯人之位置，而不系冯生之彼苍。樵斧薪老桂，女蚕仰柔桑。荆棘刺于兰畹，锦绣被乎粪墙。富碎明珠作溺器，渴饮盗泉代酒浆。吕钓璜以饵姬伯，尹负鼎以鬻殷汤。夷吾以小囚夫霸国，无盐以丑女后专房。相如少涴涤器之保，冯唐老沈执戟之郎。雀头之香生，足蔑夫魏帝；鲍鱼之臭死，且乱以秦皇。方今中国，贪狼封狐，争噬人而据城社。埋轮一例，何必托讽于张纲。然而千秋狐幻通天之术，九尾狐卜有道之昌。狼虽不材，亦假名于良，又何必惜买璞而得鼠，诮书獐而误麞。嗟夫嗟夫！麟行地众叱走狗，鸡升天自号飞凤。龙忽失水，便侮于横行之鳄；蝉偶登树，竟忘夫后攫之螳。若先生者，其杖则竹，其鞯则芒，出门而肥无马，拜赐而瘦有羊。坐虎皮，揭日星之大义；骑驴背，讴风雪之短章。但其裘同一粹白兮，亦何狐而何狼。

（《狼裘赋》，《余兴》1916年第20期，22页）

红顶花翎倒运赋

溯自满奴入关，创为奇服。实亘古之未闻，乃前清所独见。豚尾旁添鸟尾，问尔何心；大头上蠢小头，令人捧腹。藉他热血，一丸染出猩红；装作官腔，双眼拖来龟绿。洎乎雷轰武汉，风扫京津，疆臣失地，天子蒙尘。补服休言前后，朝珠莫问假真。珊瑚与铁弹齐飞，藏头露尾；翡翠共钢刀并落，割发替身。迨夫共和告成，改装易服。于是摈弃缨帽，竞尚昵（呢）衣。大人降作小人，诰命嗟夫薄命。看到初生萝蔔，宜乎涕泪交流；折来倒挂松枝，丑矣神魂不定。爰有良工心苦，改造情长。化废材为实用，变贵重为平常。火齐赤珠，马桶盖平添把鼻；鸦翎雀羽，鸡毛帚顿显精光。呜呼！红顶长辞，花翎难再。头童童而发稀，脑光光而状怪。祖宗失其显荣，朋友遇之懈怠。僮仆减夫威风，妻妾变乎常态。皆由花翎红顶之告终，遂使形销而骨坏。

（橙塘杜寿潜《红顶花翎倒运赋》，《余兴》1917年第24期，22页）

闭门羹赋（以闭门推出窗前月为韵）

际会风云，揣摩时势。断送共和，推崇帝制。辟门延俊，温谕殷殷；献策调羹，英才济济。费吹牛拍马之工夫，画烘日托云之妙计。欲巩势于中央，须结欢于海裔。方谓此行得意，定邀勋爵之酬庸。谁知彼路不通，竟见重门之掩闭。

方圈吉氏等之由京奉而出发也，兴致醰邕，意气高轩。或操伊乌爱屋之音，言通数语；或仿燕医神丹之样，须跷两根。诩外交之好手，明国际之本原。探岛门而不远，冀杯羹以温存。非同运动而来，回殊下土；是由选派而得，勿负皇恩。亦既号而既喘，且载欣以载奔。挟兹道贺，一书分明，鸾诏宛若，声价十倍。登近龙门，则见喜笑颜开。中道徘徊，逸情凌上。妄想横来，谓我辈既非乞粟，又不告灾。行增历史之荣光，彼此均成敌体。面对专城之特使，邻邦讵肯坍台。谒宫廷附骥为荣，再拜再进；体国宾解鼋赐宴，三让三推。

情切瞻云，志殷捧日。推戴欢迎之热忱，协约之秘密，定当处我辈以别馆离宫，重堂奥室。鲍鱼风味曾经嚼过，屠门蛋饼充饥，会且甘如饴。密计二周之小住，可参观实业以周旋。如半夜之清间，堪走访花丛以结识。肖斯媚态，本故我之依然。嗤彼官迷，竟不穷之层出。

讵知此则意态猥琐，彼则气势高庞。监视从严，仍矢初志。特允招待，忽调变腔。使舌人而拒绝，等木钟之空撞。南满军中，忽惊落旅魂之泪；平壶江上，未许泛天使之艭。几如乞丐穷途，难索侯门羹饭；亦类新妇上灶，难调堂上羹汤。开怀望绝,闭胃气降。掇屁捧臀,反谓心腾热度;垂头丧气,愁看眉锁寒窗。一团高兴,付诸云烟。抚有中华之神胄,戴斯泰岱之高天。不知廑抚民之法,仔报国之肩,而乃筹安,反以兆危,有何远略。压内而思媚外,喜受人怜。华氏特遣同正室以联欢,情意原堪曲谅;石家以卖假药而致富,云泥顿觉相悬。(华氏石家云云,均见近时报载滑稽短篇小说)碰一鼻灰,何竟甘居人后;贻全球耻,难忘缔约床前。(谓去年五月九日事)

迄今北蒙烽火,懔栗惊迷;南越战云,驰驱飘忽。飞大将之军符,檄守边之士卒。粗粝难饱,小民有离散之忧。燕雀处堂,何处是安乐之窟。守洁高蹈之士,绝世长征;联翩请愿之人,痛心刺骨。欲托荫于西方佛祖,方自顾而不遑。求保产于东海龙王,靳秘方而不发。请回俗士驾,毋许涴辱阶尘。聊为赋体言,容可当谈风月。

朔公曰:去冬某特使受某国之拒却,一时报纸喧传。邦人士咸引以为辱国之尤。兹特戏为追拟闭门羹一赋,亦不忘前耻,而主文谲谏之一流亚也。

(朔公《闭门羹赋(以闭门推出窗前明月为韵)》,《余兴》1917年第24期,16—17页)

筹安赋(仿阿房宫赋)

国会毕,威权一,黎段兀,筹安出。扰乱三千万方里,黯无天日。挥霍多而搜括尽,天子当阳。十三太保,飞入宫墙。或会于楼,或议于阁。众龙狂吠,群雏乱啄。竞利趋势,各崭头角。昏昏焉,愤愤焉,狗苟蝇营,那计后来如何下落。作浪兴波，鱼欲化龙。变生亲族，日贯白虹。惊天警告，来自西东。六君歌舞，春光融融；万民洒泪，风雨凄凄。一国之内，一朝之间，而苦乐不齐。杨梁朱李，严胡顾孙，不思强汉，甘愿帝秦，冒大不韪，计十九人。明星耀殿，缀冕旒也；黄云覆座，展龙袍也；随和献璧，雕玉玺也；公输度墨，造宝座也；天孙下凡，织罗袜也。松坡远遁，杳不知其所之也。伪造民意，尽态极妍，择期登极，而望幸焉。享寿八十有三日者，可怜洪宪元年。亿兆之思潮，伟人之经营，政党之精英，辛亥之年，蛟斗鲸吞，倒海排山，伤心惨目。江汉之间，流血原野，暴骨沙砾，焚烧逦迤，至今思之，犹为痛惜。嗟乎！灿烂之民国，四万万人之民国也。公众之中华，私之于一家。奈何不谋之如磐石之固，反令崩解而如散沙。使代表之团，多于工部局之粪夫；筹备之员，多于四马路之妓女；侦探密布，多于太仓之粟粒；勋章乱坠，多于乞丐之敝缕；兵房宫殿，多于五洲之城郭；赞成请愿，多于万国之言语。使念二行省之人，不敢言而敢怒。筹安诸人，日益骄固。滇黔叫，桂粤举，退还劝进，付之一炬，面如焦土。呜呼！亡满清者，满清也，非汉人也；贼汉人者，汉人也，非外人也。嗟夫！使满清能爱其民，则不至如二世之亡秦，汉人能爱同胞之人，则共和可至万世，而何庸拥立此虚君，谁能而破坏也。满人不能统治，而汉人排之；汉人排之而又效之，亦使汉人复排汉人也。

（遁翁《筹安赋（仿阿房宫赋）》，《余兴》1917年第26期，12—13页。《青鹤》1937年第15期上登载了一篇署名为"乱七八糟斋"的同名赋作，二赋赋文相同，兹录其一，后文不赘）

新华宫赋（仿杜牧阿房宫赋）

国会灭，参政立，筹安集，新华出。前后两月有余，暗无天日。工人日作而夜继，门修正阳。三海溶溶，流近宫墙。遐瞩有楼，紫光有阁。兵警缦回，电台高矗。各尽威势，惊心动魄。蝇蝇焉，狗狗焉，奔走趋逢，辄不知其几千万客。瀛台凌波，曾卧真龙。便道中通，金鳌玉蝀。拱卫森严，分布西东。登殿受贺，其乐融融；哭声载道，民怨凄凄。一年之内，一宫之间，而景象不齐。亲戚故旧，王子皇孙，离乡就道，辇来于京，欢天喜地，为新宫人。明星荧荧，开电灯也；乌云扰扰，密会议也；海流涨溢，伏祸水也；吞烟吐雾，吸大烟也；雷霆乍惊，汽车过也。辘辘远听，杳不知其所之也。一举一动，尽态极奸，环立远视，而望幸焉。有不得见者，三四五年。满清之收藏，历代之珍传，人民之精英，几世几年，取掠其人，倚叠如山，一旦不能有，输来其间。宝座玉玺，金碗珠舄，筹备富丽，国人视之，惟有太息。嗟夫！一人之心，千万人之心也。彼爱纷奢，人亦念其家。奈河（何）取之尽锱铢，用之如泥沙。使荷枪巡警，多于南苑之武夫；后宫之宠，多于胡同之妓女；电灯燐燐，多于中夜之星辰；奴隶参差，多于庙中之僧侣；苛征暴敛，多于百姓之膏脂；劝进讴歌，多于市人之苦诉。使天下之人，不敢言而敢怒。独夫之心，日益骄固。全国叫，邻邦劝，滇兵一起，面色如土。呜呼！立民国者，民国也，非袁也；讨袁者，袁也，非人民也。嗟夫！使人民不受威迫，则不致举袁，袁苟能开诚布公，则递五年可冀连任为总统,谁得而共讨之?袁氏惟先自弃,而后人弃之;后人弃之而不鉴之,亦后人而复弃后人也。

(铁民《新华宫赋(仿杜牧阿房宫赋)》,《余兴》1917年第28期,19—20页)

荷花大少出风头赋(以题为韵)

韶光似箭,岁月如梭。人生行乐,为日无多。值此祝融之当令,几同鲁阳之挥戈。何处解忧,向爱河而翻浪;有怀消渴,涉孽海以兴波。不必吊胆提心,蝉鸣堤柳;也须藏头露尾,鸭戏池荷。

夫薰风长夏,沉李浮瓜。公子调冰,诚文人之韵事;佳人雪藕,亦闺阁之清华。是以玉立亭亭,净无纤污;香生冉冉,气辟闲邪。眼前漾水凌波,一带之芳塘朵朵;指顾深红浅白,大千之世界花花。

尔乃险逾虺蛇,形同狼狈。心机用尽,狐媚施于个中;膀学专工,牛皮吹得海外。不管他蠢骚妍丑,好得手到擒来。须知我嫖赌吃穿,尽在心领神会。戏法人人会变,只要希奇;枪花个个可掉,莫嫌太大。

至于男本拆白,女亦胡调。一见有缘,两心相照。眉痕逗俏,蓝桥之玉杵频投;眼角传情,磻溪之丝纶下钓。征逐于花园旅馆,暮暮朝朝;放浪于舞榭歌场,嘻嘻笑笑。此皆桑间之荡妇,无非濮上之恶少。

然而必遂所谋,是操何术。大都瘪罗纱长衫一件,已可彰身;托力克眼镜双悬,永不离鼻。软胎草帽,临风而舞势翩翩;硬壳皮鞋,着地而声音踔踔。喜攀花而折柳,去又重来；恨戴月而披星，入还复出。

从此既登蓬岛，又步天宫。或有粉黛三千，不妨一网而打尽；倘若金钗十二，亦可一鼓而牢笼。花把戏原出富家，包无破败；露水缘本生巨室，尽许通融。只要施食无边，合众来受甘露；惟愿阳春普遍，大家不发酸风。

但是盛筵必散，胜境难留，雨零云断，花落水流。屈指枇杷绽黄，恐慌之时代虽过；转瞬木樨吐馥，苍凉之景象堪忧。四面楚歌，惊醒痴儿之梦；一声棒喝，能消浪子之愁。昔日海阔天空，到底防有蹩脚；今朝身败名裂，归根误于滑头。又从而歌之曰：大少之比荷花兮，大少真趣；荷花之比大少兮，荷花含怒。大少之一窍不通兮，喜有此遇；荷花之一尘不染兮，羞与为伍。大少之风头毕笃兮，荷花闻之而憎恶；荷花之品格皎洁兮，大少见之而嫉妒。荷花犹在兮，大少将仆。大少将仆兮，我作斯赋。

（悲观《荷花大少出风头赋（以题为韵）》，《余兴》1917年第29期，22—23页）

人天清感楼赋（并序）

余所居一楼已二十年，尝俯视大千世界，高处积烟，低处积尘，其中间则皆积感而已。楼中无他物，惟贮《石头记》一册，虽人天之可感者不尽在此，而感之清者，孰有过于此乎？因以名斯楼而赋之曰：

灵河之岸，大荒之山，幽微灵秀之地，无可奈何之天，凭空结撰，有斯楼焉。盖大之可空乎三界，而小之固未有一椽也。乌有先生、怡红公子，适从何来，遂至于此。芙蓉城之别有一天，桃花源之不知几里。其地既不载舆图，其人亦不详姓氏。盖必得石之顽，得花之美，得月之孤，得霞之绮，得瘦骨于山，得柔肠于水，许春梦婆为解人，呼秋魂鬼为知己。懒寻驻景之丹经，怕读伤心之青史。闲对影而追□，强拉天而说理。心辞鸡犬之村，耳厌鱼龙之市。卢生之枕荒唐，屈原之冠奇诡。乘辛夷之车，蹑棠木之屐，极远游之孤踪，出天外而未止。则见青埂荒崖，红楼故址，人迹罕经。凉风忽起，猿鸟四啼，薜萝半萎，不见美人，但见山鬼。赤霞之宫独往而独来，绛珠之草半生而半死。呜呼噫嘻！此何境耶？天其将老我于是矣。渔歌晓起，非昔日之锦浦银塘乎？燕泥午落，非昔日之画栋雕梁乎？萤火宵流，非昔日之舞榭歌场乎？蛛丝昼锁，非昔日之别馆离房乎？危栏废沼，非昔日之眠翡翠而逐鸳鸯者乎？败井颓垣，非昔日之调鹦鹉而住凤凰者乎？徒见连天衰草，跐地枯杨，悠悠剩蝶，恻恻寒螿。绿冷半腰之水，红残四面之墙。势去则黄金失色，时移则碧玉无香。此西州之所以洗涕于华屋，东海之所以致慨于沧桑。然虽极乎百年人事之变，而不失为千载天道之常。所感者不仅在此也，若乃十二金钗，三千珠履，玉琢仙郎，花围寿姒，梅花寺里之尼，海棠社中之姊，抚司秋艳之神，妙解春情之婢，金貂坐上之喧宾，铜雀台前之妙伎，富贵神仙，风流女士，一梦繁华，如斯而已。且夫浩浩者愁，茫茫者劫，无命者花，有情者石。或以苦命成神，或以浓情证佛；或历劫而归南，或孤魂而葬北；或惊闻狮吼之声，或痛洒鹃啼之血；或白头而闲坐凄然，或黄陂而余生澹绝；或枯坐而持般若之经，或痛哭而裂坤灵之牒；或投钏而埋古井之波，或倚杵而看荒村之雪；或琵琶别抱于春风，或环佩空归于夜月。靡不万艳同坏,千红一窟;玉骨都寒,香名不热。百世之下,彼何人兮,为之吊梦而追欢。犹复寻消而问息,卑询碧壤,高讯苍穹,旁征赤县,遍历黄封。乘舟于出日之国,继马于阆风之宫。思欲追艳影,蹑灵踪,天荒地老,迄无所逢。爰以苦海之过客,聊作情天之寓公。于是一楼独居,万事已足。以净土为基,以灵岩为麓,以无定为池,以不周为谷,以香草为园,以幽花为屋,以虹身为丹,以月魄为绿,以香雾为雕,以文霞为褥,以丝雨为帘,以絮云为褥,命意匠使,经营呼愁,魔听约束。召群美,助转输;集百灵,供版筑。虽鬼斧与神工,无若斯之奇速,且更以灵菊为餐,以女萝为服,以问天为谈,以游仙为宿,以云海为家,以风骚为仆;以醉生梦死为年华,以怨女痴男为眷属,以九秋之风露为馨歆,以三冬之冰雪为栉沐。表其洁无一尘之或侵,逞其顽非八表之可囿。所依依不去者,花月之精魂;所息息相关者,仙灵之歌哭。所留为恨事者,来今往古之相思;所稍慰余怀者,才子佳人之聚族。信如斯言,又何妨招古愁于大千,抱天影而成独也哉。观斯楼之幽奇,而不可斯议也。有时空中弹指,即现神光,□□□□,金碧绚烂,若仙家之五城,而楼十二也,不离不即,乍有乍无,云涛万里,真灵相呼。又若蓬莱海瀛,可望而不可至也。大气磅礴,虚悬无着,一空依傍,靡可寄托。又非若白玉之修于天,与绿珠之坠于地也。上至九天,下至九渊,吾见斯楼独立而无对也;前有千古,后有万年,吾见斯楼孤存而不废也。登斯楼也,惟见人海风花,禅天电火,仙磬飘然,片云俱堕,蒲团四尺,优昙几朵。稀然而吟,兀然而坐,万感中间,一楼一我,乃招倩魂,悉来此游,散以如烟之梦,参以如水之愁，报以如铅之泪，配以如海之秋。怡红公子，爰请授笔而题曰：人天清感之楼。

偶步市廛于旧书肆得钞本数页，持归展玩，得《人天清感楼赋》一篇，不知为谁氏手笔，亟录呈余兴部，以饷阅者。中有数字蠹蚀殆尽，不敢臆断，谨付阙如。

飘然附志。

（飘然《人天清感楼赋（并序）》，《余兴》1917年第29期，23—24页）

三老爷赋（以熏天势力括地神通为韵）

国耻日读本报余兴栏，所载菊隐三老爷文，嬉笑怒骂皆成文章，所谓三老爷，是否即懿大耳目中之三老爷？爰以文内"熏天势力括地神通"八字为韵，作律赋一篇，以酬菊隐，并以祝三老爷云云。

大名鼎鼎，小名纷纷。称词一律，献媚十分。尽人为马屁之拍，其身忘象齿之焚。擎来两字头衔，声声震耳；吮到万家膏血，个个露筋。遇彼凶锋，靡不三战而三北；涤其腥气，除非三沐而三熏。

原夫老爷之称也，官场作俑，习俗相沿，称之者原来示敬，受之者俨若登仙。或为黄榜之题名，偶然徼幸；或纳白镪而授职，便算升迁。莫不叫从屋里，欢倒床前。听他几辈奉承，即此是荣宗耀祖。慰我生平志愿，何须问立地顶天。

乃自运启共和，毒除专制，老爷之声浪久消，老爷之威风莫继。便尔三甲进士，空藏历任之衔牌；纵然三棍先生，难耀当年之门第。又何能黑夜敲求，又何能白食错祭？隔代之朝珠宫补，万劫皆灰；旧时之官幕乡绅，一齐失势。

而独有所谓三老爷者，声势不衰，机谋莫测，闻其名而人尽心惊，遇诸路而人皆目侧。敲竹杠全凭做作，牛惯吹皮；张叉袋不乏党援，虎还添翼。是何气焰之煊红，心肠之墨黑。或者敢罗宝货，得三保太监之秘传；岂其修到几生，有三世如来之法力。

不闻夫三老爷之叫声不歇乎？是皆贡其面谀，防其手辣。以为三老爷者，见利必为，求财若渴，窟依狡兔，公可托而私是营。量胜巴蛇，人欲取之我必夺。论其性，则老饕无厌；论其气，则老横莫遏。老娘之倒绷何虑，绝妙权谋；老伧之鄙吝非凡，亦须搜刮。

由是势力相倾，威名愈炽，反对者徒结冤雠，服从者自甘奴婢。合掇臀捧屁之侪，为舞爪张牙之事。县知事非其职任，硬欲主张；邑公产任尔取携，毫无顾忌。欺人太甚，看大家怨气冲天；到老不休，问何日死心塌地。

甚矣哉三老爷之殉财以身也，上及富户，下至穷民，生杀在我，咒骂由人。术有三头之幻，网无三面之仁。是何异三槚皮，狂吞不已；问孰敢三击掌，义愤同伸。一样排行，孽报将为万段贼；四乡作祟，祸患甚于五通神。

所望良心忽现，晚景克终，欲定论于盖棺末日，须决计于收帆顺风。俾德可裕乎其后，而祸不及于厥躬。首邱得正，他年三夫人仍然荣耀；手泽常留，儿辈三少爷依旧兴隆。若其怙恶不改，予智自雄，恐难免蜀道之郎，当铃余三叹。愿共斥孔门之聚敛，鼓振三通。

（戆大《三老爷赋（以熏天势力括地神通为韵）》，《余兴》1917年第29期，24—25页）

张园慈善游览会赋

涉斜桥而西望兮，讶灯火之争辉。何冷落之张园兮，今车马之如飞。客告余曰：此慈善游览会也。当夫开幕数日，雨师洒道以迎宾，风伯扬尘而拒客，其景象可谓岑寂矣。今者天朗气清，星稀月白，子果有意于游，以永今夕乎？余应之曰：诺。于是携手偕行，联袂而进。入其门，见夫裙屐杂遝，管弦悠扬，人夸堕马之髻，世斗愁眉之妆。树转华灯而如画，风吹罗襦以生香。嗟酣歌恒舞之不可久兮，何举国人皆若狂也。登飞塔以四望兮，厥高疑乎井干。攀危栏而愕眙兮，摘星辰其何难。乘云梯而下降兮，喜片刻之能安。图名八阵而盘旋兮，师武侯之遗制。人似蚁以穿珠兮，嗔宛转之巧计。若夫离宫别馆，列肆分廛，或飞觞于瑶席，或坐花于琼筵，所谓入五都之市，而烟云相连也。尔乃铙鼓嘲轰，高管噭噪，韩娥曼声，何戡（是晚有孙菊仙）雅操。既激楚而结风，复长歌而短啸。流连丝竹，谢太傅之深情；顾盼清歌，周公瑾之宿好。至于鱼龙曼延之属、山车巨象之奇，观者莫不惊心而动魄、舞色而飞眉。犁靬之幻人不足以比其技，端门之杂戏未足以窥其篱。洵足以集耳目之大观，而令人神骇精移也。迨夫舞袖郎当，歌喉歇绝，余与客既乘兴而来，亦兴尽而别。蛙鸣乍大而乍细，萤火忽明而忽灭。绿杨阴里，车水马龙之盛，犹恍忽如隔日也。

（宣阁《张园慈善游览会赋》，《余兴》1917 年第 29 期，25—26 页）

新华宫赋（仿尤西堂玉钩斜赋体）

金台宫阙玉玲珑，窃据居然一世雄。草黯离魂鹦鹉绿，花残血泪杜鹃红。都人告余曰：此所谓新华宫也。悲哉！忆昔明祀墟，清室炽，攘皇宫，据禁地，寝殿娱，御床睡，格格朝，娘娘媚，红羊靴（靴），紫貂帔，碧霞犀，翠云被，珍珠表，金钢坠，雍和宫，神仙戏，进春方，蓄秘器，欢喜缘，菩提醉，月面娇，天颜粹，夜夜欢，朝朝侍。尔其五色旗，一纸诏，先后薨，后人笑，出胡同，入海峤，后玺镌，御酒醀，紫禁深，红颜俏，水晶宫，金顶轿，阉儿裁，女官召，宫妃封，宫妆妙，承新恩，歌新调。其继十三姨而得宠者，且遍三十六宫也。而今则均堪凭吊矣。惟见沉沉宫漏，寂寂宫墙。凄凄白日，黯黯斜阳。累累苫块，攘攘阶堂。哀哀孤子，惨惨姨娘。玉容黯淡，金屋荒凉。狐随树倒，羊逐歧亡。魂飞魄散，地老天荒，千秋万岁，不见吾皇。宝棺兮大殓，玉椀兮深藏。瞑目兮灯漆，饰身兮袍黄。挽歌兮酸风悲楚，铃淋兮苦雨凄怆。平天冠兮未能加冕，绣金袜兮莫睹垂裳。攀龙髯兮情怅怅，望鹤驭兮泣喤喤。池泛金鱼兮民膏商血，台空铜雀兮卖履分香。回首不堪兮羞贻燕蓟，痴心未死兮梦绕衡漳。悲夫！都门祖席徒陈桂酒椒浆，况丰碑兮华表，任他遗臭与流芳。于是驱车庋止，聊酬一觞焉。且援笔而致奠章，曰：幸而未上断头台，菜市场侥幸先亡，使死而有知，应悔其称帝称王。

（楚北古贰拙叟《新华宫赋（仿尤西堂玉钩斜赋体）》，《余兴》1917 年第 29 期，26—27 页）

印花税赋（仿阿房宫赋）

储蓄毕，验契卒，财用竭，印花出。推行二十余省，暗无天日。官吏东搜而西括，直解中央。罚款累累，半入私囊。下受其害，上享其福。外款不还，债台高筑。各谋聚敛，钩心斗角。梦梦焉，扰扰焉，民脂民膏，岁不知括几千万觥。贸易货物，税额加重。证书契券，非贴不容。名目繁多，轻重不同。警察检查，济私假公；漏税被罚，懊恼惨凄。一日之内，一地之间，而破获不齐。通都大邑，市镇乡村，地虽各异，纳税则均，竭泽而渔，殃及细民。喜气融融，开支店也；售纸片片，销印花也；解囊取款，付价值也；浆涂纸背，黏税票也；行道被阻，受检查也。苟未盖章，罚不知其若干也。一器一物，留心注意，炯炯细视而谋罚焉。有不遵章者，体面难全。农夫之收藏，商贾之经营，工人之精英，劳心劳力，得此金银，何等艰难。一旦不能有，输来其间。票纸钞叶，金铜银锡，浪费挥霍，政府视之，亦不甚惜。嗟乎！一人之心，千万人之心也。上爱金钱，下亦念其家。奈何取之尽锱铢，用之如泥沙，使售票之人，多于南亩之农夫；检查之员，多于机上之工女；收数累累，多于在庾之粟粒；簿记行行，多于周身之帛缕；分店林立，多于九土之城郭；怨声四起，多于市人之言语。使天下之人，不敢抗而敢怒。政府之心，日益骄固。滇黔叫，义旗举，帝制一去，可怜财奴。呜呼！侮人民者，人民也，非袁也；仇袁者，袁也，非天下也。嗟夫！使人民能合其群，则足以除佞，袁能爱民国之人，则岂五年可至万年而流芳，谁得而推倒也？袁氏不暇自哀，而后人哀之；后人哀之而不戒之，亦使后人而复哀后人也。

（赵仲熊《印花税赋（仿阿房宫赋）》，《余兴》1917年第30期，15—16页）

瓮中捉鳖赋（以顾鳌在天津逮捕为韵）

有物焉，产自岷江，梦登云路，惯兴浪以掀风，善吞云以吐雾。与蔡大夫为伴侣，以泳以游；有虾先生兮追随，亦趋亦步。是谁作俑，当除蝎子之杨；为汝图形，须倩虎头之顾。

厥名曰鳖，绰号最高。羁栖泽国，蛰伏江皋。领风味于牡丹，最宜四月；垂丝纶于水绿（缘），约计三篙。餍彼老饕，炰到珠崖之鳖；显他神技，钓来海上之鳌。

当其插足仕途，投身宦海，假造鱼书，贪分獭贿。夸三足之能，穿两重之铠。金丸丞相，一时且署头衔；裙襕大夫，遍体亦彰光彩。尚未备尝鼎镬，快乐无涯；尽他幻作楼台，游行自在。

迨夫风生桂粤，云起巴滇，飞龙逝世，跨鹤登仙，而是鳖也，亦既魂游釜底，食供筵前。然犹驰逐奔波，觅水居之巢穴；锱铢分润，没乡国之金钱。何期明诏森严，请君入瓮，从此幽囚禁锢，坐井观天。

盖其离居帝国，窜入江滨，久作出尘之想，敢羁恋栈之身。生长两重裙，藏头有术；走尽六尺地，援手无人。忽现原形，指宝光于鳖腹；偶稽坤雅，占浮沫于鳖津。此鳖之所由被捉也。何不早作浪游，急流勇退。岂真抱瓮偷闲，自谓居中无碍。倘觅瓮头之醉，无惭吏部高风；苟贪瓮下之眠，尚属狂奴故态。何为自入阱中，甘投网内。想是人谋之拙，无路可逃；宜乎天降之灾，夫身必逮。

或谓是鳖也，媚骨天生，灵魂独具。不妨五体之投，拼送千金之赂。忽作飞鸿，竟为脱兔。汝南太守，俨服饰以章身，甲坼老翁，仍盘跚而雅步。江水寻鳖鱼之味，空事馋涎；药笼熬鳖甲之膏，终须采捕。

（章鉴《瓮中捉鳖赋（以顾鳌在天津逮捕为韵）》，《余兴》1917年第30期，20—21页）

附录二

《虞社》登载赋作

碧浪湖赋

翳吴兴之名郡，洵水窟之仙乡。有绿湖兮浩渺，翻碧浪兮汪洋。主人于是买短棹，坐轻航，载酒缸，佩诗囊。出夹山之漾，过十里之塘，则见四围山色，千顷湖光。晴波渺渺，暮霭苍苍。望复望兮人远隔，去复去兮舟轻扬。若有人兮夷犹，指中央而宛在。半面交疏，一声欸乃。扣舷而歌，停舟以待。顺风而称，曰：美哉！观乎岸接蒲菰，汀浮兰茝。塔影横空，山容不改。隔东林兮一方，胜西余而百倍。迥非苏氏之湾，岂是江子之汇。令人睹清远之水山，而不羡苍茫之瀛海者矣。主人闻之，辗然而笑曰：此碧浪湖也。乃程邑之胜境，为吴郡之名区。号有岘山之异，名征碧落之殊。源则来于天目，景不异乎仙都。水面则山曾浮玉，波心而月亦点珠。接双溪于郡郭，汇四水于城隅。隔岸有群山环列，分流而曲港萦纡。往来兮青帘白舫，回绕兮紫茨红蒲。流别支于七邑兮，表名胜于三吴。当夫二月芳辰，三春胜景，晕淡冶之岚光，映扶疏之林影。风飘兮波面青蘋，雨洒兮山前红杏。游丝随岸以同斜，闲岛与波而俱静。迷雁齿之平桥，沐螺鬟于弁岭。桃花之涨千层，柳岸之烟万顷。又若凉秋初霁，薄暮新晴。螺山明净，渔笛凄清。红蓼则刚疏水国，白蘋则遥接菰城，橹摇雁警，桨打渔惊，绿水共青天一色，山光与塔影交明。红映兮枫林霜染，翠浮兮荻渚烟横。秋蛩两岸，夜月三更，莫不添王蒙之画意，动杜牧之诗情。若夫夏则莲叶翻红，冬则芦花飞白。雾掩空山，雪凝荒碛。叹佳景兮不同，恨良时之共隔。今吾与子泛莲棹与兰舟，值花朝与月夕。常开北海之樽，拼着东山之屐，诗酒为徒，烟霞成癖，莲花庄上停桡，苕霅溪头泛宅，则是湖也。足以助游兴之悠悠，动予情之脉脉矣。客于是欣然得意，默尔凝眸，移船相见，鼓棹忘忧。谢主人曰：吾今者余情已了，夙愿既酬。好景则湖山掩映，雅谈则风月勾留。盇敲诗钵，聊当酒筹。歌曰：暮山横峙在船头，白塔红亭一望收。无限风光凭管领，清游仿佛是杭州。主人曰：善！依歌而和之曰：愿乘长风万里游，道场山外发扁舟。扬帆直上蓬瀛去，占得人间第一流。

（陈杰《碧浪湖赋》，《虞社》1930年第168号，8—10页）

伤逝赋（有序）

余行年四十，始丁外艰，再阅十年，生慈弃养。胞弟三人，季者少殇，仲叔二弟，向从余学，均幸成立，先后萎折。嫡室植氏，于归数载，旋赋悼亡。侍姬吴氏，续娶黄氏，仅及期年，相继殂谢。再续梁氏，亦仅越十年而弃余去矣。前数载长女适李氏既殁，昨岁秋间复遭妹子之丧。其余姻好戚属，亡多存寡。至于少年同学，昵交密友，访旧为鬼，索然略尽。综计二十余年，奄忽多故，丁卯岁流寓香江，旅居郁郁，因感士衡之叹，更益子期之思，悲来无端，感而赋之。

昔仲尼至川上而叹曰：逝者如斯夫。盖伤其一往而不返也。吁嗟哉！缅天运之流行，觉人生之期短。水滔滔而莫回，日苒苒其倏晚。人何世而不更，世何人而能免。补兰陔兮涕零，歌薤露兮魂断。述往迹而增悲，属哀词其曷挽。犹忆高堂二亲，迭遭大故。举家仓黄，被服缟素。痛音容其顿乖，时躄踊而失措。血已尽于鹃啼，恩莫酬乎乌哺。屡废蓼莪之吟，空寄栖梧之慕。长怵惕以凄怆，感秋霜与春露。若乃恩则昆弟，谊则友生。姜裯共覆，马帐相迎。昔随行兮列坐，今折翼兮悲鸣。忆分痛于焦艾，旋委荣于紫荆。览翰墨之陈迹，触壎篪之感情。常抚膺兮恻恻，嗟吊影兮茕茕。至如举案称贤，分钗遽促，方回篷室之春，又动兰闺之哭。于时凰曲重调，鸾胶三续。叶渐成阴，花先散馥。亦复雨滴残红，霜凋众绿。履空室而遗簪，委幽阡而葬玉。又若根萦葛藟，谊托葭莩。或岁时兮存问，或宴叙兮欢娱。忽喧传夫噩耗，徒怆恻而惊呼。入空帏兮阒寂，步荒陇兮踟蹰。被陈荄于堂庑，滋蔓草于坟隅。情一往而若失，亲已尽而无余。更有总角之交，盟心之友，脱略形骸，流连文酒。惊委蜕于人间，悯萧条于身后。驰白马以遥临，备灵鸡而信守。恨良觌之难逢，叹离群之既久。恍若有亡，孑然寡偶。谁与论心，那堪回首。椿萱兮既陨，兰玉兮已摧。芳华兮代谢，茑萝兮并裁。知己惨将尽，可人期不来。遥视墟陇外，白草飞黄埃。使人意索神餒，形槁心灰。身世眇其如寄，日月逝而不回。虽自古而有死，终览景而增哀。已焉哉！天之运也如兹，人之生也有涯。既处于无何之境，庸知为必至之期。譬始梦而终觉，实同涂而异时。惟达人之大观，直与化为推移。任鼠肝与虫臂，曾何适而非宜。不委心于去留，究奚解夫无穷之悲。

（谢炳奎《伤逝赋（有序）》，《虞社》1930年第170号，1—3页）

运知轩赋

惟浮槎之多旷，幸鹪鹩之有栖。构辋川之墅，编元亮之篱。动云根而地湿，倚林麓而墙低。室比刘而犹陋，堂似杜而不敧。收烟峦之丽景，张挚友之新诗。将闭门以自逸，觉卷帘而可窥。尔其窗对小园，泉开方镜，竹底岚浮，花梢霞映。炊烟入而云瀹，夜雨过而草润。兰矮香轻，松枝影定。澹孤怀以碧泉，纵幽足于斜径。时或消遣世虑，徐出心声。沧桑久置，宠辱不惊。蕴孝先之便腹，继贾逵之舌耕。大梦已醒庄叟蝶，青灯熟读黄庭经。但悟禅机三昧旨，不知地上千年情。于是招樵友兮时来，对石枰以明志。嗤烂柯之何人，乐容膝之得地。笑万钟之如屣，宝一卷而足意。快优游于邱樊，寄啸傲于身世。

（杨开森《运知轩赋》，《虞社》1931年第171号，10页）

梅花赋

客有游于孤山者，见夫秀色煊妍，茂林霢霂。万树初开，一峰遥指。三枝两枝，十里五里。癯骨迷乎暮烟，疏影映乎溪水。乃顾谓主人曰：此所以表诗人之意趣，树词坛之壁垒也，子其赋之。主人曰：唯唯。尔乃花开十月，山号九英。冰肌雪骨，玉蕊金茎。庾岭之枝齐发，罗浮之梦频惊。不信高峰传信早，高峰一色天然清。若乃根生水次，色满郊原，蝶影满径，浓阴一园，半欹池畔，斜亘篱根。影横斜兮水清浅，香浮动兮月黄昏。只缘贪看前溪树，足踏平桥有雪痕。当夫雨正新晴，天刚破晓。傲骨撑揸，香枝环绕。此日花开，昨宵梦绕。日出而霜已暵干，蕊放而色偏窈窕。晓来爽气，最清明一色，犹如秋月皎。至于宿霭沉沉，暮烟漠漠，雾重易遮，风飘转泊，荡漾云魂，勾留月魄，同为不睡守寒宵，高烛频烧照仙格。别有扬州仙吏，癖好奇姿，频催诗兴，偏动酒思。挹香风于满袖，濯红雨于高枝。只今惟有两三树，尚似何公吟咏时。至若驿使刚来，交情最永，折得香枝，移来花影，谊欲效乎投桃，情不同于贡杏。愿将寄与陇头人，即此可见江南景。盖以梅为嘉植，花成芳丛，色或类于菊白，影或比于桃红。为高人之歆羡，非凡卉之所同。皆由大造多神化，点缀芳花色最工。乃歌曰：一树栽来隐士家，晚来色映夕阳斜。耐寒可比神仙质，自是江南第一花。客从而和之曰：嘉植初开宋璟家，质同松柏影欹斜。寒天风信浑无着，漏泄春光是此花。

（金心斋《梅花赋》，《虞社》1931年第174号，7—8页）

远镜赋

有洋商者，持镜而来，顾盼自喜，重轮合规，两曜同轨，能缩能伸，亦张亦弛，由迩观遐，由表澈里，洵操纵以自如，觉晶莹以无比。偕日月兮合明，管山河兮尺咫。豁双眸而四顾，齐一瞬于千里。语余曰：此光学所为发明，而西人资以远视者也。尔其为制也，创始荷兰，传播外洋，意国继而仿效，奈端施以改良。或由平面而得反射，或因圆筒以成折光。其接目者为凹透镜，则摄物形而使近；其对物者为凸透镜，则扩物体而使张。设机轴为进退均衡，度其短长，衔以双丸之影，范以百炼之钢，镂以龙盘之匣，盛以兕革之囊。盖工艺之事日进，而制作之法綦详。其大者足以测天枢，玩星象，备仪器，资景仰，运灵机而毕张，倚平台而直上。极高下兮相悬，析毫芒兮弗爽。合七政以同齐，亦一理之所仿。随波影而涵空，睇云容而开朗。举凡三百六十度、七百八十星，直不啻旋螺之纹，历历如指诸掌。其次者足以览坤舆，相地利，穷险夷，度形势，转法轮而共窥，周寰宇而无翳。拓瀛海之伟观，挹岱岳之奇致。环象外以纷纶，集眼前而荟萃。虽有殊方绝域、名山大川，凡足迹之所未经，已为目力之所必至。其小者亦足以流连景物，凭眺烟霞，澄观自得，远道何赊。望云中之帝阙，窥郭外之人家。辨奇字于岩壁，认归帆于水涯。疑蓄影之常在，觉前途其不遐。恍举头而得月，羌入眼而无花。纵不免为形体所隔，亦不致有毫厘之差。若乃阵前御敌，阃外行师，权衡进止，量度机宜，施枪炮而取准，藉运筹而出奇。防间谍之弗及，恐伏戎而未知。悬此镜以四照，已浏览而不遗。然后分合攻剿，从容指麾，视辙乱与旗靡，遽纷起其相追。则此镜也，并足为侦骑之助，而决胜之资。又若轮舟电驶，铁舰云簇，重洋渺弥，万里征逐。或埼岸之前阻，或水雷之隐伏；或误以阴礁暗沙，或浮以乱草腐木。苟轻敌而长驱，虑失机而致触，储此镜于舵楼，乃了然其在目。信西域兮能通，异南征兮不复。岂同罔象之求，应胜然犀之烛。若此者其制至巧，其用至宏，其机至捷，其器至精。虽围方寸之细，俨握重离之明，势相睽而莫致，光有触而毕呈。举人间机诈之谋，莫能逃其鉴；萃宇内蕃变之物，无所遁其形。彼缩地之方，几欲与之斗捷，而窥天之管，未足与之争衡也。此其妙又何能名乎？余曰：镜则远矣，若犹未也。试与横览夫六合之外，则见有所封矣；试与洞瞩夫百世之下，则数有所穷矣。吾闻至人之镜，蕴诸灵府，裁以化工。泰然寂处，皎若澄空。斡运无迹，清明在躬。首万物兮作睹，鉴千秋兮污隆。神奕奕以流照，理昭昭而发蒙。统宇宙以囊括，综古今为折衷。信无远其弗届，何所见之未融。盖自有天地以来，万类之形形色色，几无不浑涵于一镜之中也。然则子之镜寓于目，彼之镜悬于胸；子之镜以迹囿，彼之镜以神通。原不可以例视，更何得而强同。客闻余言，讫莫能对，对镜已明，逡巡遽退。

（谢炳奎《远镜赋》，《虞社》1931年第178号，4—7页）

秋兴赋

霜信频催露已晞，天涯荡子羁不归。四壁蛩螀惊急雨，千家刀尺催寒衣。寒衣缝寄辽阳戍，梦魂隔断关山路。玉露凋伤沼上荷，金风撼落庭前树。哀蝉噪声，旅雁孤征。怅百感之交集，憾二毛之忽生。讶商声之激烈，慨杀气之纵横。江山如此，干戈不已。鼙鼓动京华，旌旗渡汉水。逐鹿竞称雄，逝骓聊复尔。击柱争功，倒戈寡耻。草短沙黄白骨枯，树深夜黑青燐驶。龙沙辽绝甲帐寒，雁塞凄凉铁衣单。屈指居诸，惊心云物。万籁销沉，孤怀抑郁。人寿几何，光阴倏忽。蓦惊镜里头颅，笑问天边明月。

（沈世德《秋兴赋》，《虞社》1932年第182、183号合刊，13—14页）

雁字赋

当夫青天月冷,秋气萧条,紫寒烟横,塞威肃杀。厥有雁兮穿云,为何人兮投札。原非张家之鸽,足系书而飞连群;恍若郑氏之牛,角抵墙而字成八。时则木叶凋零,金风勃发,几行高骞,写恨何穷。万里飞来,缄情欲揭。妙哉兼八体之奇,飘乎若九仙之骨。禽经古雅,不妨展卷于遥天;羽檄纵横,恰好分光于明月。尔乃毫含泽畔,翰染雨余,果然笔虎,休谓墨猪。趁霞光之绮丽,随云气为卷舒。一画分明,雅有冲霄之志;几番点缀,谁来载酒之车。独惜结绳之朝,未摹其体;好为思乡之客,特寄以书。其或声惊远浦,阵列苍穹,游神象外,掷笔空中,不类涂鸦之拙,更胜扫兔之工。望来不密不疏,关山生色;画出半真半草,天地皆空。又或暮天日落,新起汀洲,凉露宵深,飞过野涧,看奇字之欹斜,动幽人之顾盼。倘欲寄情怀于尺素,书不须鱼;是以留姓字于高峰,塔犹名雁。至若来往陇间,徘徊野次。值良夜而呼群,遇顺风而得意。声断衡阳浦,方怯微寒;翅垂临川池,不妨小试。证豕鱼之谬,不徒鸡可谈经;摹蝌蚪之奇,差比鹤能识字。然则化工不测,奇迹堪夸。三点四点,天涯水涯。恍垂金而屈玉,如印泥而画沙。虽非垂露之形,兼二妙而楷能为则;早擅凌云之技,入九霄而影不嫌斜。

(金心斋《雁字赋》,《虞社》1932年第188号,4—6页)

半淞园赋

地绝红尘,天开翠巘。百亩经营,万人游衍。信妙造之自然,辟名区而尽善。好花掩映,兼收异域奇葩;怪石玲珑,悉属太湖上选。好梦怕白鸥惊破,有人南浦荡舟;新巢喜紫燕来营,容尔东风试翦。原夫沪上之有半淞园也,曲径通桥,围廊绕庑。有沈休文之后人,合姚元之为贤主。疑是半村半郭,试登江上草堂;尽教半读半耕,并辟池边花圃。十千价酒沽绿醑,胜游那厌频来。数百家诗护碧纱,遍读恨难记取。每当春风披拂,晓露涵濡,林花艳吐,涧草平铺。梅岂移乎邓尉,桃何让乎玄都。翩跹红杏村中,佳人扑蝶;驰骋绿杨堤上,游子骑驴。倘逢修禊良辰,古兰亭平分晋代;漫诩采香名径,姑苏台独擅勾吴。至若朱明节届,绿树阴浓,日长似岁,云幻成峰。苔藓绣成碧毯,菖蒲抽长紫茸。榴火燃红,艳插娇娃鬓发;竹风筛翠,凉披骚客心胸。放船而戏采莲花,湾宜消夏;把盏而闲倾竹叶,楼上剪淞。洎乎旅雁云飞,牵牛星灿,秋色斓斑,晚凉萧散。到门而宝马齐停,噪树而寒蝉欲断。碧水共长天一色,帆接浦天;丹崖盘磴道几重,亭凌霄汉。看老圃黄花绽,菊浥白露于篱边;喜满山红叶翻,枫夺朱霞于天半。迨至玄冥司令,朔吹难降,日行北陆,曝负南窗。翠柏和苍松不老,水仙与天烛成双。写倪迂寒瘦之容,疏林入画;和坡老尖叉之韵,冻笔独扛。赛跑岂学士靴鞋,于冰上如行平地。冒冷无渔翁簑笠,在雪中独钓寒江。夫是以三径别开,四时具美。裙屐联翩,亭台徙倚。爱俪园未足颃颉,兆丰园更难比拟。翻笑石家金谷铺张，徒诩豪华；即论崔氏蓝田点缀，亦无绝技。而究不如兹园也。池馆涵虚，林峦结绮。洗沪北嚣尘万斛，招来明月清风；拓城南胜地一区，难得模山范水。

（徐慎侯《半淞园赋》，《虞社》1932年第189号，9—10页）

水绘园赋

蓉屿秋霁，柳桥夕曛。乃招花隐，挈麹君，选壶领之树，撷石溪之芹。则见竹影摇碧，苔花洹纹。羊肠径仄，燕尾溪分。黄叶如雨，红墙锁云。茶灶烟冷，墨池草薰。亭偎石而削翠，槛俯波而凝雰。荷敧沼而红瘦，萝补屋而碧纷。老鹤无语，寒鸦噪群。波明染黛，花落成文。客告予曰：此巢民先生之水绘园也。溯夫魏宦朋邪，朱明势殆。阮马招权，牂羊告馁，党名士于东林，待清时于北海。乃营菟裘，咏兰茝，度流泉，莳冻蕾。宛虹坻于楯轩，叠鱼鳞以磈碨。碧霞之钟西鸣，玉带之流东汇。潘岳面城逊其幽，晏婴近市更其垲。作酒地兮诗天，极云窣之霞采，忆昔鹤屿烟沍。鱼基月笼，堂敞寒碧。桥跨浸红，三吾阁小，壹默斋空，临池洗钵，倚槛投筒。坡涩浪而岩俯，亭枕烟而波通。悬溜山房峙其北，妙隐香林据其东。池比昭明九曲，地非庾信三弓。碧落之庐挂月，烟玉之亭凌风。则有蠡水词客，泖湖书邮，阳羡公子，桐城吟俦，华亭之董，归德之侯。姚倪攀嵇而投辖，陈王访戴而泛舟。召朱子于西蜀，接黎生于东瓯。春风修禊，秋月登楼。朝醉醍醐，夜歌凉州。游斯园也，莫不目空晋宋，气凌沧洲。刻烛赌韵，飞觞藏钩。尽东南之宾主，萃湖海之名流。况复楚宫腰细，金谷情深。蝶板轻拍，莺喉低吟。云奴捧砚,玉山携琴。小宛临藁,玺征拈针。晓珠慧质,女萝锦心。摹梅花而贴瓣,写松枝而成阴。演秣陵之妙舞,聆夜游之新音。红腔紫韵,戛玉敲金。朝朝暮暮,靡靡惜惜。杂银筝兮玉管,羌轶古而超今。胡为陵谷易迁,沧桑殊状,尘掩金门,烟蘸玉帐。还朴斋空,匿峰庐旷。影梅庵晴雪迷离,湘中阁秋风荡漾。燕子残歌,梅花绝唱。费尽黄金,空余碧嶂。火树寂而烟消,画桥圮而波涨。处处鸦啼,家家鸭放。空怀杜牧风流,怕说衡阳高尚。嗟嗟!九州错铸,半局棋翻。园张灯而云惨,朴营巢而尘昏,门置郑庄之驿,堂开孔座之樽。兰亭之侣比洁,桃渡之歌消魂。风义千古,烟霞半村。亦足以资吟啸,涤嚣烦,幸风雅之未歇,矧松菊之犹存。

(许树枌《水绘园赋》,《虞社》1933年第193号,2—4页)

雪 赋

原夫雪之为物也,风旋则舞,雨凝斯成。受气温之低压,隐祥瑞而下呈。散空若粉,下地无声。料峭添寒,疑入无炎之海;光明照地,大开不夜之城。当其朔风猎猎,冻云漫漫。围炉失暖,挟纩犹寒。冻雀归巢而影息,饥猨啼壑而声酸。检点花笺,诗客之吟肩已耸;安排玉戏,天公之游兴方欢。尔乃随风片片,夹雨纤纤,似霁不霁,若绵非绵,铺砌侧与墙角,混山崖与水边。密渗歌楼,吹醒酒力,乱飘僧舍,湿透茶烟。踏来灞水桥边,跨驴欲堕;拥入蓝关道上,走马难前。既而烟凝风定,日吐云浮,青山欲老,白水不流。千花万花之树,一只两只之船。朱公对之而欲泣,白傅从此而多愁。奇冷四围,可少红炉绿蚁;登高一望,无非玉宇琼楼。则有邻家幼妇、阆苑名姝,或飞笺而斗韵,或绘影而成图。快境当前,雅宜白战。及时行乐,奚碍清癯。更有赋歌宋玉,作赞羊乎,抒登临之快,极吟咏之娱。扫径开筵暖寒会,何其壮也;携姬啜茗销金帐,不亦豪乎。其或贫士嘘寒,征夫怨,独有飞霰之侵肤,无余粮之果腹。角哀冻死而谁怜,袁安枯卧而欲哭。风刀着体,晨征暮宿之人;冰筋垂檐,东倒西歪之屋。已焉哉!雪何地而不飞,岁何年而不暮?贫富殊途,炎凉异趣。富者见之而颜开,贫者对之而心怖。谁欤怜彼不平?铲兹歧遇。安得葛三有术,恒散药以疗寒;可恨滕六无情,为拈毫而作赋。

(郭莘同《雪赋》,《虞社》1933年第194号,4—5页)

菊影赋

风渐峭,日就昏。绿芜歇,黄华繁。五柳先生徘徊故园,悄然相对,澹极无言。于时碎叶分畦,蓊英匝地。屈指重阳,陶情一醉。向朱槛以斜欹,睇白衣而遥至。喜篱菊之酣开,结悠悠兮芳思。尔其半圃秋老,空庭晚香,秀色环径,凉痕著霜,短篱寥落,残照昏黄。相视莫逆,不言自芳。先生曰:嘻!此菊影也。尚其分爱菊之癖,成赠影之章。观乎或俯或仰,若即若离。落日留照,回风觉欹。参横月印,偃蹇霜枝。秋容自瘦,傲骨同支。怅芳华之销歇,共蓬荜以栖迟。既同心而偕隐,羌顾影而怜伊。若夫陇亩托踪,衡门屏迹。宛如丈人,在耘日夕。迟暮奚伤,幽芳自喜。恍如荷蓧,莫知斯已。千畦著雨,三径锄云。又如沮溺，耦耕习勤。叠砌荒凉，闲阶偃仰。又如夷齐，黄虞结想，衣冠自伟，鬓毛共斑；俨然黄绮，芝采商山，静还辟谷，酣宜漉酒；仿佛松乔，芳颜驻久，苔藓留迹，藤萝补阴。是为荣叟，带索弹琴，岸帻形忘，绕间径僻；是为仲蔚，蓬蒿生宅，插鬓方斜，折中时露。又若林宗，雨中相遇，萤光忽流，蟾魄斜吐；更如嗣祖，天下清苦，商飙夜吹，残月晨照。是谓二疏，旧居高啸，翛然结伴，寂尔寡俦。又为二仲，杜陵与游。（以上诸人均见陶诗集及《群辅录》）或欹傲如高人，或淡泊如处士，或逃荣如贤达，或冲虚如仙子。览芳标兮殊致，笑繁华兮顿委。花何影而不妍，影何花而足拟。重以老干萧疏，繁英杂错。照眼模糊，寻思索莫。净植亭亭，高风落落。励晚节而逾坚，证前身而有约。欣就菊兮还来，且对影兮共酌。疏疏密密，整整斜斜。黄冠野服，筠簾绮纱。香宜瓶插，短倩墙遮。为空为色，是耶非耶。胜览独行之传，长托隐沦之家。相之幻者莫如影，天之全者惟此花。既超然以葆真，而又何凡艳之足夸。

（谢炳奎《菊影赋》，《虞社》1933年第200号，2—3页）

《青鹤》登载赋作

附录三

逐鼠赋

久不过斋诗来，有"鼠欲与人争榻暖"之句。窃谓鼠辈何足介怀也。予居庵中，累累拱木，此鬼丛也，子不怯耶？故于女萝薜荔，若山阿有人即问。闻穿墉声，亦似怪物黯然来者。乃叹鬼犹鼠耳，予请为子逐鼠，子亦为予逐鬼，可乎？文曰：噫，异哉！此鼠生应枢星，质占艮象，供穴呈奇，凭社作长。自应有体有仪，胡乃莫来莫往。噫，黠哉！此鼠昼伏于隙，夜出于堂。伎难穷木，眼只寸光。翻盆窥壁，肤箧探囊。或赘赘而结队，或唧唧而跳梁。时复嚣凌于蜗斗，竟乃欺侮乎猫王。噫，鼠其罪哉！秃我之笔，则管城见屈也；饮我之墨，则松滋见抑也。辟我砚田，则耕古何占有年也；污我瑟琴，则解弦谁为知音也。而且捉襟纳履，贻笑豪华。数米称薪，仅供朝夕。尔胡为颠衣倒裳，偷仓窃食，不悯寒酸，反滋贪墨，即子云奇字，覆瓿已忧，长吉锦囊，投厕方耻；尔胡为断简残编，割经裂史，罔念劳心，徒供切齿。况复风潇雨晦，月夕花晨，撚须叉手，渺虑凝神。聊抛书而假寐，忽破壁而生嗔。宛操戈于人室，等砾石以投人。遂乃头触屏，口嚼蜡。撼董子之帷，登陈蕃之榻。排靖节之羲皇，拉庄生之蝴蝶。凡兹蟊毒，有甚狗偷。尚邻兔窟，翻敌狼甚。固切食苗之怨，更深啮橐之仇。主虽不怒，尔宁无羞。噫，鼠其去哉！鼠王国，是尔环所在也。鸟鼠山，是尔穴所同也。尔其抱头而窜，毋混乃公。不然，既枷床而玩听，请按剑而从事。先有言，后毋悔。文成。或闻拍案声，曰：向何为声，岂怯鬼耶？予告以故。或曰：人之贤不肖，譬如鼠矣，在所自为耳。

（长生不老斋《逐鼠赋》，《青鹤》1935年第14期，1—2页）

逐鬼赋

寿石李子，馆白云庵。亲朋阔绝，与鬼为邻。月下花前，疑有怪物。乃以《逐鼠赋》，易予《逐鬼文》。予应之曰：鬼之为言归也，既归真以反素，自为杳而为冥。胡变常以作怪，忽有声而有形。盖其为物也，虽随气而俱屈，而其为德也，实与神而俱灵。尔乃寒灯暧昧，微月朦胧。幽崖穷谷，蚱蜢横斜。废宅颓垣，魑魅怅惘。依草附木，循墙逐块。窸窸窣窣，悒悒怏怏。不明不灭，乍来乍往。若有若无，如下而上。则有才鬼，少曾慕乎诗书，生惯耽乎典籍。时歌舞于荒台，偶讴吟于传驿。彼其怀才负气，久与世违。是以啸月嘲风，聊从君剧。乃有冤鬼，不周兮碎首，汨罗兮长湮。雕梁兮燕寂，玉楼兮珠尘。沙场塞外兮白草黄埃，平原古冢兮野火青燐。千载兮抑郁，万古兮沉沦。阴魂兮何雪，怨气兮难伸。天日晦兮哭泣，风雨凄兮吟呻。且有厉鬼，怒目睁眉，青唇黑耳，猩发象皮，狼牙虎齿，逢人舌噬，遇物口侈。非无勇敢，罔不畏其狞狰。非无聪明，亶莫穷其谲诡。亦有淫鬼，攻于蛊惑，善为狐媚。性既恋乎衾裯，情遂深于寤寐。心猿乍动，应念即来。意马方腾，随风而至。既蒙恩宠，诉锦瑟以奚辞。幸遇知音，抚焦桐其何避。若夫贪鬼，性侪乎鼠窃，行类乎狗偷。强则作威作福，弱则为伎为求。每贪财而黩货，还摄椀而盗瓯。至于饿鬼，走北郭，乞东墦。叩化城，倚鬼门。相酒久无朋旧，鸡豚难靠儿孙。嗟其馁而，孰吊若敖之魄？珍其祀矣，谁招伯有之魂？凡若此者，或凭人以作祟，或傲物以恃才，或饮恨于幽圹，或埋没于岩隈。或么麽而肆虐，或妖媚而自媒。或鼃黾于窀穸，或落魄于泉台。何可穷其情状，胡能究其倭傀。然而阴阳异路，人鬼殊途。慎毋扰攘，胡相觊觎。辩之不服，麾之不逋。移床媚灶，索债追租。谀仙佞佛，骇俗惊愚。巫觋悚栗，仕宦揶揄。虽则妖由人兴也，毋乃获罪于天乎。于是乡人行傩，钟馗扬鞭。索室驱疫，除沴遂愆。各归尔宅，各安尔廛。反于寂寞，入于黄泉。其有负固，绝无可怜。神荼切齿，郁垒垂涎。朝吞三百，暮食三千。又何用阮修之罕譬，阮瞻之长篇。斯文甫成，第闻窗外咿嗌呜泣，仰天乞命。曰：先生休矣，非敢为害也，请从此逝。于是寂然无闻。何去之速？盖人死为鬼，鬼死为聻云。

（长生不老斋《逐鬼赋》，《青鹤》1935年第14期，2—4页）

寿禊赋并叙

邑子秦君禊卿今年五十，其哲嗣伯厚欲为召宾娅，设供顿，张声乐，申祈颂。君闻而止之，曰："此颜之推所谓江南陋俗也。吾儒者胡取乎是？"或曰："俗深矣，人子不为其亲举庆，则里党之议且至。君不可不少徇俗所为。"君乃笑曰："无已，不犹有典且雅者可效乎。夫吾之生也，适直上巳，上巳修禊，古人有行之者。吾假是而为兰亭之游，可乎？"于是招心侣，载翰素，子弟前导，宾朋后从，消摇而出山阴之道，放乎鉴湖，而止于兰亭。踵永和之韵事，摹曲渚之胜集，洵足乐也。游既已，还过虎林。伯厚私与吾弟叔谅谋所以记之。叔谅来告余，且问曰："五十而寿，非礼乎？"余曰："古称六十下寿，八十中寿，百岁上寿；或曰八十下寿，百岁中寿，百廿岁上寿。夫六十、八十犹称下寿，则五十非寿可知也。秦君却之，可谓知礼矣。"叔谅曰："然则古人上寿，为寿之谓何？"曰："此所谓寿者，犹之酬耳，以酬言。古人祝饐祝鲠，虽日行之，而不为过礼。孝子事亲之常也。今人舍日常之敬意而不事，而徒侈十年一举觥祝，无谓之繁文。胡为哉？胡为哉？"叔谅曰："若然，则知礼若秦君者，不可不有辞以张之。"余曰："然。"因为是赋以贻之，曰寿禊者，寓因事致敬之意云。

繄秉兰之令节，逢吉士之始满。结素履而出游，依清流以为盥。祓（祓）不祥兮祈介祉，歌太洁兮敷嘉诞。于是挈榼款烟，连裳席水。凌晨风以发涂，闻午鸡而过市。载瞻载奔，以敖以嬉。路纡葳兮修蛇，树葱青兮列荠。天影澹澹，倒于眉间。山气湛湛，起乎足底。鸟弄晴以媚人，峰争秀而出地。目逐境开，景迓行异。应接既穷，吟哦俱废。乃叩古宇，拾遗踪。话前朝之故事，慕晋贤之流风。戏为苞以成礼，集襟裾而从容。或扫石而坐酒，或凭渚以传筒。合尊沓膝，无主无从。欢娱既极，歌声忽纵。振清响于流水，申孤臆于长松。共陶然而倾倒，信其乐之融融。意兴未阑，山川欲夕。四方多概，兹游良惜。客有歌延年之曲，陈为乐之方。舞蹈而前,再拜而觞,曰:"吉日兮辰良,山高兮水长。初巳兮岁岁,嘉会兮效祥。涤百烦兮蠲千虑,长从君兮徜复徉。"主人受觞卒饮而报之曰:"海晏兮河清,人乐兮岁成。年年兮今日,相与期兮兰亭。"

(陈杞怀《寿禊赋并叙》,《青鹤》1935年第16期,3—4页)

观斗蚁赋

步方园以容与,俟雷电兮既过。日晶晶其碧树,天湛湛而白波。泥斑斑兮余泻,草纤纤而微柂。一鹤矫于柱渚,两童缘乎平坡。低头注目而笑,据膝拊掌云何。见太古之杀伐,来先生之婆娑。槐东之根,輡然以穿。有国于是,筑斯城焉。土润溽暑,淫裔而处。群蚩出入,西南其户。彼槐之西,别立城社。中一苍头,大而健者。与此黑子,中路肩摩。莫知其故,突然兴戈。黑獭笼东,望风而遁。告其国人,矛戟修怨。异军特起,何止千万,百马一豆,十人成寸。此邦之民,甲伍亦奋。遇于槐阪,智力各运。两阵对交,其直如矢。左旋右转,此角彼犄。辽辽薨薨,远远迩迩。听之若雷霆之声,望之如邱山之徙。短小精悍,赴慇如风。仓黄奔覆,首不欲东。既获三狐,又弱一个。弟子舆尸,钟建负我。邑中之黔,云涌猬集。蹂躏其十二三,犹拗怨而未息。为昆阳,为钜鹿。为五季,为六国。为妇姑之勃谿,为夫妻之反目。为兄弟之阋墙,为朋友之脱辐。为斗鸡走狗,为六博蹋鞠。为小来而大往,为强食而弱肉。君子窥乎其微,小人动乎其欲。蚁之蚩蚩,尔何来斯。大地搏搏,

271

万物熙熙。摩之以扇，两军罢战。嘘之以气，人马辟易。成性存道义之门，是谓元牝，孰知其垠。清风徐来，悠然而起。陶陶一杯，吾观止矣。

（长生不老斋《观斗蚁赋》，《青鹤》1935 年第 17 期，1—2 页）

骂蚊赋

何来微物，妄窃文名。形由物化，质以秽生。不胎不卵，忽距忽迎。喙长身短，昼伏夜行。散之则如雾布，聚之则似雷鸣。敢穿房而入户，竟欺暗而畏明。逐队成群，俨若客来不速；呼朋引类，居然梦去常惊。盖虽其细已甚，亦觉为害非轻。独不思渺小之躯，卑微之质。何有一长，恣游四国。性只耽乎阴幽，命实悬于呼吸。曷不于溪涧之旁、菰芦之侧，托茂草以栖身，择污流而求食。载飞载鸣，以生以息。惟合止于樊棘，聊为逐臭之蝇。奈何入此庭帏，竟作含沙之蜮。尔乃但图一饱，不顾残生。噬不择人肥瘦，皆供咀嚼。心无餍足，坐卧亦共纷争。惯钻人之穴隙，专逞己之经营。痛切肌肤，觉腥闻之旁达。变生肘腋，知羽翼之已成。至于文人学士，枕簟安闲，或摊书于案上，或展卷于窗间。方凝神而静构，忽团聚而回环。纨扇摇时，手乍停而即至。艾烟熏处，势将去而仍还。何物幺麽，遂尔往来无忌。斯文交易，居然痛痒相关。诚诛之不可胜诛，则思掴掌；亦忍之有所难忍，必欲除奸者也。况乎贫穷之家，体难遮乎绮縠；单寒之子，帐未掩夫梅花。坦腹床中，任尔吮膏吸体；寄身篱下，恍同索垢攻瑕。扑面而来，王谢之麈尾莫拂；啮背而去，麻姑之爪甲难爬。此更贪残之可恨，何荼毒之频加。噫！谁谓汝无角，何以穿帷幕？谁谓汝无牙，何以入窗纱？从兹扰乱，黄昏无复周公之梦；甚且横行，白昼常兴宰我之嗟。能弗为文而切责，庶几敛迹而无哗。

（长生不老斋《骂蚊赋》，《青鹤》1935年第17期，2—3页）

蚊自解赋

予本蠢物，积秽形成。身微且弱，力薄而轻。虽具贪饕之性，犹存餍足之情。所求无几，为欲易盈。何吝子之余血，聊救我之残生。乃为文而切责，姑仰首而长鸣。自思罪固大矣，功亦有焉。良宵永夜，月下花前。芸窗静掩，莲漏遥传。子幽居而落莫，我结伴而流连。子独唱而寡和，我众音之毕宣。拟燕语于三春，其细已甚；比蛙声之两部，有开必先。试留心而听也，足破寂而欢然。而况青灯焰剔，红袖香焚。读数行之乎也者，诵两句子曰诗云。神志疲而多倦，眼花乱而若纷。子不敬业，我自乐群。但欲小惩而大诫，非期成痏而露筋。乃面上扑来，屡至触而不动；耳边呼去，竟若置之罔闻。不得已薄嚼肌肤，惊醒懒人之梦。聊施针砭，赞成惰士之勤。虽少有伤于子，亦多有益于君。功罪本来参半，恩仇岂竟无分。伏念蛛常布网，蜂自成衙。杯弓射影，螳臂当车。害他物命，任尔咨嗟。深山猛虎，浅水长蛇。豺狼心性，鹰鹯爪牙。或搏或击，孰擒孰拏。视物若草，杀人如麻。以彼视我，轻重无涯。乃畏彼凶残，未闻强项；欺我卑微，居然掴掌。有怨则雠，有德不赏。吾喙虽长，无舌可讲。噫！归去来兮，清沟浊港。苟有膻醒兮，饮吸无恙。且避艾烟兮，无需帱帐。敬告丹鸟兮，请归林莽。各从其类兮，以生以养。

（长生不老斋《蚊自解赋》，《青鹤》1935年第17期，3—4页）

唐花赋（有序）

南方窖花，牡丹为盛。北方地寒，梅亦不花。花者，皆唐花也，早开而无香，且易悴。赋曰：

泉之窍于山也，人凿其胚。玉之蛰于璞也，人斫其胎。花之孕于根也，人发其荄。吁！此人之所以戕物，而物之所以宁处于不材。

（长生不老斋《唐花赋（有序）》，《青鹤》1935年第19期，1页）

诗味赋

原夫掞藻摘华，聿兴声韵。引商刻羽，实始风诗。探墨林而竞秀，开艺苑以争奇。或豪情高迈，或老笔纷披。集千腋以为裘，风流自赏；酿百花而成蜜，奥旨谁知。一出和羹之手，遂为大雅之司。爰分体制，巧夺天工。陆海潘江，原无泾渭。庾清鲍逸，莫可雌雄。幡影石坛，悟幽情兮寂寂；棋声松院，怜妙手兮空空。乍得于酸咸之外，共尝于甘苦之中。非啖蔗而至尾不尽，似食榄而回味靡穷。盖诗之为物也，秉两大之菁英，蕴寸虚之微渺。发生于元圃，滋长于丹沼。

灿而为奇葩，郁而为苦蓼。咀之愈出，芳流齿颊之间；嗜则从同，趣溢性情之表。所以数茎撚断，夜犹未央。因而几字吟成，兴复不少。羌乃咿唔之下，逸致偏深。绅绎之余，精华莫竟。启药笼而止癖，俗本堪医；偕杯酌以浇愁，清宜比圣。且也词工獭祭，漫云有色无香；价重鸡林，殊觉少双寡二。铺来糟粕，此理须参。簸去粃糠，余芬足饵。是以咋其胾而饮其醇，饫其膏而吐其涩。纵教累万盈千，自能以一当十。咏季鹰之句，鲈鱼思绝秋风；读老杜之篇，鹦鹉啄残香粒。故珍嚼则皆山海之奇，淡浓则有仙凡之异。听鹂鸣于树底，携酒与俱；回蝶梦于枕边，烹茶潜伺。居然啮雪，沁入心脾。倘比餐霞，增将才智。非染指而鼋羹何别，玩索再三；亦闻韶而肉味不知，研求数四。要之调冰雪藕，都足搵怀；茹古含今，允宜佐饮。蒲桃一斛，曾酬名士清词；芍药千丛，可供上方佳品。真令人饥渴之俱忘，泳涵之弥甚者矣。

（长生不老斋《诗味赋》，《青鹤》1935 年第 19 期，1—2 页）

美人赋（有序）

余帐侧悬一美人图：碧云舒舒，脸睡未散，拈花流盼，魂授色昵。梁侍讲山舟墨其上曰："写唐人惜花春起早诗意。"时予闲居寡俦，为之赋曰：

夫何一佳人兮，目顾余之在床。余展转而反侧兮，皆精盼之所当。风迁延而引避，日的灿而流光。子之傅粉兮，三年不灭。予之画眉兮，十载未长。颜如桃李兮，玩之不尽。气妙幽兰兮，思之欲扬。朝夕与处，寻常若忘。想夫玉室金堂，幽闺洞房。北院秦筝兮既歇，南邻赵瑟兮未央。尔乃屏鸳绣，辞象床，双灯委照，半镜慵妆。恨晨星之熹微，畏朝露之浓瀼。褰珠箔，下玉廊。徙倚踟蹰，掩抑敛藏。摘花插发兮心转伤，清晓无人兮花自香。千回万转兮花之旁，与花无极兮神洋洋。顾予落莫，意似相消。天涯偃蹇，谁子之吊。倒冠落珮，将子之笑。子谓不然，少安毋躁。翳予和子以绿绮之琴，毋金玉尔音，而有遐心。翳予赠子以白雪之纻，虽无德与女，式歌且舞。翳予酌子以青莲种杯，日既暮兮华色摧，朱消黛暗兮不复回。吁嗟乎噫嘻！乱我心者，麾之不去；悦我目者，招之不来。使世而有佳人兮，吾独胡为乎悲哉。

（长生不老斋《美人赋（有序）》，《青鹤》1935年第20期，1—2页）

笑　赋

草何心而知春，花何心而媚人。登高楼而怅望，见宇宙之无垠。柳含烟兮若戚，山滴翠兮如嚬。于是张宝剑，酌清醇，螺舞蹁跹，莺簧轻匀，不觉仰天大笑，娱乐芳辰。若夫桓公创霸，诸侯会盟。乘法驾以游猎，骈部曲而简兵。方豺狼之慑窜，忽委蛇而来迎。神骇目瞪，气死心惊。得若敖之一语，遂辗笑而和平。至若匡衡说诗，辩论锋起。抵掌方殷，纵谈未已。莫不点首会心，解颐而承旨。别有弃彼郡守，营兹蝇头。利心逐逐，鬼声啾啾。什一之谋未遂，抚掌之笑堪羞。亦有满月真容，金花色相。未缮贝叶之经，不作梵呗之唱。笑撚一朵之鲜花，悟彻无边之业障。至于回头一笑，媚夺六宫。柳眉舒翠，桃唇破红。粉痕微腻，霞光旋融。皓呈素齿，眯转双瞳。神光离合，环珮玲珑。岂汉宫之飞燕，疑洛浦之惊鸿。或有见影而随，骑驴忽坠。绝倒何妨，哄堂不忌。嘻嘻干饭之言，栗栗蒙虎之戏。噸笑比黄河之澄清，刚毅乃五行所偏萃。曷若摅胸臆之欲言，肆谐谑之快意。资笑柄于大方，供喷饭于高致。平原若不必动刑，晋孙楚毕其能事。

（长生不老斋《笑赋》，《青鹤》1935年第20期，2—3页）

阿芙蓉赋

爰有海国芙蓉，天方罂粟。外裹苞皮，中藏酖毒。番船夷舶，争传丹药生涯；珠海羊城，渐染沉酗嗜欲。莫笑一丸捧出，色类泥涂，须知百炼功成，价逾金玉。当夫活火频添，甘泉早汲。宝炉筑就，拟熬绛雪之丹；金镄移来，满注沉香之汁。讵必元君老子，方餐金液于九还，即兹黎献苍生。亦服黄芽之一粒，且任王章禁戒。交易偏多，未知法网森严；狂嬉是急，则有金张高第。王谢名家，世传阀阅。迭尚豪华，绣阁沉沉。床开画石，品帘寂寂，帐挂轻纱。爇兰烛以逍遥，气融肺腑；藉筠筒为呼吸，口吐云霞。杜义凝脂，索脸忽如蓝鬼；何郎傅粉，玉颜不及寒鸦。亦或身列屠沽，钱权子母。一番贸易，喜来如愿之奴；终岁经营，自号多田之叟。欲极齿牙余慧，也效餐霞别求。展转沉酣，须携好友。讵计床头金尽，吐纳则微滓潜消；宁知瓮底粮空，咀嚼则全神俱有。若未芸窗昼永，莲幕风迟。缓煮皋卢，响涛声之谡谡；微烧艾纳，萦篆影之丝丝。盒启玻璃，挑出琼浆滴沥；烟含龙唇，吹来绛帐迷天。声色臭味之间，别成领略；鼻舌身意之嗜，愈觉希奇。亦有风迷柳巷，香彻青楼，床装七宝，帐挽双钩。绣簟灯明，讶氤氲之不散；瑶窗烟锁，疑兰麝之常留。灯前之玉腕频移，味秾气馥；枕畔之乌云任堕，心沁香浮。漏静更残，半开脂口。月横斗转，微合星眸。斯盖鬼国凶淫，痴儿嗜癖。琼楼玉宇，须臾亦化云烟；肥马轻裘，转瞬尽成寒瘠。方谓灵犀一点，何殊灌顶醍醐。且欣龙脑微馨，不羡延年玉液。于是交相传染，长对灯檠。竞诩先尝，惟依衽席。何沉湎者愈深，而败亡者莫惜也哉。

（长生不老斋《阿芙蓉赋》，《青鹤》1935年第20期，3—4页）